Monddämmerung

Rolf von der Reith hat als Journalist, Lehrer, Dozent, Bibliotheksaufsicht und einen Tag als Parkplatzwärter gearbeitet. Bei der ersten Mondlandung war er vier Monate alt und durfte die Fernsehübertragung mitten in der Nacht mit anschauen, weil er sich eh weigerte zu schlafen. Weitere Erfahrungen mit der Raumfahrt blieben aus, vom Zünden von Silvesterraketen einmal abgesehen. Kommt eigentlich vom Land, lebt aber schon seit Langem mit Frau und Sohn im Hamburger Süden, der viel netter ist, als Nord-Hamburger glauben.

Mehr über unsere Bücher, Autoren und Illustratoren auf: www.thienemann.de

von der Reith, Rolf:
Monddämmerung
ISBN 978 3 522 20214 5

Einbandgestaltung: Zero Werbeagentur, München
Innentypografie: Kadja Gericke
Reproduktion: Medienfabrik GmbH, Stuttgart
Druck und Bindung: GGP Media GmbH, Pößneck

FSC
www.fsc.org
MIX
Papier aus verantwor-
tungsvollen Quellen
FSC® C014496

Rolf von der Reith

Monddämmerung

THIENEMANN

INHALT

KAPITEL 1

Flug Space India 735

Vampires suck
You know they do
Vampires suck
They'll suck you empty, too

Es tut mir auch leid, aber ich weiß, dass es so am besten ist. Wir könnten niemals zusammen sein, ohne uns ständig total zu fetzen.
»Fräulein ...«

Vampires suck
Do you want to be one of them
Vampires suck
Do you really want to be one of them

Was du für mich fühlst, kann ich einfach nicht erwidern. Ich wünschte, es wäre anders, denn du bist wirklich ein ganz toller Typ, und ich liebe deinen Humor. Aber mehr als das kann ich dir nicht bieten.
»Fräulein ...«
»Hmmm?«
»Fräulein!«
»Ja. Was ...? Wie ...?«

Vampires need your blood
But don't throw them a lifeline ...

Tessa schreckte hoch und purzelte durch mehrere Traumebenen zurück in die Realität. Vor einer Sekunde hatte sie in ihrem Tagtraum Benjamin, auch Beagle genannt, gerade noch erklärt, warum zwischen ihnen Schluss sei. Auch wenn Beagle – wenn man's ganz genau nahm – gar nichts davon wusste, dass jemals etwas zwischen ihm und Tessa gewesen war. Sie zog den linken Ohrstöpsel heraus, und nun klang Wayne Tooleys Stimme plötzlich ganz blechern und klein, als sich sein Gesang zu »Vampires Suck« und der rasant losrockende Krach seiner beiden Bandkollegen von Purple Toupet in der Kabine der Raumfähre verlor.

If you know what's good
You gotta give them a hard time

Tessa wandte sich dem Typen neben ihr, auf Platz 47B, zu, der ihr zunächst nur leicht auf die Schulter getippt, die Bitte um Aufmerksamkeit dann aber zu einem Rütteln gesteigert hatte. Ein typischer Typ zu allem Überfluss, typischer Geschäftsmann eben mit schlecht sitzendem Anzug, der sie schon zu Beginn des Fluges genervt hatte, als er sein Schwerelosigkeitsmenü mit lautem Schlürfen durch das Mundstück der Plastikverpackung gesogen hatte. Außerdem schien die Schwerelosigkeit, auch wenn das wissenschaftlich bislang nur unzureichend erforscht war, den menschlichen Schweißgeruch noch zu verstärken. Da wäre ihr einer der Männer in Bauarbeiter-Overalls, die anscheinend den Großteil der Mitreisenden ausmachten, als Sitznachbar fast lieber gewesen …

»Fräulein, wirklich! Ich höre mir das jetzt schon eine

7

ganze Weile an, und jetzt möchte ich Sie wirklich bitten, die Musik leiser zu stellen!«

Tessa seufzte, wischte mit einem Schlenkern der rechten Hand die Musik leiser und sagte mit so viel falscher Höflichkeit, wie sie aufbringen konnte – eine ganze Menge übrigens, da zeigte sich das Training als Kellnerin nach der Schule: »Selbstverständlich, entschuldigen Sie bitte! Ich hatte echt keine Ahnung, dass das so laut sein würde.«

Dem Schwitzer auf 47B war nicht ganz klar, ob er gerade auf den Arm genommen werden sollte (ja, sollte er!), er entschloss sich aber, dies nicht weiterzuverfolgen. Mit einem Grunzen ließ er sich zurück in seinen Sitz fallen und stieß einen weiteren tiefen Laut aus, als er seinen Schwerelosigkeitsgurt wieder festzog. Auch Tessa seufzte noch einmal leise. Sie schaute kurz nach Cassi, ihrer Schildkröte, die in ihrem Transportkörbchen umherschwebte und versuchte, das langsam um sie herum segelnde Salatblatt zu erwischen, um es anzuknibbeln. Tessa steckte zwei Finger durch das Gitter und hielt den Salat fest, sodass Cassi einen Happs erwischte. Der fragende Blick, mit dem sie den Verlust ihres irdischen Gewichts ertrug, wich einem Gesichtsausdruck, der Tessa wie ein Lächeln vorkam.

Über die Lautsprecher in der Kabine ertönte auf einmal eine Stimme: »Sehr geehrte Fluggäste, wir werden die Mondbasis Mao-Gandhi II plangemäß in 17 Stunden und 45 Minuten erreichen. Unser Orbit beträgt aktuell 32 000 Kilometer, und in Kürze werden wir die Umlaufbahn verlassen und den Landeanflug beginnen. Space India wünscht Ihnen weiterhin einen angenehmen Flug.«

»Hörst du, Cassi? Bald sind wir da!« Tessa griff zu dem Prospekt in der Tasche ihres Vordersitzes, der die

Reisenden auf ihre Ankunft auf der Mondbasis einstimmen sollte.

Der Oberste Asienrat heißt Sie herzlich auf
Mao-Gandhi II willkommen – die etwas andere
Forschungsstation im All.
　　Seit 2036 erwartet Sie hier perfekte Gastlichkeit am
Rand des Mare Imbrium. Genießen Sie die spektakulären
Ausblicke auf die Erde bei einem Kurzurlaub im Hotel
oder bei einem längeren Aufenthalt in einer unserer
Wohnwaben für Selbstversorger (für Bewohner der
westlichen, südlichen und östlichen Randzone ist eine
Genehmigung durch die örtliche Aufsichtsbehörde
erforderlich).
　　Für das leibliche Wohl ist dank vielfältiger
Gastronomie bestens gesorgt. Wer aktive Freizeitgestaltung
schätzt, hat die Möglichkeit, Mondspaziergänge zu
Fuß oder motorisiert zu unternehmen. Auch lockt die
Flaniermeile des New Beijing Boulevard …

Tessa verlor das Interesse an der Eigenwerbung und steckte den Prospekt wieder in die Sitztasche; als Touristin war sie ja nun wirklich nicht unterwegs. Sie streichelte Cassi mit den Fingerspitzen noch einmal über den Panzer, fuhr sich mit der Hand durch ihr schulterlanges braunes Haar, das sie hinten zu einem kurzen Pferdeschwanz zusammengebunden hatte, überlegte einen Moment, ob man das dann eigentlich Ponyschwanz nennen müsste – und machte sich schließlich wieder daran, Beagle die Augen über ihre zum Scheitern verurteilte Beziehung zu öffnen.

Ich gehe ja nicht für immer zu meinem Vater, weißt du.
Glaub aber nur nicht, dass ich wegen dir fliehe oder so was.

Tessas Soundwabe in ihrer Jeanstasche hatte auf den nächsten Song umgeschaltet. Jetzt klang Waynes Stimme plötzlich viel freundlicher, weniger ironisch und kalt als bei »Vampires Suck«, aber das neue Stück »Life in Outer Space« hatte er ja auch für seine Freundin Isla – seit gut einem Jahr auch Verlobte, wenn man dem News-Hub *Teenie Smash* glauben durfte (eher nicht) – geschrieben, als er frisch in sie verliebt gewesen war. Tessa stellte mit einem Wischen durch die Luft die Musik wieder lauter. 47B protestierte nicht, sondern hatte angefangen, leise zu schnarchen.

Und überhaupt hättest du ja auch mal irgendetwas von dir geben können, was man mit etwas gutem Willen als Zuneigung hätte verstehen können. Hallo? Jemand zu Hause? Merkt man das als Junge wirklich immer erst, wenn man's schriftlich kriegt, dass jemand einen nett findet? O.K., um ehrlich zu sein, mehr als nett.

Die Frage hätte Beagle vermutlich auch dann kaum beantworten können, wenn er nicht mehrere Hunderttausend Kilometer entfernt gewesen wäre und, weil es bei ihm mitten in der Nacht war, gepennt hätte. Langsam merkte Tessa auch, dass sie mehr als dreißig Stunden nach dem Aufstehen vollkommen übermüdet war. Bevor der Abschiedsbrief an Beagle einen noch sarkastischeren Tonfall bekam, den sie eigentlich gar nicht beabsichtigt hatte, brach sie den Tagtraum lieber ab – mal ganz abgesehen davon, dass im All Tag und Nacht ohnehin relativ austauschbare Begriffe sind – stellte die Rückenlehne ihres Sitzes noch schräger und schnallte ihren Gurt wieder fester, um nicht über ihrem Sitz zu schweben. Sie flüsterte, wie um sich Mut zu machen: »Paps, ich komme! Freust du dich?«

Dann zog sie die Decke über sich. Aber genau die Szenen, die sie eigentlich nicht noch einmal durchspielen wollte, drehten sich wie in einer Endlosschleife vor ihren Augen.

Erster Preis an Tessa für Beklopptsein, sagte sie stumm zu sich selbst: Wieso kamen die Worte immer ganz anders heraus, als man sie meinte? – Nein, es kamen ganz andere, dümmere oder auch gemeinere Worte heraus, und das, was man eigentlich sagen wollte, blieb stecken und formte sich zu einem heißen Klumpen in der Brust. Sollte ich mal Biologin werden, wird das untersucht, sagte sie sich und verlieh sich gleich die nächste Auszeichnung: Zweiter Preis, ebenfalls an Tessa – dafür, immer noch eine blödere Bemerkung draufzusetzen.

Der letzte Streit mit ihrer Mutter war nicht schön – um ein anderes Wort für »total zum Kotzen« einzusetzen – gewesen. Immerhin, und das war eine Verbesserung gegenüber dem Mal davor, als herausgekommen war, dass sie die Schule geschmissen hatte, war wenigstens kein Geschirr zu Bruch gegangen. Ihre kleine Schwester Trix hatte trotzdem entsetzlich geheult – und Tessa und ihre Mutter hatten sich selbst dadurch nicht davon abbringen lassen, das immer wieder gern inszenierte Stück »Überforderte Erziehungsberechtigte gegen aufmüpfige Teenie-Tochter« aufzuführen. Tessa versuchte, alles, was sie ihrer Mutter an den Kopf geworfen hatte – die falsch herausgekommenen, gemeinen Worte – zu verdrängen.

»Süße kleine Kätzchen, süße kleine Kätzchen …«, murmelte sie. Irgendwann funktionierte die Autosuggestion und sie schlief, wenn auch erst nach ein paar Fehlversuchen, ein.

Während Flug UA 735 auf die Umlaufbahn um den Mond einschwenkte, begleiteten in Tessas Traum nicht etwa Dean und Riley ihren Frontmann Wayne Tooley, der am Bühnenrand stand, Gitarre spielte und »Life in Outer Space« ins Mikro sang – sondern es war ihr Vater, der am Schlagzeug saß, und Beagle, ihr Klassenkamerad, genauer: ihr Bis-vor-Kurzem-Klassenkamerad, gniedelte auf dem Bass herum. Als ihre Traumkamera zurückschwenkte, konnte Tessa sehen, wie ihre Mutter und ihre kleine Schwester synchron die Hüften im Takt schwangen und als Backgroundsängerinnen den Refrain mitträllerten. Tessa lächelte – na also, geht doch mit der glücklichen Familie! – und bewegte zu dem Text, den sie in- und auswendig kannte, die Lippen im Schlaf mit:

Why would I ever let you go?
You'll see my true colors any time soon
When I take you out to see the show
On the dark side of the moon

KAPITEL 2

In Charme Dantans Auftrag

Am Ankunftsterminal der permanenten Mondbasis Mao-Gandhi II hatte sich vor dem Schalter für Passagiere, deren Koffer verloren gegangen waren, eine beachtliche Schlange gebildet. Tessa, die am Gepäckband vergeblich auf ihre Tasche gewartet hatte, sah schon die lange Reihe erboster Space-India-Kunden, musste aber erst noch die Sicherheitskontrolle davor passieren. Ihr stellte ein Chinese in einer Uniform mit Tarnmuster, der die ganze Zeit seine Sonnenbrille aufbehielt, zahlreiche Fragen: Wie lange wollte sie auf der Mondbasis bleiben? Wo würde sie sich aufhalten? Hatte sie vor, einer Arbeit nachzugehen? Offensichtlich konnte Tessa die Fragen zur Zufriedenheit des Mannes beantworten, denn nachdem sie ihre Fingerspitzen auf einen Sensor gelegt hatte und ein Iris-Scan gemacht worden war, durfte sie passieren und sich in die Warteschlange einreihen.

Dort fand sich Tessa direkt vor einem jungen Afrikaner wieder, der sehr aufgebracht wirkte, mit den Händen seltsam zuckte und wie ein völliger Schrat vor sich hin brabbelte – bis sie merkte, dass er in eine motorikgesteuerte Diktierwabe sprach.

»Jean-Amadé Moinon an Charme Dantan, 22. Juli 2039, 17 Uhr Mondzeit. Soeben angekommen, leider ohne Gepäck – auf welchen Planeten es die Fluggesellschaft auch immer geschickt hat. Idee für Artikelserie: Die zehn dümmsten Pannen beim Mondtransit. Wäre mal die Gelegenheit, den Schnöseln von Space India eins auf die Mütze zu geben. Was halten Sie davon? Könnte die Zeit überbrücken, bis ich eine heiße Story aufgetan habe. Auf den ersten Blick wirkt das Leben auf Mao-Gandhi II allerdings wie auf jedem anderen Außenposten auch. Trotzdem: Ich habe da so ein Gefühl, Chefin, dass hier eine große Story wartet – mein Nasenkribbeln hat mich noch nie getrogen.«

Moinon drehte sich zu ihr um: »Unmöglich, finden Sie nicht – äh, findest du nicht?«

Er korrigierte sich, wohl als er merkte, dass keine Erwachsene, sondern ein 15- oder 16-jähriges Mädchen, noch dazu ein schmalschultriges und nicht besonders großes, hinter ihm stand. Und das auch dadurch nicht größer wirkte, dass es durch den fiesen Jetlag nach dem Flug fror und sich am liebsten einfach in einer Ecke eingemümmelt hätte. Aber er war scheinbar auf der Suche nach Verbündeten nicht wählerisch. Und dass er Verbündete suchte, merkte Tessa auch in ihrem benommenen Zustand.

»Der Service wird von Jahr zu Jahr schlechter!«, teilte Moinon Tessa geradezu fröhlich mit. »Aber die Preise erhöhen, das können sie!«

»Sicher«, murmelte Tessa, in der Hoffnung, dass die Antwort ein Minimum an Höflichkeit enthielt, ihn aber nicht zu weiteren Beschwerden über Space India anstacheln würde.

Egal übrigens, was Tessa gesagt hätte, Jean-Amadé Moinon hätte sich *nicht* davon abhalten lassen, von seinen katastrophalsten Raumflug-Erlebnissen zu berichten. Na gut, genau genommen von den Erlebnissen seiner Kollegen in der Redaktion daheim in Yaoundé, bei denen er die

Ohren aufgesperrt hatte. Es war ja schon peinlich genug, dass er 22 Jahre werden musste, bis er seinen ersten Raumflug antreten konnte – da musste man schon aus Gründen der Selbstachtung zumindest so tun können, als sei man Weltraum-Veteran.

»Du würdest mir nicht glauben, was ich schon alles erlebt habe«, setzte Moinon an. »Einmal, als der Pilot nur mit halbem Schub abgehoben hat und das ganze Ding herumhoppelte wie ein Karnickel – na ja, irische Billig-Raumlinie, sag ich nur! Habe ich mich überhaupt schon vorgestellt? Jean-Amadé Moinon, Sonderkorrespondent des *Nouveau Africain* ... «

Doch gerade als er Tessa die Hand schütteln wollte – Tessa, gejetlagt, wie sie war, bemerkte erst mit einer kleinen Verzögerung, dass sie ihm jetzt die Hand reichen sollte – löste der Sensor seiner Diktierwabe aus.

»Entschuldige: eine dringende Nachricht!«, sagte Moinon mit wichtigem Tonfall und zwinkerte Tessa verschwörerisch zu. Tessa zog sich, erleichtert, dass von ihr keine weitere Konversation gefordert wurde, in die Hülle ihrer Übermüdetheit zurück. So entging ihr, während sie zu ihrer eigenen moralischen Unterstützung weiter Purple Toupet hörte, dass Moinon von Satz zu Satz heißere Ohren bekam, als er die Nachricht las.

Charme Dantan an Jean-Amadé Moinon, 22. Juli 2039, 12 Uhr Vereinheitlichte Erdzeit.
Das ist keine – in Worten: keine – Geschichte! Moinon, Sie sollen Storys ranholen und mir nicht mit Ihrem Gejammer auf die Nerven gehen. Mit denen bin ich so-

wieso am Ende – ich kriege ständig Tele-Infos von den Anwälten dieser furchtbaren Bernadette Bijoux wegen Ihres Artikels! Wie konnten Sie auch nur das Alter unserer berühmtesten Schauspielerin nennen – das richtige Alter vor allem! Moinon, seien Sie bloß froh, dass Sie eine Million Kilometer weit weg sind oder wie viel auch immer. Wenn ich Sie jetzt in die Finger kriegte, würde ich Ihnen den Hintern versohlen, bis er leuchtet wie bei einem Pavian. Und ihre Spürnase gleich mit! Ich brauche eine handfeste Geschichte, sonst können Sie sich Ihr Rückflugticket selber kaufen. Oder noch besser, Sie bleiben gleich da! Haben wir uns verstanden? Gruß, CD.

Moinon hatte sich zwar erfolgreich eingeredet, dass die ganze Affäre eine himmelschreiende Ungerechtigkeit sei und er das unschuldige Opfer. Aber wenn er, wie in manchen schwachen Momenten durchaus möglich, einmal ehrlich zu sich selbst war, merkte er, dass er den plötzlichen Sturz aus Charme Dantans Gunst überhaupt noch nicht verwunden hatte. An einem Tag war er noch die rechte Hand der Chefin gewesen, der aufstrebende Jungreporter, den sie eigens ausgesucht hatte, um das große Exklusivinterview mit Bernadette Bijoux zu führen, und am nächsten Tag, kaum war es im *Nouveau Africain* erschienen, war er zur Unperson geworden. Zu der der Bulle vom Sicherheitsdienst, als Moinon am nächsten Morgen in die Redaktion wollte, sehr unfreundliche Dinge gesagt hatte – auch das hatte er, Jean-Amadé Moinon, nicht vergessen!

Kein Wunder also, dass Moinon nicht in der besten Stimmung war, als er endlich zum Schalter vorrückte. Aber irgendwie war die Luft raus. Sein Protest wirkte eher so, als ob er sich dazu zwingen müsste, sich aufzuregen. Selbst als die bemüht freundliche Space-India-Angestellte nach einer langen Suche im Holografen herausfand, dass sein Koffer versehentlich auf einen Charterflug zu einem erdnahen Ferienhaus-Satelliten gepackt worden war und frühestens vier Tage später auf dem Mond sein könnte, schimpfte er nur kurz und fügte sich in sein Schicksal.

Tessas Gepäck war, wie sie am Schalter direkt daneben erfuhr, nur noch für einen Sicherheits-Check zurückgehalten worden, und sie könne es spätestens morgen abholen. Wie Tessa nie erfahren würde, hatte beim Laser-Screening das Gerät auf das Schildkröten-Trockenfutter in Tessas Tasche angeschlagen. Als der Sprengstoff-Test ein negatives Ergebnis lieferte, hatte einer der Kontrolleure eines der Pellets kurzerhand probiert, war für die folgenden drei Tage krankgeschrieben und ließ sich später zur Abteilung Passkontrolle versetzen.

Leo wartete schon hinter der Absperrung. Tessa hatte sich fest vorgenommen, nicht zu heulen. Klappte natürlich nicht. Aber ihr Vater sah nach dem einen Jahr, seit er den Job auf der Mondbasis angetreten hatte, plötzlich viel älter aus. Zum ersten Mal wurde ihr bewusst, dass Leo irgendwann nicht mehr der starke Papa sein würde, um den sie sich keine Sorgen machen müsste, und ihr Magen krampfte sich bei dem Gedanken ganz merkwürdig zusammen.

»Tessa! Meine Tessa!«

»Papa!«

»Da bist du ja! Komm zu mir!«

Der Griff, mit dem er sie umarmte und vor lauter Freude halb zerdrückte, war noch so stark wie eh und je. Und wenn Leo sich seinerseits vorgenommen haben sollte, nicht zu heulen, klappte das noch weniger als bei Tessa.

Als sie sich flennend in den Armen lagen und den Umstehenden wirklich etwas für ihr Geld boten (Jean-Amadé Moinon schoss eine kleine Fotoserie; professioneller Reflex, wie er sich selbst lobte), war sich Tessa innerlich ganz sicher, dass jetzt nichts mehr passieren konnte. Sie konnte es in diesem Moment natürlich nicht ahnen, aber damit lag sie nicht nur ein bisschen falsch.

KAPITEL 3

Pizza Tikka Masala

»So, hier wirst du wohnen, mein Schatz!«

»Papa, keine Sentimentalitäten, bitte!«

»Na gut, du weißt doch, wie ich's meine, mein Scha...«, er stoppte und grinste sie an, »... mein charmantes großes Mädchen, wollte ich sagen!«

Tessa streckte ihm, auch mit einem Grinsen, die Zunge raus. Sie schaute sich um. Immerhin waren die Polymer-Panels, aus denen die Böden, Decken und Wände bestanden, nicht beige-braun wie in der Gemeinschaftszone, durch die sie auf dem Weg vom Raumbahnhof gekommen waren, sondern lindgrün. Das Wohnzimmer – das der Werbeprospekt von Mao-Gandhi II als »polyvalentes Raumwunder« beschrieb –, war mit einer winzigen Küchenzeile, einem hochklappbaren Esstischchen, ein paar Hockern und einem ebenfalls hochklappbaren Sofa, karg eingerichtet. In einer Ecke stand ein Pappkarton, der laut Aufdruck ein Faltbett enthielt. Hinter einer schmalen Tür daneben vermutete Tessa das Schlafzimmer – oder war das hier schon alles an Schlafgelegenheiten?

»Sehr, ähm, gemütlich«, versuchte sie diplomatisch zu antworten, aber dann platzte es doch aus ihr heraus, und sie wusste nicht recht, ob sie lachen oder sich aufregen sollte: »Papa, das ist ja wohl total die Junggesellenbude hier!«

Leo, der auf dem Tischchen eine selbst gemachte Willkommenskarte dekoriert hatte, auf die er einen Blumenstrauß und Kerzen gemalt hatte (Blumen gab es auf Mao-Gandhi II nicht zu kaufen; Kerzen und sonstiges offenes Feuer waren verboten), schaute sich etwas betreten um. Mit dem rechten Fuß schob er einen Stapel zerknüllter Klamotten beiseite und antwortete, leicht peinlich berührt: »Ich kann mir das hier doch nicht mit irgendwelchen Möbeln vollstellen – da muss man nehmen, was man kriegt. O.K., ein Kleiderschrank wär' noch mal eine Maßnahme. Aber hast du eigentlich eine Ahnung, was Übergepäck auf der Mondfähre kostet?«

Da fiel ihm Cassi auf, die offensichtlich fand, dass jetzt, wo wieder einigermaßen normale Druckverhältnisse herrschten, die Luft rein sei, und neugierig aus der Tasche hervorschaute.

»Du hast immer noch die Schildkröte ...?«

»Glaubst du etwa, ich würde Cassi weggeben? Und ausgerechnet du musst das fragen – *du* hast sie mir damals doch geschenkt!«

»Oh Mist!«, entfuhr es Leo. Tessa konnte sehen, dass er es wirklich nicht mehr gewusst hatte – und dass es ihm ziemlich peinlich war. »Mann ...!« Tessa seufzte leise. Gibt es eigentlich rein theoretisch die Möglichkeit, dass einen Eltern auch mal verstehen? Aber der erste Abend war nun wirklich nicht der Zeitpunkt, um grundsätzlich zu werden, fand Tessa, ließ sich von Leo die Funktionen der Wohnwabe erklären und schaute etwas skeptisch auf den Karton mit dem Faltbett, das Leo gerade gestern bei Familienglück, dem einzigen Supermarkt der Mondbasis, erstanden hatte. So einigermaßen ging's – und wenn sie ihren töchterlichen Charme spielen ließe, würde Papa sicher auch nichts gegen einen Bettentausch haben ...

Etwas später klopfte Leo an die Tür von Tessas Zimmer – bis eben noch Leos Schlafzimmer – und rief ihr von draußen zu: »Mein Scha… meine charmante Tochter, magst du auch was essen? Ich habe tierischen Hunger!«

»Ja, mag ich, charmanter Papa. Komme gleich!«

Als Tessa in den Wohnraum spazierte, tippte Leo gerade etwas in den Infosensor.

»Ich hab was beim Casino bestellt. Der Bote ist unterwegs und müsste jeden Moment da sein. Beim Essen wär doch auch die beste Gelegenheit, dass wir endlich mal ganz in Ruhe miteinander sprechen.«

»Papa, hältst du das wirklich für eine gute Idee? Lass uns doch erst mal ganz in Ruhe *essen*!« – spitzer Tonfall, den sie selbst bemerkte und deshalb sanfter fortfuhr: »Und außerdem bin ich ziemlich müde.«

»Ich habe mit deiner Mutter gesprochen, das weißt du doch. Ich kann nicht behaupten, dass mir das großen Spaß gemacht hat, aber irgendwie mussten wir ja alles mit dir regeln.«

»Ja, regelt mal, das könnt ihr ja eh ganz toll«, versetzte Tessa mit plötzlicher Schärfe in der Stimme. Für eine Fünfjährige kann man ja alles regeln, aber elf Jahre später sah das ja vielleicht schon ein bisschen anders aus. Ein Wunder eigentlich, dass Leo sie ohne Lätzchen essen ließ …

Da ertönte ein Summton, und der Flash an der Wohnungstür pulsierte.

»Ah, die Pizza! Das ging aber schnell!«, sagte Leo betont fröhlich, als ob er Tessas Tonfall nicht bemerkt hätte. Leo ging zur Tür, die zur Seite schnurrte und den Blick auf einen gehetzt wirkenden jungen Inder in Botenuniform freigab. Ihm schien sein albernes violettes Outfit mit der runden Pagenmütze, auf der in Goldbuchstaben »Casino Orbit« aufgestickt war, allerdings gar nichts auszumachen. Vielleicht war er auch nur zu sehr im Stress – ihm standen Schweißperlen auf der Stirn – um sich über solche Stilfragen aufzuregen. Mit einem angestrengten Lächeln übergab er Leo zwei große, flache Pappschachteln mit der Bemerkung: »Pizza Tikka Masala, zweimal, bitte schön!«

Leo hielt sein Armband an das des Pizzaboten. Es leuchtete einmal gelb auf, um anzuzeigen, dass die Abbuchung von Leos Konto erfolgt war.

Als er mit den Schachteln zurückkam, grinste auch er. »So – jetzt machen wir's uns gemütlich!«

Tessa fand insgeheim, dass sich die Gemütlichkeit durchaus noch steigern ließ. Sie sagte aber wohlweislich nichts, lehnte sich im Stuhl zurück und ließ ihren Vater das, was auf Mao-Gandhi II als Festessen durchging, vorbereiten.

Wobei – die Vorbereitungen waren eigentlich im Wesentlichen schon mit dem Lüpfen der Pappdeckel abgeschlossen; das Wasser hatte Leo schon aus der Kochnische geholt. Er stellte eine der geöffneten Schachteln vor Tessa hin, und sie musste zugeben, dass es köstlich duftete.

»Stimmt, so was kennst du ja gar nicht. Ich hab mich schon so dran gewöhnt, dass ich ganz vergessen habe, dass du das in Europa lange suchen kannst.«

»Und das ist …?«, fragte Tessa.

»Das Beste« – und hier erhob Leo, halb gerührt, halb ironisch sein Glas – »das Beste, was die italo-indische Völkerfreundschaft jemals hervorgebracht hat!«

»Teig mit Huhn und rotem Pamps drauf?«, fragte sie skeptisch, nachdem sie den Inhalt der Schachtel beäugt hatte.

»Pamps – Hallo? Tikka Masala ist ein Fest der Gewürze, mein liebes Fräulein! Da geht so schnell nichts drüber. Sei mal ganz unvoreingenommen und probier's einfach.«

Das tat Tessa auch, schnitt mit dem Messer ein absichtlich besonders kleines Stück ab und führte es übertrieben damenhaft zum Mund. Leo hatte nicht zu viel versprochen – die Mischung aus leicht säuerlicher und fruchtiger Schärfe, die ihre Zunge plötzlich umhüllte, war wirklich großartig.

»Schmeckt!«, sagte sie mit vollem Mund: »Und das Hähnchen ist auch zart. Haben die hier etwa eine Hühnerzucht?«

Leos Mundwinkel zuckten, wie um ein Grinsen zu unterdrücken: »Es ist täuschend ähnlich, nicht wahr? Das Kunstfleisch, das sie hier herstellen, kann es mit dem besten auf der Erde aufnehmen!«

Gut, dass Leo zur Feier des Tages auch an Servietten gedacht hatte. So konnte Tessa, nachdem sie ihren spontanen Impuls, alles in hohem Bogen auszuspucken, überwunden hatte, die synthetische Masse diskret in der Serviette entsorgen – da halfen auch alle Gewürze der Welt nichts. Leo futterte zunächst fröhlich weiter. Er unterdrückte einen Rülpser, klappte seine noch halb volle Schachtel zu und schob sie zur Seite. Und nun schaltete er den ernsten Blick an, den Eltern so gerne verwenden, wenn sie mit ihren Kindern ein bedeutsames Gespräch führen wollen.

»Weißt du, Tessa … «

Tessa fand es für den Moment hochinteressant, unsichtbare Fusseln von ihrem Ringeltop zu zupfen.

» … deine Mutter und ich, wir konnten niemals zusammen sein, ohne uns zu fetzen … «

Ähm, Moment mal! Wo hatte Leo das denn her? Die Ringel ihres Tops verschwammen Tessa vor Augen, und sie bekam ganz urplötzlich Mitleid mit sich selbst, weil doch nun wirklich nicht einzusehen war, dass immer alles so mies lief und man nicht nur nichts dagegen machen konnte, sondern schön blöd auch nichts Besseres zu tun hatte, als alle Fehler, Dummheiten und Beziehungskatastrophen von Papa und Mama ganz getreu zu wiederholen. Leo war inzwischen anscheinend schon zwei, drei Sätze weitergekommen, jedenfalls sagte er: »... und wenn ich ganz ehrlich bin, hab ich mich wahnsinnig auf dich gefreut, aber ich hatte auch Schiss, ob deine Mutter nicht explodieren würde. Aber ich glaube, meine Idee mit den Stunden bei Clever Corp. hat sie dann überzeugt. Ich meine, wenn du hier Fernunterricht kriegst und deinen Abschluss nachmachst, wär das doch eine super Sache – ich sag das ganz objektiv, ohne mich loben zu wollen.«

Jetzt guckte er nach Hundewelpenart leicht von unten herauf, ganz so, als wolle er sich seine Belohnung dafür abholen, dass er ganz toll das Stöckchen geholt hatte – und nun bekam Tessa, und das schon zum zweiten Mal innerhalb weniger Stunden, ganz großes Mitleid mit ihrem Vater, der ihr gar nicht so als der starke, unerschütterliche Kerl vorkam. Das musste aufhören, kniff sich Tessa gedanklich in den Arm, sonst wird die Zeit auf dem Mond zu einem einzigen Geflenne!

»Na, jedenfalls«, jetzt klang Leo wieder ganz gefasst und fröhlich, »machen wir doch am besten einfach, ähm, das Beste draus, oder?«

»Worauf du ... «, setzte Tessa an – und beide riefen im Duett wie damals, als Tessa tatsächlich fünf war und sie diesen Satz als den absolut weltbesten Witz liebte: »… einen lassen kannst!«

Über den Tisch hinweg lagen sie sich, auch nicht zum ersten Mal heute, in den Armen, und wieder ermahnte sich Tessa, hier keinen auf Sensibelchen zu machen: Heute Abend fällt das Heulfest aufgrund wiedergefundener emotionaler Stabilität aus!

»Deine Mutter wollte mich so oft zum Mond schießen – ihre Worte – und dann bin ich ihr zuvorgekommen!«

Tessa hatte den Verdacht, dass Leo den Witz nicht zum ersten Mal brachte, aber lachen musste sie trotzdem.

»Und der Job ist auch absolut O.K.; ruhige Kugel, das bringt mich nicht um. Mit meinen Kollegen komm ich super klar. Du musst Mika und Michail unbedingt kennenlernen …! Und die Gratis-Rückfahrt alle anderthalb Jahre kann mir auch gestohlen bleiben – jetzt bist du ja da!«

Sie stießen an und, weil sie beide merkten, dass weitere Konversation gar nicht nötig war, mampften sie stumm ihre restliche Pizza (wobei Tessa darauf achtete, um die Mondhühnchen-Stücke herum abzubeißen). Wenn man seinen ganzen Ärger auf einem anderen Planeten zurücklässt, stellte Tessa fest, fällt es gar nicht so schwer, so zu tun, als sei man eine glückliche Familie … Denn genau das waren sie, für den Moment zumindest.

Sie hatte das Licht an ihrem Bett schon ausgeschaltet, als Leo noch einmal in ihr Zimmer kam. »Soll ich dir noch ein Gute-Nacht-Lied singen? Ich dachte da an *Der Mond ist aufgegangen.*«

»Hör auf, Witzbold, und lass mich schlafen!«, rief Tessa lachend.

»Na gut, charmante Tochter, dann bis morgen!«

KAPITEL 4

Casino Orbit

Als Tessa aufstand, sah sie im Wohnraum ein Infogramm über dem Esstisch leuchten.

Leo hatte nur kurz geschrieben: *Bin schon los zur Arbeit. Wenn was ist, einfach nur den Beeper aktivieren. Papa.*

Leo, die Arbeitstasche über der Schulter, hatte sich schon längst auf den Weg zu seiner Dienststelle im Sektor C gemacht. Er genoss die Stille (das stetige Brummen der Lüftungsanlage hatte er schon nach wenigen Wochen auf dem Mond nicht mehr bewusst gehört), die in den frühen Morgenstunden herrschte, bevor die meisten Leute auf Mao-Gandhi II sich zur Arbeit aufmachten. Er hielt seinen Armband-Sensor an eine Metalltür in der Seitenwand, die quietschend aufglitt. Nun trat er aus dem hell beleuchteten Boulevard in einen schmalen Gang mit unverkleideten Wänden, der nur durch das Licht vereinzelt angebrachter Leuchtmodule erhellt wurde. Aber so oft, wie er diesen Weg schon entlanggelaufen war, hätte er sich auch im Finsteren zurechtgefunden.

Mit seiner Dienstberechtigung kam Leo praktisch in alle Ecken der Mondbasis, selbst in diejenigen – vor allem in diejenigen –, die die normalen Bewohner und erst recht nicht die Besucher jemals zu sehen bekamen. Die ungezählten Technik- und Putzräume, die Umschaltstationen, die Trafo-Räume, die Lüftungsanlagen, die Schächte für die automatischen Müllsauger, die Vorratskammern des

Casino Orbit und des einzigen Supermarktes »Familienglück«. Vor allem aber kannte Leo die Abwasserschächte in- und auswendig und wusste inzwischen, dass es immer irgendwo leckte und in ihrer Einsatzzentrale im Untergeschoss ständig Alarmmeldungen auf dem Monitor aufleuchteten.

Er wollte gerade den Türsensor am Ende des langen Ganges mit seinem Armband aktivieren, als er von rechts einen kräftigen Knuff in die Seite bekam, das Gleichgewicht verlor und nach links taumelte – direkt in die Arme eines großen, kräftigen Mannes mit breitem Kreuz, breiten Wangenknochen und einem breiten Grinsen im Gesicht.

»Was … «, keuchte Leo, doch als er von dessen muskulösen Armen nach oben befördert wurde, wusste er schon, wem er die ruppige Begrüßung zu verdanken hatte.

Sein finnischer Kollege Mika lachte ihn an. Und Mikhail, sein anderer Kollege im Wartungstrupp, der eher der kleine, drahtige Typ war und unter dessen scharf geschnittenem Seitenscheitel sehr wachsame Augen hervorblitzten, rief ihm fröhlich zu: »Reaktion echt langsam, Leo!«

Beide lachten, und auch Leo stimmte ein, als er sich wieder komplett aufgerappelt hatte.

»Ihr seid richtige kleine Ar … «

»Arbeiter«, ergänzte Mikhail schnell. »Heißt bei uns zu Hause Rabotnik.«

»Rempler von rechts heißen bei *uns* zu Hause noch ganz anders«, gab Leo zurück und versetzte Mikhail einen freundschaftlichen Knuff.

»O.K., was steht an, Leute?«, fragte er, als sie in den Dienstraum gegangen waren – und sahen, dass wieder ein halbes Dutzend Warnleuchten im Takt blinkten, gleichmäßig auf alle Bereiche der Basis verteilt. »Das Übliche also!«, seufzte er.

»Leben ist keine Blumenwiese«, sagte Mikhail.

»Und riechen tut's auch nicht so«, ergänzte Leo, als die drei ihre Arbeitstaschen auf einen Transport-Trolley luden und sich auf dem Weg zum undichten Abflussrohr am Raumbahnhof machten.

Tessa zog sich Jeans und ein Top an und ein T-Shirt über, das auf hellblauem Hintergrund den violetten Schriftzug »Purple Toupet« trug. Dann machte sie noch kurz Beagle in ihrem Tagtraum ein paar passende Vorwürfe wegen seiner Gedankenlosigkeit und brach auf, um ihre neue Heimat zu erkunden.

Jungs – ehrlich …! Beagle, ich gebe ja zu, dass ich gern meinen Willen kriege, aber du musst das auch richtig interpretieren. Du willst ja wohl kein dummes Stück zur Freundin, das dich anhimmelt, obwohl sie dich überhaupt nicht versteht. Aber wir cleveren Mädchen geben eben auch Widerworte. Und, das nur zur Information, damit signalisieren wir Interesse. Bei Typen, die unter unserer Würde sind, sparen wir uns die Spucke.

»Komm mit, Cassi!« Sie steckte die Schildkröte in ihre Jackentasche, wedelte einmal kurz vor der Lichtschranke und ließ so die Wohnungstür zur Seite gleiten.

Die Gänge im Außenbereich waren wenig schmuckvoll (»funktional« hätte die Werbebroschüre von Mao-Gandhi II sie bestimmt genannt, wenn sie ihr überhaupt einer Erwähnung wert gewesen wären), und das grelle Licht der Deckenlampen blendete Tessa zunächst, als sie aus Leos Wohnwabe trat. Sie war fast der einzige Mensch in dem langen Gang, dessen Enden sich durch die leichte Biegung scheinbar im Nirgendwo verloren. Erst als sie eine plötzliche scharfe Kurve nahm und auf den New Beijing Boulevard einbog, fand sie sich von einem Moment auf den anderen in einem Gewimmel von Arbeitern und Wissenschaftlern in verschiedenfarbigen Overalls, Lastkarren mit Wasserstoffantrieb, Wachleuten und Fahrzeugen vom Sicherheitsdienst wieder, sodass ihr gar nichts anderes übrig bleib, als mit dem Strom zu schwimmen, der sie – so weit sie das eben den Hinweisschildern auf Chinesisch und Hindi, auf denen unten noch ganz klein die englische Übersetzung stand, entnehmen konnte – in Richtung des Hauptplatzes mit der großen Glaskuppel führen würde.

Kurz bevor sie dort ankam – es konnte nicht mehr weit sein – musste sie einem Lastkarren ausweichen, der sperrige technische Geräte geladen hatte. Der Fahrer hupte wütend, und Tessa konnte nur noch schnell zur Seite springen, um nicht angefahren zu werden. Dabei stieß sie mit einem chinesischen Mann im Overall zusammen, der einen Fluch ausstieß und mit ihr zusammen zu Boden ging. Sie konnte nur kurz »Duibuqi!« sagen – für ein einfaches »Entschuldigung!« reichte ihr Schulchinesisch dann doch gerade noch – und wich in eine Seitenstraße aus.

Erst nach einigen Momenten nahm sie wahr, dass das Licht in dieser Gasse merkwürdig grünblau schimmerte, und als sie aufsah, erkannte sie, warum: Es war eine große Leuchtreklame, deren Buchstaben die Worte »Casino Orbit« formten. Der Eingang, der aus zwei Schwingtüren wie bei einem Western-Saloon bestand, war von zwei großen, aufrecht sitzenden Winkekatzen eingerahmt. Aus dem Inneren des Lokals drang leise Musik.

Tessa trat ein. Hunger auf eine weitere Pizza hatte sie zwar nicht schon wieder, aber anschauen könnte man sich den Laden ja mal … Hinter dem Tresen mit seinen tiefhängenden Lampen und den silbern glänzenden Zapfhähnen stand ein etwas müde aussehender indischer Mann mittleren Alters, dessen volles Haar an den Schläfen schon leicht ergraut war. Er musterte Tessa mit dem Blick des Einheimischen, der genau wusste, dass diese Person, die gerade hereingekommen war, neu auf der Mondbasis war.

»Hallo«, sagte Tessa und ärgerte sich im selben Moment, dass ihre Stimme mäuschenmäßig piepste. Sie räusperte sich und wiederholte, nun mit deutlich erwachsener klingender Stimme: »Hallo!«

Der Inder antwortete, praktisch ohne die Zähne auseinanderzukriegen und ohne jegliche Lippenbewegung: »Was darf's sein? Alkohol nur mit 3er-Clearance. Keine Kreditkarten.«

»Ich hätte gern eine Limo«, sagte Tessa.

»Shanghai oder Mumbai?«

»Ähm?«

»Shanghai-Limo oder Mumbai-Limo«, wiederholte der Barkeeper, wobei er dieses Mal die Lippen tatsächlich leicht bewegte, ganz so, als amüsierte er sich darüber, dass Tessa so gar keine Ahnung von den Gepflogenheiten auf Mao-Gandhi II hatte.

»Wo ist denn da der Unterschied?«

»Shanghai-Limo schmeckt furchtbar, Mumbai-Limo ist großartig«, sagte er und grinste jetzt.

»Dann hätte ich gern eine Mumbai-Limo!«

Er holte eine Flasche aus einem der Kühlschränke, die an der Wand hinter dem Tresen standen, öffnete sie und reichte sie Tessa. Gleichzeitig hielt er ihr sein Armband hin, damit sie bezahlen konnte.

Da stieg Tessa die Schamesröte in die Wangen: Sie hatte ja noch gar kein Armband! Wie peinlich – sie war praktisch mittellos, solange Leo ihr kein eigenes besorgt hatte.

»Öh ...«, stammelte sie, und legte sich gerade im Kopf einen Plan zurecht, was für ein Pfand sie dem Barkeeper dalassen könnte, damit er sie gehen ließe, ohne dass sie Geschirr spülen müsste – oder wie vielen schmutzigen Gläsern und Tellern würde hier wohl eine kleine Limo entsprechen? Doch der Inder, der schon bemerkt hatte, dass Tessa weder am linken noch am rechten Handgelenk ein Armband trug, lächelte.

»Geht aufs Haus. Nächstes Mal solltest du dir jemanden suchen, der dich einlädt.«

»Mach ich«, gab Tessa zurück und plinkerte einmal kokett mit den Wimpern.

»Aber im Ernst«, sagte der Barkeeper. »Du bist neu hier?«

»Gestern angekommen«, antwortete Tessa. »Ich wohne bei meinem Papa, Leo ... Er arbeitet beim Versorgungstrupp. Kennen Sie ihn vielleicht?«

»Machst du Witze? Hier kennt jeder jeden. Dein Vater hat hier schon ein paarmal den Abfluss durchgepustet – das Ding ist irgendwie fehlkonstruiert. Sieh an, Leo hat mir nie erzählt, dass er eine so große Tochter hat!«

»Ja, wir Kleinen wachsen so rasend schnell heran«, antwortete Tessa ironisch, und der Barkeeper grinste.

»Hast du denn auch schon einen Namen?«, fragte er mit neckendem Unterton.

»Ich heiße Tessa.«

»Sehr erfreut, Tessa«, sagte er und reichte ihr die Hand. »Danjeep Singh – ich habe den Laden hier gepachtet, und ich suche dringend eine zuverlässige Kraft hinterm Tresen.«

Der junge Inder, der Leo und ihr die Pizza geliefert hatte, schaute über die Schwingtüren, die zur Küche führten. Tessa erkannte ihn gleich wieder, auch wenn er jetzt sein Käppi nicht trug. Mit einer Geste bedeutete Mr Singh ihm, sich schleunigst wieder in die Küche zu verziehen, und rief ihm mit erhobener Stimme, sodass er es auch hören musste, hinterher: »*Gutes* Personal ist nämlich schwer zu kriegen!« Zu Tessa gewandt und wieder in freundlichem Tonfall, fuhr er fort: »Das kann einfach kein Zufall sein, dass du hier so urplötzlich hereinschneist. Hast du denn überhaupt schon einmal in einer Bar gearbeitet?«

»Etwas über ein Jahr. Ich hab aber mehr gekellnert, und es war auch eher ein Plüsch-Café.«

»Macht nichts, ich seh dir an, du bist ein Naturtalent. Und wer die Arbeit im Plüsch-Café übersteht, schafft auch den Job hier im Casino«, sagte Mr Singh und lachte wieder. »Ich zahle zwölf Fù pro Stunde. Wann kannst du anfangen?«

»Ähm.« Wieder stand Tessa kurz auf dem Schlauch, bis sie sich fing und sagte: »Eigentlich sofort!«

Genau in diesem Moment meldete sich der Flash-Reminder ihrer Nachrichten-Wabe mit einem hellen Blinken und einem Summen. Die Hologramm-Schrift lautete: *Mitteilung: Beginn des gebuchten Fernunterrichts in 0 Tagen, 0 Stunden, 10 Minuten. Bitte bestätigen!*

Oh nein – die verdammte Schule! Hastig tippte sie die Bestätigung ein, rief Mr Singh zu: »'tschuldigung, ich hab

einen Termin, seh ich gerade. Aber morgen kann ich anfangen!«

Mr Singh zog amüsiert eine Augenbraue hoch und antwortete seiner neuen Angestellten: »Gut, dann bis morgen!
Kannst du um drei Uhr …« Er unterbrach sich mitten im
Satz, denn Tessa war schon durch die Schwingtür hinaus-
gestürzt und lief zurück zur Wohnwabe, die jetzt ihr Zuhause war.

KAPITEL 5

Unterricht bei Becky Sharp

Tessa kam gerade zur Tür hereingestürzt, als ihr Flash-Reminder am Handgelenk auf »0 Minuten« umsprang und sich vor der Küchenzeile ein Langwellen-Hologramm materialisierte. Eine Frau, vielleicht Anfang dreißig, mit schulterlangen dunklen Haaren, in einem Business-Kostüm und einer weißen Bluse mit weit geschnittenem Kragen, schien in der Wohnwabe zu stehen. Sie schaute sich kurz etwas irritiert um, als ob sie dachte »Wo bin ich denn hier gelandet?«, doch sofort war dieser Schatten auf ihrer Miene wieder verschwunden und sie wandte sich mit überaus freundlichem Gesicht an Tessa, die noch völlig außer Atem im Eingang stand und wahrscheinlich nicht wirklich den Eindruck machte, im Augenblick besonders lernwillig zu sein. Tessa rang sich aber aus Höflichkeit ein Lächeln ab, setzte Cassi auf den Fußboden und ließ sich auf einem der Hocker nieder.

»Liebe Tessa, der Unterricht beginnt – wie schön! Ich bin Becky Sharp, ab heute deine Lehrerin, und wir werden zusammen sehr viel Spaß beim Lernen haben!«

War so viel Verstellung möglich? Diese Miss Sharp schien tatsächlich Freude daran zu haben, Leuten etwas beizubringen. Oder war sie, andere Möglichkeit, auch von Clever Corp. gehirngewaschen worden? Tessa versuchte, sich ihren aufsteigenden Ärger, dass sie sich auf diesen Blödsinn eingelassen hatte, nicht anmerken zu lassen. Mühe, die sie sich hätte sparen können, denn die mutmaßlich gehirngewaschene Miss Sharp verlas zunächst mit übertriebenem Elan die ausführliche Liste der Vertragsbedingungen, während Tessa langsam in einen Tagtraum glitt, in dem Beagle ihr seine immerwährende Liebe gestand, sich vor ihr auf die Knie warf und um Verzeihung bat, dass er sie so lange hatte warten lassen.

Ja, mein Lieber, so einfach ist das nun auch wieder nicht. Meinst du, ich hätte nichts Besseres zu tun, als darauf zu lauern, dass du irgendwann zu Verstand kommst? Woher willst du überhaupt wissen, dass mir nicht längst jemand anders begegnet ist – jemand, der mich besser versteht als du? Küss mich, Dummkopf.

»Tessa?«

»Ja, Miss Beagle – äh – Miss Sharp?«

»Wie ich gerade sagte: Wenn du die Vertragsbedingungen, die allgemeinen Geschäftsbedingungen von Clever Corp. und die besonderen Klauseln für interplanetarischen Unterricht akzeptierst nebst der Erklärung über die Verpflichtung zu ausreichender Kontodeckung, dann bitte ich dich jetzt einmal ums Shaka.«

»Bitte …?«

»Um das Shaka«, wiederholte Miss Sharp etwas langsamer, als ob sie es einer nicht besonders hellen Schülerin erklären müsste. Sie streckte den Daumen und den kleinen Finger ab und ballte die anderen Finger zu einer unvollständigen Faust. »Unser Firmengründer stammt von Hawaii und ist leidenschaftlicher Windsurfer«, erklärte sie und rollte dabei ein wenig mit den Augen, als wenn sie hinzufügen wollte: »Und er hält das wohl für cool.« Plötzlich wieder ganz geschäftsmäßig, fuhr sie fort: »Laut Abschnitt 3 der Zahlungsbedingungen gilt das von Kursleiter und Teilnehmer gleichzeitig ausgeführte Shaka ausdrücklich als kabellose Art des Vertragsabschlusses. Also?«

Tessa beuge sich zu dem Hologramm vor, und als sie mit ihrem kleinen Finger dem von Miss Sharp nahe kam, war ihr, als ob sie einen kleinen Elektronensturm auf ihrer Haut spürte. Aber das war sicher nur Einbildung ... Oder? Dort, wo sie mit Tessa Kontakt gehabt hatte, verfärbte sich Miss Sharps Hand grünlich, nahm aber schon wenige Sekunden später ihre alte Farbe wieder an.

»Sehr schön! Damit hätten wir die Formalitäten erledigt. Und nun zur Wahrscheinlichkeitsrechnung!«

Tessa stöhnte innerlich auf. Aber anscheinend nicht ganz stumm, denn als sie zufällig in diesem Moment Miss Sharp ansah, war es ihr, als umspielte ihren ansonsten so geschäftsmäßig freundlichen Gesichtsausdruck ein maliziöses Lächeln.

»Ich würde gern als Erstes deinen Wissensstand prüfen, Tessa – dann weiß ich gleich, wie schnell wir mit den richtig spannenden Sachen anfangen können.«

Diesmal gelang es Tessa, ohne jegliches Geräusch zu stöhnen.

»Dann erkläre mir doch einmal, was man unter einer kombinierten Wahrscheinlichkeit im Gegensatz zur einfachen Wahrscheinlichkeit versteht ... «

Tessa horchte tief in sich hinein. Doch, das wusste sie noch halbwegs – so lange war es gar nicht her, dass sie es in der Schule durchgenommen hatten. Kombiniert oder nicht, die Wahrscheinlichkeit, dass Beagle sie küssen würde, schoss es ihr durch den Kopf, war auf jeden Fall geringer als die, auf dem Mond eine Filiale von Shenzhen Streetwear zu finden ... Aber: Konzentration! Sie wollte sich schließlich nicht gleich in der ersten Stunde die Blöße geben, als minderbegabt dazustehen. Andererseits: Spielte es wirklich eine Rolle, welche Meinung ein Hologramm von einem hatte …?

»Ähm, also – wenn ich zum Beispiel einen Würfel habe, ist die Wahrscheinlichkeit, eine Drei zu würfeln – oder irgendeine andere Zahl, also eine zwischen eins und sechs natürlich – wo war ich? Ach ja: Die Wahrscheinlichkeit beträgt eins zu fünf. Wenn ich jetzt ein zweites Mal würfele, ist die Wahrscheinlichkeit für eine Drei natürlich wieder eins zu fünf.«

Tessa merkte, wie sie langsam in Schwung kam, und erklärte jetzt mit Nachdruck: »Aber wenn ich beide Würfe zusammen betrachte, ist die Wahrscheinlichkeit, zwei Dreien zu würfeln, eins zu fünfundzwanzig, eins zu fünf mal eins zu fünf eben. Und da könnte man auf die Idee kommen, dass der erste Wurf mit der Drei die Wahrscheinlichkeit, beim zweiten Wurf wieder eine Drei zu würfeln, negativ beeinflusst. Aber …« – Schlussspurt – »… weil von der Gesamtmenge aller möglicher Kombinationen bei zwei Würfen ja schon mal alle weggefallen sind, bei denen der erste Wurf keine Drei ist, bleibt's für den zweiten Wurf bei eins zu fünf, ganz egal, was vorher war!«

Miss Sharp blinzelte leicht irritiert. Sie schien sich erst daran gewöhnen zu müssen, dass ihre neue Schülerin Ahnung von den Fächern bewies, die sie durchzunehmen hatten. Aber ganz Profi, brauchte Miss Sharp nur Sekunden, um sich neu zu justieren und sagte einfach nur, in ganz neutralem Tonfall: »Ziemlich gut erklärt, Tessa. Dann lass uns gleich weitermachen …«

Die Stunde verging unerwartet schnell. Wie Tessa selbst ungläubig feststelle, hatten ihre Hirnzellen in einem versteckten Areal offensichtlich die ganzen Informationen abgespeichert, ohne ihrer Besitzerin Bescheid zu sagen. Jedenfalls war sie fast – fast! – enttäuscht, als Miss Sharp sagte: »Sehr schön! Auf deiner Nachrichtenwabe findest du die heutige Lektion und die Hausaufgaben zur Laplace'schen Normalverteilung. Dann bis morgen, Tessa. Du weißt, wir haben Geschichte auf dem Plan …«

Auf die Minute pünktlich begann Miss Sharp, sich wieder zu dematerialisieren. Doch als sie schon nur noch halb so hell schimmerte wie im voll geladenen Zustand, hielt sie noch einmal inne, flackerte wieder heller auf und rief Tessa fröhlich zu: »Hab ich's nicht gesagt: Wir werden viel Spaß miteinander haben!«

Sekunden später war sie vollständig verloschen, und nur ein leises statisches Knistern in der Luft erinnerte noch an die Mathe-Stunde.

»Hast du das gehört, Cassi? So was von übermotiviert, findest du nicht auch?«

Aber wo, zum Teufel, war Cassi? Ihr Transportkörbchen, das vorläufig in der Küche seinen Platz gefunden hatte und dessen Klappe offen stand, war leer – wie zu erwarten war. Tessa suchte die ganze Wohnung ab. Jetzt lernte sie plötzlich den begrenzten Platz ihres Quartiers zu schätzen – aber Cassi war beim besten Willen nirgends zu entdecken. Todesmutig durchwühlte Tessa sogar den Stapel mit der ungewaschenen Wäsche ihres Vaters. Da war sie nicht, nicht in der Kochnische, nicht unter dem Faltbett und auch nicht im Schlafzimmer. Aber wie sollte sie aus der Wohnung herausgekommen sein, überlegte Tessa, als sie, auf den Knien umherrutschend, zwischen den Schuhen, die Leo direkt hinter der Tür abgestellt hatte (sehr ordentlich, Papa!), nachschaute. Als sie direkt vor der Wohnungstür hockte und noch einmal – auch wenn sie wusste, dass sie Cassi unmöglich übersehen haben konnte – in alle Schuhe schaute, schnurrte die Tür plötzlich zur Seite und Tessa kam ein Schwall kühlerer Luft aus dem Korridor entgegen. Oh nein – es gab ausgerechnet direkt über dem Boden, auf Schildkrötenhöhe, noch einen Sensor, der den Türmechanismus auslöste! Cassi musste auf diese Weise entwischt sein, als Tessa gerade mit der bekloppten Wahrscheinlichkeitsrechnung beschäftigt gewesen war. Auf Socken und ohne die Tür wieder zu schließen (keine Zeit für Nebensächlichkeiten!), stürzte Tessa hinaus.

KAPITEL 6

Ein Blick in den Abgrund

Tessa bog nach links und raste den Korridor entlang. Ihr schossen lauter unverbundene Gedanken durchs Hirn. Dieser eine aber schaffte es, sich festzusetzen: Griechische Landschildkröten hatten es im Verlauf ihrer gesamten Evolution auf eine Höchstgeschwindigkeit von nicht mehr als vier Stundenkilometer gebracht. Und Cassi war ja wohl kaum durch die stärkere Protonen-Strahlung im All in so kurzer Zeit zur Rennkröte mutiert. Also konnte dieses Tier noch nicht allzu weit gekommen sein ... Tessa bremste abrupt ab – sie war ja viel zu weit gelaufen! – und begann, den Weg, den sie gerade im Sprint zurückgelegt hatte, in umgekehrter Richtung entlangzujoggen.

»Denk wie eine Schildkröte!«, murmelte Tessa vor sich hin. Auch die schlaueste Kröte hat in einer solchen Situation nun einmal bloß eine sehr begrenzte Auswahl an Fluchtmöglichkeiten!

Als Tessa fast schon wieder an ihrer und Leos Wohnwabe angekommen war, legte sie sich in die letzte Kurve des Korridors, um sie besonders elegant zu nehmen – und prallte plötzlich mit voller Wucht auf ein Hindernis. Tessas Schwung war aber größer als der Rückstoß von der Kollision, und so fiel sie nach vorn, konnte sich gerade noch abrollen und schlitterte ein wenig über den Boden, bis sie an der Wand des Korridors zum Stehen kam. Wie sie feststellte, war sie nicht alleine dort gelandet. Sie war mit den Extremitäten eines anderen verknäult, den sie als den jungen Afrikaner aus der Warteschlange am Spaceport wiedererkannte.

Aus der Froschperspektive, die Tessa durch den Sturz unfreiwillig eingenommen hatte, fiel ihr Blick direkt auf ein verbogenes Metallgitter am unteren Ende der Wand, das an einer Ecke so weit nach außen gebogen war, dass eine Schildkröte gerade hindurchpassen könnte. Ohne weitere Formalitäten wandte sie sich an Moinon, der gerade imaginären Staub von seinem Anzug in schwarz-weißem Fischgrätmuster klopfte (tatsächlich war der Reinigungstrupp, der alle Gänge mindestens dreimal am Tag putzte, gerade erst durchgekommen) und fragte ihn: »Hast du eine Taschenlampe dabei? Meine Schildkröte ist irgendwo dahinter!«

»Ähm, ja, habe ich«, antwortete Moinon überrumpelt und vergaß, dass er sich eigentlich beschweren und eventuell wegen fahrlässiger Körperverletzung mit seinem Anwalt drohen wollte. Moinon wühlte in seiner Schultertasche, holte zuerst seine Diktierwabe, dann seine Kamera, Papiertaschentücher und Werbeprospekte der Mondbasis hervor, bis er schließlich eine Lampe in der Hand hielt und sie Tessa reichte.

»Auch einen Schraubenzieher?«

»Ich habe mein Taiwaner Armeemesser dabei – das sind die besten!«, antwortete Moinon, und schob hinterher: »Wir kennen uns doch …?«

Da Tessa nicht reagierte, sondern mit der Taschenlampe durch das Gitter in den dahinterliegenden Schacht leuchtete, drückte Moinon ihr einfach wortlos den Schraubenzieher in die Hand. Tessa machte sich daran, die Klappe abzuschrauben, riss sie, als sie alle Schrauben gelöst hatte, aus dem Rahmen, der sie noch festhielt, und schob sich Kopf voraus in das Loch.

Tessa leuchtete den Schacht aus, so gut es eben ging.

»Cassi!«, rief sie, auch wenn sie wusste, dass sie selbst im besten Fall wohl kaum mit einer Antwort rechnen konnte. Aber tatsächlich – da war sie! Cassi war nur einen knappen halben Meter in die Tiefe geplumpst und lag nun auf einem schmalen Sockel, der aus der Seitenwand hervorragte. Sie musste sich im Fallen um die eigene Achse gedreht haben, denn sie lag, das konnte Tessa im Lichtkegel der Taschenlampe erkennen, auf dem Rücken und zappelte irritiert mit den Beinen. Aber weil sie nur mit der obersten Rundung ihres Panzers auflag, versetzte sich Cassi durch das Gezappel von selbst in eine leichte Drehbewegung und rutschte immer näher auf die Kante zu, dorthin, wo der Schacht senkrecht abfiel und der Lichtstrahl im abgrundtiefen Dunkel verlosch. Tessa angelte mit dem Arm vergeblich heran und versuchte, sich weiter hineinzuschieben. Aber sie blieb hängen und musste sich zunächst einmal wieder ganz aus dem Schacht herausschälen, um beim zweiten Versuch weiter hineinzukommen.

Gerade als Tessa wieder mit allen Körperteilen im Gang angekommen war, wehte ihr ein heftiger Luftzug entgegen, und ein lautes Gerumpel dröhnte durch den Schacht. Entsetzt drückte sich Tessa wieder mit dem Kopf voraus in den Schacht und stieß einen kleinen Seufzer der Erleichterung aus, als sie sah, dass Cassi immer noch da lag und nicht von dem Luftstoß herabgeschleudert worden war.

Hektisch und fordernd sagte sie zu Moinon, das heißt, eigentlich befahl sie es ihm eher: »Halt mich an den Beinen fest!«

Er griff Tessa, die schon wieder halb in der Öffnung verschwunden war, an den Waden und klemmte ihre Beine unter sich fest, indem er sich auf sie kniete.

»Du bist investigativ – ich mag das!«, sagte er halb scherzhaft, halb bewundernd, ohne damit zu rechnen, dass sie ihn noch hören könnte.

»Klappe!«, tönte es dumpf aus dem Schacht zurück.

Jetzt war Tessa weit genug im Schacht, um an die Schildkröte heranzukommen, die sich immer noch um sich selbst drehte und jeden Moment über die Kante zu kippen drohte. Tessa streckte ihre linke Hand aus. Einen Fehlgriff durfte sie sich nicht leisten, um Cassi nicht durch die Berührung herunterzustupsen. Aber der Griff saß und sie legte die Hand vorsichtig und zugleich beherzt um den Panzer. In diesem Moment schoss Tessa plötzlich nach vorn. Sie spürte an den Beinen keinen Gegendruck mehr. Hatte der Typ sie etwa einfach losgelassen? Instinktiv riss Tessa die rechte Hand nach vorn, in der sie die Taschenlampe hielt. Der Schwung der Armbewegung katapultierte die Lampe aus ihrer Hand; Moinons Leihgabe fiel immer tiefer den Schacht hinunter, wobei sie mit metallischem Scheppern von den Wänden abprallte. Tessa gelang es, auch wenn sie nicht hätte sagen können wie, sich mit der jetzt freien rechten Hand auf dem Sockel abzustützen. Sie holte mit dem Arm Schwung und versuchte, sich auf diese Weise wieder hochzudrücken. Einen panischen Augenblick lang war ihr Körper im perfekten Gleichgewicht zwischen Sturz in die Tiefe und Aufwärtsbewegung. Aber dann reichte der Schwung doch, Tessa bekam mit den Fingerspitzen den Rahmen zu fassen, griff schnell nach und zog sich mitsamt Cassi zurück ins helle Licht des Korridors.

Völlig verdreckt, hysterisch und am ganzen Körper zitternd ließ sich Tessa im Korridor zu Boden fallen. Sie schluchzte unkontrolliert und drückte die Schildkröte so fest an sich, dass man von Glück sagen konnte, dass Cassis Panzer derartigen Belastungen problemlos standhielt.

»Cassi – meine Cassi!«, flüsterte sie ihr zu. »Was machst du bloß für Sachen!«

Laute Rufe und eine abrupte Veränderung der Lichtverhältnisse brachten Tessa dazu, ihren Blick durch den Tränenschleier hindurch zu fokussieren.

»Tingzhi! Tingzhi qianjin! Ting!«

Was für'n Ding?, dachte Tessa, als plötzlich drei Stiefelpaare mitten in ihrem Gesichtsfeld standen. Als Tessa aufblickte, erkannte sie das Tarnmuster der Uniformen des Sicherheitsdienstes – und sie sah auch, dass die drei Männer sie nicht gerade freundlich anblickten. Der linke, ein Chinese mit verspiegelter Sonnenbrille und Oberlippenbart, rüttelte sie an der Schulter. Was er sagte, verstand sie nicht, worüber sie aber auch ganz froh war, denn es klang genauso unfreundlich wie die Blicke waren – und der Griff, mit dem Herr Oberlippenbart und sein jüngerer Kompagnon sie hochzerrten, während der dritte etwas in seine Nachrichtenwabe am Handgelenk sprach. Aber auch ohne fortgeschrittene Chinesischkenntnisse war Tessa klar, dass die drei sie gerade festgenommen hatten und nun abführten. Zur Sicherheit sagte Tessa in regelmäßigen Abständen »Duibuqi«, denn es konnte schließlich nicht schaden, wenn man sich entschuldigte … Die einzige Antwort, die sie von Oberlippenbart erhielt, war so etwas wie »Bizui!« oder so ähnlich. Das hatte Tessa im Unterricht nicht gehabt, aber freundlich klang auch das ganz und gar nicht. Sie drückte Cassi wieder fester an sich, während sie durch die Gänge zur Sicherheitszentrale geführt wurde.

Jean-Amadé Moinon löste sich aus der Wandnische, in die er sich gedrückt hatte, als er den Trupp Sicherheitsleute hatte kommen hören, und schoss noch schnell aus sicherer Distanz ein letztes Foto von Tessas Festnahme. Die Typen waren mit ihrem Fang so beschäftigt, dass sie überhaupt nicht mitbekommen hatten, dass er von der Ecke aus alles fotografiert hatte!

Im Kopf formulierte Moinon schon einmal einen Einstieg für seinen ersten journalistischen Coup: *Brutaler Übergriff gegen junge Mondbesucherin – Ist die Security auf Mao-Gandhi II außer Kontrolle?* Oder noch besser: *Sie wollte nur ihr Haustier retten – und landete hinter Gittern!* Moinon beschloss, seine eigene Rolle bei der Story zunächst einmal auszulassen, und aktivierte seine Diktierwabe, um gleich seinen exklusiven Report an Charme Dantan abzusetzen.

In der Sicherheitszentrale fand sich Tessa in einem schmucklosen Büro wieder, in dem außer einem Tisch, zwei Stühlen (auf den einen war Tessa platziert worden), einer Deckenlampe und einem Bild des milde lächelnden Vorsitzenden des Obersten Asienrates absolut nichts an Einrichtung befand. Tessa hörte, wie die Tür aufglitt und wollte sich umdrehen, doch der eine der drei Sicherheitsleute, der ihr erhalten geblieben war und direkt neben ihrem Stuhl stand, drückte sie an der Schulter wieder in den Sitz. Der Besucher trat um Tessa herum und nahm auf dem Stuhl hinter dem Tisch Platz. Auch wenn Tessa im Schätzen des Alters von

Erwachsenen nicht besonders gut war, hätte sie gesagt, dass der Mann, ein schlanker, groß gewachsener Chinese mit raspelkurz geschnittenem Haar, akkuraten Koteletten, einem maßgeschneiderten, im Neonlicht leicht changierenden Anzug und einer randlosen Brille etwas über vierzig Jahre sein mochte. Aber vielleicht ließen seine schmalen Wangen und die tiefen Mundfalten ihn auch älter wirken.

Ein weiterer Sicherheitsoffizier, den Tessa zuvor noch nicht gesehen hatte, stellte vor ihrem Besucher eine zierliche blau-weiß gemusterte Tasse ab und verließ das Zimmer eilig wieder. Tessa war klar, dass sie hier keine Getränkewünsche äußern brauchte. Ihr Besucher mit den Mundfalten nippte am dampfenden Tee und verzog das Gesicht, weil er heißer war, als er erwartet hatte. Dann beugte er sich zu Tessa vor, stützte die Arme auf die Tischkante und faltete die Hände zu einer Raute.

»Wen haben wir denn da?«, fragte er mit leicht spöttischem Unterton.

Tessa wollte gerade ansetzen, ihren Namen zu nennen, als er ihr mit einer Geste zu verstehen gab, dass sie schweigen sollte. Überrascht von seiner Grobheit, gehorchte Tessa. Er wedelte einmal mit seiner rechten Hand, worauf vor ihm ein orange schimmerndes Hologramm erschien, in dem Tessa neben viel Text auch das Foto von sich erkannte, das bei der Einreisekontrolle am Spaceport von ihr gemacht worden war. Mit einem Fingerwischen blätterte er in ihrer Akte. Tessa versuchte, ihre zunehmende Angst zu bekämpfen, indem sie Cassis Panzer streichelte.

Nach mehreren Minuten Aktenstudiums, die Tessa wie eine Ewigkeit vorkamen (was er natürlich genau wusste und genüsslich auskostete), wandte er sich Tessa zu:

»Nun, Tessa«, er unterbrach sich, um seine Fingergelenke mit lautem Knacken lang zu ziehen, worauf Tessa nun wirklich übel wurde, »jetzt gibt es zwei Möglichkeiten.« Er machte eine lange Kunstpause.

Mit einem leichten Hochziehen der Augenbrauen deutete Tessa an, dass sie verstanden hatte.

»Entweder du kooperierst und erzählst mir, wer dich beauftragt hat, hier auf Mao-Gandhi II herumzuspionieren, oder ...«

»Oder?«, fragte Tessa und schluckte unwillkürlich.

Mit einem Heben des rechten Zeigefingers gab er dem Wachmann zu verstehen, dass er sich entfernen könne. Mit einem leisen Schnurren glitt die Tür hinter ihm wieder zu, und, wenn man Cassi einmal nicht mitrechnete, war sie nun mit ihrem Gegenüber allein.

»Oder ...«, er rang sich ein freudloses Lächeln ab, »lass es mich so formulieren: Im Weltall hört dich niemand schreien!«

KAPITEL 7

Auf Bewährung draußen

»Oh mein Gott …«

»Würg!«

»Wieso hat das denn niemand eher gemerkt …?«

Leo, Mika und Mikhail waren bei ihrem Einsatzort in der Nähe des Raumbahnhofs angekommen, hatten die Verschalung des Ganges geöffnet und betrachteten nun das ganze Ausmaß des Lecks im Abflusssystem.

Mikhail griff in die Öffnung und zog einen Sensor heraus, den jemand abgeklemmt haben musste. »Seltsam …«, brummelte er. Im Schacht stand das Schmutzwasser, das aus dem Rohr tropfte, mehrere Zentimeter hoch.

Leo holte sich die hüfthohen Anglerhosen vom Arbeitstrolley, auf dem der holografische Plan rhythmisch rot pulsierte, zog sie über und stapfte hinein. Nicht einmal die Notbeleuchtung funktionierte noch. Im Schein seiner Lampe tauchte plötzlich eine Metallwand vor ihm auf, die es laut Plan gar nicht geben durfte. Die Schweißnähte wirkten noch ganz frisch. So hatte das Wasser keine Möglichkeit gehabt abzufließen und den Schacht volllaufen lassen. Leo tastete gerade ganz vorsichtig die Metallwand ab, so als ob er fürchtete, sie könnte sich jeden Moment in Luft auflösen, als er ein Rauschen bemerkte, das schnell anschwoll und immer näher kam. Die Metallwand erzitterte, als das Rumpeln genau auf Leos Höhe war, weil lauter schwere Gegenstände, die mit hoher Geschwindigkeit den Schacht entlanggeschossen kamen, gegen sie schlugen. Erschrocken sprang

Leo zurück, während die Metallwand heftig vibrierte. Nach wenigen Sekunden war der Spuk wieder vorbei, und nur ein paar kleine Beulen im Blech blieben als Beweis, dass überhaupt etwas passiert war.

Mika und Mikhail hatten den Lärm draußen im Gang nur gedämpft gehört und ahnten nichts Böses, als Leo plötzlich, völlig bleich im Gesicht, wieder herauskam.

»Leo, du hast gesehen Gespenst?«, fragte Mikhail, seinerseits erschrocken, aber Leo war noch zu benommen, um eine sinnvolle Antwort zu geben. Vom Wasser, das von seiner Gummihose abtropfte, bildete sich um ihn herum eine schlierige Lache.

Leo fasste sich rasch und wollte den beiden gerade erklären, was er erlebt hatte, als sein Beeper aufleuchtete und hektisch zu schnarren begann. Leo las: »Persönliche Vorladung – Priorität A – umgehend im Büro des Sicherheitsdienstes einfinden« und kapierte zunächst einmal gar nichts. Er hatte doch nun wirklich nichts angestellt? Da fiel ihm nach sekundenlanger Verzögerung ein, dass er seine Tochter zu Besuch hatte. »Oh nein – Tessa!« entfuhr es ihm unwillkürlich. Er stieg hastig aus der Anglerhose, machte dabei ein paar Hoppelschritte, fiel fast vornüber und raste, nachdem er die Hose zurück auf den Wagen geschleudert hatte, los in Richtung des Zentralbereichs.

Mika und Mikhail blickten ihm verwundert hinterher. Mikhail fand als Erster die Sprache wieder und fasste die Szene kurz mit einem weiteren Sprichwort zusammen: »Ein Narr kann jeder werden, weise nur wenige«, sagte er leise vor sich hin und machte sich daran, Leos Arbeitsutensilien einzusammeln.

»Weißt du, in welche Gefahr du dich begeben hast?«, brüllte Wang Tessa an. »Was immer du in dem Schacht gesucht hast, ich erzähl dir mal, was dir passiert wäre: Der Schacht führt direkt zur Müllschleuse, und wenn du dir nicht schon vorher das Genick gebrochen hättest, wärst du mit dem Müll zusammen irgendwann nach draußen befördert worden. Und falls du in Physik nicht aufgepasst hast: Da draußen herrscht ein Vakuum, keine Luft, gar nichts. Und was macht man ohne Luft, Mädchen?«

Wang tippte Tessa mit dem Zeigefinger mehrmals auf die Brust: »Man verreckt, das macht man! Du überlebst da genau für sechs Sekunden, dann wird die Flüssigkeit in deinem Körper zu Gas und du explodierst. Kein schöner Tod, findest du nicht auch?«

Tessa bemerkte einen Luftzug und hörte, wie die Tür sich öffnete und jemand hereinkam.

Wang brach plötzlich ab, erhob sich und salutierte. »Meister Li …«, sagte er überrascht.

Der Besucher trat in Tessas Sichtfeld. Der alte Chinese (zumindest fand ihn Tessa sehr alt) trug eine Uniformjacke, an der Dutzende von Orden in mehreren Reihen dicht an dicht gesteckt waren und leise klimperten, wenn er sich bewegte. Li winkte Wang in die hintere Ecke des Zimmers zu sich. Tessa hörte sie tuscheln, verstand von ihrem Chinesisch aber nur Bruchstücke. Wang zeigte immer mal wieder auf sie; wenn Tessa es richtig deutete, versuchte Li ihn aber zu beruhigen.

Nun wandte sich Li zu ihr. Er holte mit einer so selbstverständlichen Geste ein Salatblatt aus einer Tasche seiner Jacke, als ob er auf dem Mond jeden Tag nichts anderes täte, als selbstmordgefährdete Schildkröten zu füttern.

Cassi nahm das Angebot dankbar an und mümmelte, nachdem Tessa sie abgesetzt hatte, zufrieden auf dem Fußboden an ihrem Snack. Li schaute die Kröte an, lächelte kurz versonnen und sagte dann mit einer tiefen Stimme, die Tessa sofort Vertrauen einflößte: »Du bist also die Tochter von Leo? Guter Mann ... Wusstest du eigentlich, dass Schildkröten bei uns als machtvolle Glückssymbole gelten?« Er kratzte sich unvermittelt am rechten Ohr. Durch die plötzliche Bewegung klimperten die Orden an seiner Brust, was ihn anscheinend irritierte. Für ein paar Augenblicke wirkte er geistesabwesend, fasste sich aber und fuhr fort: »Wo war ich? Ach ja: Tessa, das war eine dumme Geschichte von dir.« Und mit einem weiteren Blick auf Cassi sagte er: »Ich kann ja verstehen, dass man einen Gefährten braucht, so weit weg von zu Hause. Und so ganz allein unter Bauarbeitern, Ingenieuren und strengen Sicherheitsoffizieren ... «

Konnte es sein, dass er Tessa beim letzten Wort wirklich zugezwinkert hatte? Dabei war sie noch vor wenigen Minuten fest überzeugt gewesen, die nächsten Jahre hinter Gittern bei Wasser und Brot – wahrscheinlich eher Brotersatz – verbringen zu müssen. Aber wenn sich Li als oberster Obermotz über seinen diensteifrigen Stellvertreter lustig machte, würde es jetzt so schlimm wohl doch nicht kommen ...

»Die Mondbasis ist ein rauer Ort, Tessa. Wer hierherkommt, hat entweder großen Ehrgeiz – oder wenig zu verlieren.« Li hatte die Hände auf dem Rücken gefaltet und sprach die Sätze in Richtung Wand. Nach einer Pause, in der er sich abermals in seinen Gedankengängen verirrt zu haben schien, drehte er sich um und sprach Tessa wieder direkt an. »Eigentlich ist Mao-Gandhi II nicht das richtige Pflaster für ein junges Mädchen wie dich. Immer noch besser als Mao-Gandhi I, wenn du verstehst, was ich meine ... « – was Tessa natürlich nicht im Geringsten tat – »Aber ich glaube, es wird dir bald besser hier gefallen – ich habe da so meine Pläne ... « Dem Satz schob er ein leicht verrückt wirkendes Kichern hinterher, das ihm einen scharfen Blick von Wang einbrachte, der drauf und dran war, etwas zu erwidern. Da hörte Tessa, wie die Tür hinter ihr ein weiteres Mal aufglitt. Sie spürte schon Sekundenbruchteile, bevor sie Leos Stimme erkannte, dass ihr dieser neue Besucher wohlgesonnen sein würde.

»Hier bist du ... «, konnte er noch ansetzen, aber Wang fing Leo sofort ab – Li ließ seinen Stellvertreter gewähren – und gab ihm in lautem Flüsterton eine garantiert nicht ganz unvoreingenommene Version der Ereignisse.

Tessa, die ihren Vater nur im äußersten Augenwinkel sah, konnte Leos Gesichtsausdruck nur erahnen, als er erfuhr, wie knapp sie einem fürchterlichen Unfall entgangen war, was vielleicht auch ganz gut so war ...

»Geh – erhol dich von dem Schrecken!«, sagte Li und legte der sitzenden Tessa eine Hand auf die Schulter. Tessas Blick traf sich unabsichtlich mit dem von Wang – der jedoch starrte sie alles andere als gütig an. Tessa lief es kalt den Rücken herunter.

Leo umarmte sie stumm, als sie, immer noch mit zittrigen Knien, aufgestanden war. Das war ihr nur recht. Noch eine tränenreiche Wiedersehens-Szene in so kurzer Zeit war wirklich nicht nötig, fand sie selbst in ihrem durch und durch erschütterten Zustand.

Leo und sie gingen durch die Gänge der Mondbasis, die ihr in ihrer kurzen Zeit dort noch nie so lang und auch noch nie so feindselig auf sie gewirkt hatten. Selbst die Beleuchtung kam ihr aggressiv vor. Leos Arm, den er ihr um die Schultern gelegt hatte, fühlte sich wie eine Rüstung und ein Schutz für sie an.

Erst kurz vor ihrem Ziel fand Leo die Kraft, etwas zu sagen, und Tessa merkte, dass er schon die ganze Zeit versucht gewesen war, zu sprechen, aber befürchtet hatte, dass seine Worte nicht die richtigen sein würden. »Charmante Tochter«, begann er. Das kannte sie noch aus ihrer Kindheit: Wenn er etwas richtig Ernsthaftes zu sagen hatte, musste er erst so tun, als ob alles lustig und locker wäre. Ganz genau konnte sie sich nicht mehr erinnern: Hatte sie das schon durchschaut, als sie noch im Kindergarten war, oder war es doch erst in der ersten Klasse gewesen?

»Charmante Tochter«, wiederholte Leo. »Die Aktion war ja wohl schwer daneben!« Er schaute sie auffordernd von der Seite an, aber Tessa dachte gar nicht daran, sich ihm gleich zuzuwenden. Das hatte noch einen Moment Zeit; ganz so einfach würde sie es ihm dann doch nicht machen und sofort die reumütige Tochter geben.

»Ich bin bloß froh, dass ich gar keine Zeit hatte, mir Sorgen zu machen. Ich wäre sonst verrückt geworden! Und, Tessa –« Er stoppte und zog sie zu sich, sodass sie ihm nun doch zwangsläufig in die Augen schauen musste. »Kein Wort davon zu deiner Mutter!«

»Ach, das ist das Erste, woran du denkst – dass du Ärger kriegen könntest?«

Leo zog schnell den Arm zurück. »Du kriegst das in den falschen Hals, Tessa. Aber überleg dir mal, wie ich jetzt dastehe. Du bist noch keinen Tag da, aber bist schon dem Sicherheitsdienst übel aufgefallen – und ich habe wahrscheinlich einen Eintrag in der Personalakte!«

»Nee, ich hab schon verstanden. Sich bloß keinen Ärger einhandeln, das ist immer dein Prinzip!«

»Tessa, sei nicht störrisch! Mit fünf war das vielleicht noch süß, aber jetzt … Das ist doch völliger Irrsinn herumzuschnüffeln, ohne den blassesten Schimmer, ob das gefährlich werden könnte!«

»Papa, kapierst du überhaupt nichts? Ich musste in den Schacht klettern, um Cassi zu retten, weil der blöde Sensor an deiner Tür viel zu weit unten ist, und was Wang dir erzählt von Spionieren und so, stimmt überhaupt nicht, und wenn Moinon nicht so ein Feigling gewesen wäre und mich losgelassen hätte, wäre das alles gar kein Ding gewesen, und ich konnte das den Typen nicht erklären, weil die gar nicht zugehört haben, und dieses fiese Ekel Wang hat mir total Angst gemacht und …«

Tessa merkte selber, dass ihre Geschichte, so wahr sie auch sein mochte, nicht besonders einleuchtend wirkte.

Leo schaute sie auch entsprechend verständnislos an. »Nein, ich kapiere wirklich überhaupt nichts«, sagte er mit einem scharfen Ton in der Stimme. »Außer, dass das Fräulein immer automatisch im Recht ist und alle anderen die Idioten sind. Da spricht die Tochter ihrer Mutter …! Aber mit der Nummer kommt man bei mir nicht mehr durch!«

Oh, Papa!, dachte Tessa. Immer noch derselbe Sturkopf wie früher, der unsachlich wird, wenn ihm die Argumente ausgehen.

Leo ließ sich nicht bremsen und steigerte sich in seinen Zorn hinein: »Wenn du denkst, dass ich mich für blöd verkaufen lasse, hast du dich geschnitten. Das Ganze ist auch so schon stressig genug für mich!«

Tessa merkte, wie nun auch bei ihr die Wut hochstieg. Nichts machte sie zorniger, als wenn sie zu Unrecht beschuldigt wurde, und Leo schaffte es gerade auf seine unnachahmliche Art und Weise, sie gleichzeitig als zickig, arrogant und blöd darzustellen. So nicht! Sie gab ihm mit gleicher Münze heraus: »Ja, wenn's stressig wird, machst du lieber den Abgang! Genau wie damals, als du ausgezogen bist. Ich hätt's wissen müssen – es war der größte Fehler meines Lebens hierherzukommen. So eine blöde Idee!«

»Ja, blöde Idee, kann man wohl sagen. Dann geh doch zurück und heul dich bei deiner Mutter aus!«

»Mach ich auch, sobald ich mir einen Rückflug gebucht habe! Dann kannst du's dir endlich wieder allein in deiner tollen Wohnwabe gemütlich machen!«

Während sie sich noch anschrien, merkte Tessa, dass sie eigentlich nur aus Trotz noch weiter gegen Leo kämpfte – und es schien ihr, als ob es ihm genauso ging. Aber verletzt fühlte sie sich schon, und so legte Tessa die letzten Meter bis zu ihrer Wohnwabe schweigend zurück. Mehr als ein Waffenstillstand war an diesem Abend wohl nicht mehr zu erwarten; die Friedensverhandlungen mussten noch bis zum nächsten Tag verschoben werden. Wortlos begann sie, sich zur Nacht fertig zu machen, während auch Leo nach wie vor demonstrativ schwieg.

Erst als Tessa sich die Schuhe ausziehen wollte, fiel ihr auf, dass sie die ganze Zeit bloß in Socken herumgelaufen war. Als sie sich die Zähne putzte und sich dabei im Spiegel von Leos Waschnische anschaute, erschrak sie, als sie die tiefen Augenringe sah, die sich in den letzten Stunden in ihr Gesicht eingegraben hatten. »Du siehst aus wie 'ne Leiche auf Urlaub«, sagte sie zu sich selbst. Bevor sie sich schlafen legte, baute sie aus dem Pappkarton des Faltbetts noch ein kleines, ausbruchsicheres Gehege für Cassi, die den plötzlichen Freiheitsentzug stoisch hinnahm. Sie zog die Jalousie vor der kleinen Sichtluke, hinter der die Mondoberfläche kalt und erbarmungslos im Licht der vollen Erdkugel strahlte, langsam herunter und war endlich allein.

KAPITEL 8

Miss Sharp kann auch anders

Tessa hatte lange in der abgedunkelten Wabe gelegen und vergeblich versucht einzuschlafen. Irgendwann war sie aber doch weggedämmert – und als sie von einem merkwürdigen Geräusch und einem hellen bläulichen Schimmer aus dem Schlaf gerissen wurde, kam es ihr so vor, als müsste sie durch viele, viele Traumschichten hindurch hochsteigen, um schließlich in der Wirklichkeit anzukommen. Ein paar Sekunden nahm sie das Schimmern einfach nur konfus wahr, und dann kapierte sie mit einem Schlag: Das konnte nur Becky Sharp sein, die sich zur nächsten Unterrichtsstunde materialisierte! Ihr auf stumm geschalteter Flash-Reminder, der neben dem Bett lag, zeigte 9.30 Uhr Mondzeit an – Schulbeginn!

Ein kurzer Musik-Jingle kündigte an, dass das Hologramm vollständig geladen war, und schon legte Becky Sharp, diesmal in einem fast identischen Kostüm, mit dem Unterricht los: »Hallo, Tessa, wie schön, dass es weitergeht. Wir können heute wunderbar vorankommen. Lass mich zur Einstimmung auf die Lerneinheit zur jüngeren Globalgeschichte noch einmal die wichtigsten Fakten repetieren.«

Tessa setzte sich auf und fuhr sich durch ihre vom unruhigen Schlaf wild verstrubbelten Haare.

Becky Sharp machte ihre Ankündigung sogleich wahr und dozierte: »Auch wenn es sich aus heutiger Sicht völlig verrückt anhört: In den 60er-Jahren des vorigen Jahrhunderts befanden sich die führenden Raumfahrtnationen in den Randgebieten, im westlichen Randgebiet die Sowjetunion, im östlichen die USA ...«

Becky Sharp schnippte einmal mit den Fingern, worauf neben ihr ein holografisches Bild erschien, das eine riesige Saturn-Rakete zeigte, die sich gerade von der Startrampe löste. Sie fuhr fort: »Die USA, wie du sicher weißt, Tessa, waren bis zu ihrer vernichtenden Niederlage im 2. Internetkrieg und der weitgehenden Demontage der Datenleitungen in den Randgebieten die größte Wirtschaftsmacht der Welt. Die Amerikaner waren auch die Ersten, die auf dem Mond landeten. Sie blieben aber lediglich 22 Stunden und trauten sich nur für gut zwei Stunden aus ihrer Landfähre – Besiedlung kann man das beim besten Willen nicht nennen, wenn du mich fragst. Und 1972 war auch schon wieder Schluss. Apollo 17 war die letzte Mondmission – bis sich die indische und die chinesische Raumfahrtbehörde im Vertrag von Chennai auf den Bau einer permanenten Mondbasis am Rande des Mare Imbrium festlegten. Im Pendelverkehr mit Raketen der Seidenraupen-Baureihe wurden von 2028 an die Baumaterialen ins All geflogen, in einer Mondumlaufbahn vormontiert und schließlich installiert. Mao-Gandhi I diente als Unterkunft für die Montagetrupps und wurde nur für die Zeit der Bauarbeiten genutzt – die erste wirklich permanente Mondbasis Mao-Gandhi II ging 2036 offiziell in Betrieb und wird seitdem ständig erweitert. Ich dachte, da du ja jetzt auf dem Mond dein Zuhause hast, dass dies das perfekte Thema für dich sein müsste – Tessa ...?« Jetzt erst schien Miss Sharp zu bemerken, dass etwas anders war als bei der vorigen Stunde. Sie blickte sich mit einem Stirnrunzeln in der Wohnung um, sah Tessa länger forschend an und fragte: »Tessa? Ich habe den Eindruck, dass du nicht ganz bei der Sache bist.«

Die ganzen Gedanken, die Tessa ungeordnet durch den Kopf schossen, zu entwirren, hätte viel zu lange gedauert, und so gab Tessa bloß die einfache Version wieder: »Ich fühle mich nicht wohl, Miss Sharp.«

Miss Sharp justierte sich kurz, faltete die Hände vor dem Körper zusammen, atmete einmal tief durch und begann wieder mit ihrer fröhlichen Lehrerinnenstimme: »Gut, dann machen wir etwas Einfaches; chinesische Fragepartikel und Fragewörter. Ach, das wird auch sehr spannend!«

Tessa gelang es, nur innerlich aufzustöhnen.

»Wie du dich sicherlich erinnerst, wird der Modalpartikel ›ma‹ an einen Satz angehängt, um aus einem Aussagesatz eine Frage zu machen, wobei die restliche Satzstruktur unverändert bleibt …«

Tessa unternahm einen ernsthaften Versuch zuzuhören, doch schon entglitten ihr die Gedanken wieder. Und es dauerte nicht lange, bis Miss Sharp das auffiel.

Ohne ihre Lektion zu unterbrechen, dozierte sie noch ein paar Sätze über die Besonderheiten der bestätigend verneinenden Fragen, ließ nach dem letzten Beispielsatz eine Pause entstehen und schwieg einfach. Eingelullt vom Singsang ihrer Stimme, fiel Tessa erst nach einigen Sekunden auf, dass gar nichts mehr zu hören war, und sie schaute verdutzt zu Miss Sharp auf, die gar nicht mehr das aufgekratzte Motivationsgehabe von sich gab, sondern plötzlich wie – ja, wie eigentlich? – einfach wie eine echte Person wirkte.

»Tessa, ich glaube, ich weiß, was dein Problem ist«, sagte sie. »Ich würde es so formulieren: Du hattest gestern offensichtlich einen richtigen Scheißtag!«

Unwillkürlich musste Tessa losprusten. Aha, Miss Sharp konnte also auch anders!

»Ja, so kann man das sagen«, bestätigte Tessa.

»Möchtest du darüber sprechen?«

»Vielleicht später«, antwortete Tessa und hatte dabei ganz vergessen, dass ihr bloß ein Hologramm gegenüberstand.

»Kein Problem. Was immer du auf dem Herzen hast, sag es mir.«

Tessa meinte herauszuhören, dass Miss Sharp durchaus kapiert hatte, dass das eine ganze Menge sein könnte ...

»Oje, wenn ich mir anschaue, was wir noch alles auf dem Plan haben ...« Miss Sharp seufzte, machte eine kurze Pause und fügte entschlossen hinzu, ganz als ob sie innerlich eine Entscheidung getroffen hätte: »... aber die Fragewörter und die Geschichte der Internetkriege können notfalls auch noch etwas warten. Nenn mich einfach Becky.«

»Gerne, Miss Sharp – äh, Becky, wollte ich sagen ...«

»Weißt du was? Wir machen für heute einfach Schluss. Montag dann wieder zur gewohnten Zeit? Aber – wenn dir die Morgende nicht so liegen – wir können Montag auch etwas später starten. Findest du früher Nachmittag besser?«

»Passt schon«, gab Tessa mit nur wenig Enthusiasmus zurück.

»Gut, mir passt's auch! Auf jeden Fall solltest du den Ton beim Flash-Reminder wieder anstellen. Ach ja, und eines noch, Tessa ...«

»Ja?«

»Gib auf dich acht!«

Mit diesem Worten und einem leisen Knistern dematerialisierte sich Becky Sharp und ließ Tessa in der abgedunkelten Wohnwabe zurück. Auch wenn es laut offizieller Bordzeit erst Vormittag war, schlief Tessa gleich erschöpft, aber trotz allem auch mit einem wohligen, geborgenen Gefühl ein. Zu hören waren nur noch ihre gelegentlichen leisen Seufzer im Schlaf, Cassis Kauen an den Resten eines Salatblatts und das Surren der Lüftungsanlage.

Es waren mehrere Stunden vergangen, als Tessa wieder aufwachte. Als erster Gedanke schoss ihr durch den Kopf, dass sie bestimmt verpennt hatte – aber wo sollte sie überhaupt sein? Sie hatte sich unwillkürlich kerzengerade im Bett aufgerichtet, als ob sie demonstrieren wollte, dass sie sofort einsatzfähig sei. Dann fiel ihr ein: »Ja klar, Casino Orbit – da arbeite ich ja!« Tessa entschied, dass für eine Dusche keine Zeit blieb. Also machte sie eine hektische Katzenwäsche, besprühte sich aus Versehen mit Leos Herrenduft statt mit ihrem eigenen Parfum und stieg in Windeseile in die Klamotten, die sie mehr nach dem Zufallsprinzip aus ihrer Reisetasche zog, in der sie größtenteils immer noch unausgepackt lagen.

Diesmal fand Tessa den Weg zum Casino Orbit ohne Beinahe-Unfälle und nur mit einem falschen Abbiegen in eine Sackgasse. Mr Singh stand hinter dem Tresen und polierte Gläser.

»Ah, das bist du ja endlich! Ich habe schon mal angefangen, deinen Job zu erledigen«, sagte er, aber es klang nicht sonderlich verärgert. »Du hättest eh noch nicht viel zu tun gehabt.«

Er deutete auf die vielen leeren Tische. Im Moment waren kaum Gäste da; nur einzelne Tische waren besetzt, an zweien saßen Leute von Bautrupps, die sich mit gedämpfter Stimme unterhielten, fast so, als würden sie wie in der Schule tuscheln.

»Aber dass du da bist, ist prima. Ich hab Verschiedenes zu erledigen«, fügte er in einem verschwörerischen Tonfall hinzu, über den sich Tessa wunderte, den sie aber einfach so hinnahm.

»Halt du hier die Stellung. Das schaffst du schon, oder? Du bist ja schon groß. Wenn du Fragen hast: Ravi in der Küche wird dir keine große Hilfe sein. Aber der soll ja auch nichts wissen, sondern kochen – und das kann er immerhin …!« Mit einem Augenzwinkern zog sich Mr Singh eine Nehru-Jacke mit Stehkragen an und trat durch die Tür hinaus, noch bevor Tessa irgendwelche Einwände erheben konnte.

Kaum stand sie hinter dem Tresen, als sich auch schon eine Hand hob und jemand rief: »Fräulein, vier Kaffee, bitte!«

Gut – wo war die Kaffeemaschine? Ah ja: hinter dem Tresen rechts. Die Kanne war noch fast ganz voll; puh, Glück gehabt. Mit etwas gutem Willen würde sie damit vier Becher füllen können. Sie fand im Regal darüber Kaffeebecher, in einer Schublade Löffel und gleich daneben kleine verschweißte Tütchen mit chinesischer Aufschrift und dem Bild einer grinsenden Kuh, in denen hoffentlich so etwas wie Milch war. Sie lud das Tablett voll, trug es, anfangs noch leicht schwankend, an den Tisch und überhörte – schon voll professionell, wie sie fand – die leicht anzüglichen Komplimente der Männer vom Bautrupp, die ihren Körperbau mit dem von Mr Singh verglichen und zu Tessas Gunsten entschieden.

Als sie für den Moment alle Bestellungen abgearbeitet und alle Bauingenieure mit Getränken versorgt hatte, schaute sie sich erst einmal genau hinter dem Tresen um. Mr Singh musste wirklich gute Kontakte zur Raumfahrtleitung haben, denn die Hunderten von Flaschen auf den Mond zu schaffen, hätte als normale Raumfracht garantiert ein Vermögen gekostet.

Irgendetwas Trinkbares müsste sich doch aus diesen Sachen herstellen lassen, dachte Tessa. Sie öffnete eine Flasche mit einer glasklaren Flüssigkeit, roch am Flaschenhals und zuckte, erschrocken über den scharfen alkoholischen Geruch, sofort zurück. Erst jetzt las sie das Etikett »Finest Indian Gin«. Sie stellte die Flasche entschlossen zurück auf ihren Platz und goss stattdessen Mischungen aus verschiedenen Säften in einem metallenen Cocktailbecher zusammen. Sie nippte, fand den einen zu süßlich, den nächsten viel zu sauer – der chinesische Limettensirup war wirklich ein Teufelszeug! – und den dritten auf ganz undefinierbare Weise ekelhaft. Also änderte sie die Rezeptur: ein wenig mehr vom dunkelgrünen Saft – und vielleicht noch von dem hellroten zähflüssigen Zeug? Als Tessa die Zutaten durchschüttelte und den Shaker abstellte, fing der Inhalt plötzlich bedrohlich an zu zischen und brodelte Blasen werfend aus dem Gefäß heraus. Geistesgegenwärtig schnappte sich Tessa den Shaker und kippte den Inhalt mit gut dosiertem Schwung in den Ausguss.

Dabei musste sie an ihren Vater denken: Hoffentlich brennt das Zeug kein Loch ins Abflussrohr, fuhr es ihr durch den Kopf, dann hat er noch mehr Arbeit! Aber dachte sie an Leo, dachte sie automatisch auch an den gestrigen Abend.

Bevor sie aber ihren Streit noch ein weiteres Mal in Gedanken durchspielen konnte – von Mal zu Mal mit geistreicheren und vernichtenderen Argumenten, als ihr in Wirklichkeit eingefallen waren – musste sie weitere Bestellungen aufnehmen.

»He, Mädchen, mach mal die Luft aus dem Glas«, rief ein Scherzbold, der ein leeres Bierglas hochhielt und mit zwei Fingern der anderen Hand anzeigte, dass auch sein Kumpel auf dem Trockenen saß. Und auch an den anderen Tischen war der Füllstand in den Gläsern zum Teil dramatisch gesunken.

Tessa brauchte, obwohl sie flink arbeitete und inzwischen von fast allen Sachen hinter der Bar den Standort herausbekommen hatte, über eine halbe Stunde, bevor sie alles erledigt hatte und sich wieder dem Mixen widmen konnte – und ihren Gedanken. Die kreisten in wilden Schlangenlinien mal um Cassi, mal um Leo, mal um ihre Mutter und Trix – oh nein, sie hatte den beiden ja noch gar kein Infogramm geschickt! Schließlich, es war wohl unvermeidlich, landeten Tessas Überlegungen bei Beagle. Obwohl er es eigentlich nicht verdient hatte, wie sie leicht empört feststellte.

Beagle, ich gestehe, ich bin verwirrt. Je weiter ich von dir weg bin, desto öfter denke ich an dich. O.K., wenn man die letzten 24 Stunden nicht rechnet. Aber da war ich auch zu sehr beschäftigt damit, mich fast zu Tode zu stürzen, verhört zu werden und mich mit meinem Vater zu zerstreiten. Wenn ich nur damals keinen Schiss gehabt und dir klar gesagt hätte, was ich fühle! Dann hätte ich jetzt wenigstens einen, der mich nicht total blöd findet. Du würdest mich doch verstehen, oder?

In diesem Moment wurde die leise und unaufdringlich vor sich hin dudelnde Hintergrundmusik im Casino Orbit ganz ohne Vorwarnung unterbrochen. Die Monitore über der Bar – und auf der ganzen Mondbasis – wurden gleichzeitig aus der Steuerungszentrale aktiviert. Zunächst erschien das Logo von Mao-Gandhi II, das wie ein wild gewordenes Elektron um den Vollmond kreiste; dann wechselte das Bild zu einem chinesischen Nachrichtensprecher, der sich verbeugte und dann einen Text verlas: »Verehrte Mondbewohner, die Direktion der permanenten Mondbasis beehrt sich, das kulturelle Highlight des Mondsommers bekannt zu geben. Uns ist es gelungen, die Rockband Purple Toupet für das erste interstellare Konzert ihrer Karriere zu gewinnen. Die Band befindet sich bereits auf dem Weg zum Mond und wird übermorgen, am Sonntag, dem 31. Juli, planmäßig um 13 Uhr Mondzeit am Raumbahnhof eintreffen. Das kostenlose Konzert, bei dem die Band ihre besonders bei der Jugend beliebten Musikstücke erstmals im Weltall spielen wird, beginnt am Sonntag um 19 Uhr Mondzeit.« Der Sprecher machte eine kurze Pause und fügte noch eine weitere Botschaft hinzu: »Der Bingo-Abend fällt daher leider aus und wird zu einem späteren Zeitpunkt nachgeholt.«

Tessa hatte die Monitore über der Bar mit offenem Mund angestarrt. Das konnte doch nicht wahr sein?! Wayne Tooley – *ihr* Wayne Tooley, wenn man es genau nahm – war gerade auf dem Weg zu ihr! Sie begann leicht zu zittern und kam sich dabei gleich wieder kindisch vor: Zittern, wenn man von Psychos wie Wang bedroht wird, das ging schon in Ordnung; aber Zittern wegen Wayne Tooley? So süß er war – das ging zu weit! Andererseits …

Mit leichter Hand goss sie nacheinander aus mehreren Flaschen einen Schuss hiervon, einen Schuss davon zu einer hellblauen Flüssigkeit zusammen. Hellblau, genau wie Beagles Augenfarbe, wie Tessa unwillkürlich dachte … Sie runzelte die Stirn, roch einmal an dem Gemisch und kippte auch diesen Versuch kurzerhand weg. Aber ganz offenbar hatte die Nachricht vom Konzert Tessa inspiriert. Sie machte sich gleich an eine neue Kreation. Diesmal lagerten sich die Säfte in hübsch geordneten Schichten aus verschiedenen Gelb- und Rottönen übereinander im Glas an; Tessa füllte den Rest mit einem Häubchen aus der mutmaßlichen Sahne auf, steckte noch eine Cocktailkirsche auf den Rand und rührte einmal um. Ja, diese Mischung war's! Die Flüssigkeit leuchtete goldgelb unter ihrer weißen Schaumkrone. Das Gelb war wirklich vom selben Farbton wie der Schal, den Wayne Tooley bei Konzerten immer trug. Wie sollte sie ihre Erfindung nennen: Bloody Wayne? Tooley Sunrise? Die Namen verwarf Tessa gleich wieder – zu gewollt witzig. Aber – wie wär's mit … Ja, genau: der PT-Spezial! In Gedanken klopfte sich Tessa für ihren genialen Einfall auf die Schulter und kniete sich hinter dem Tresen nieder, um nach etwas zu suchen, woraus sie Werbeschildchen für die neue Getränke-Attraktion des Casino Orbit anfertigen könnte.

»Fräulein … «

In Gedanken antwortete Tessa zunächst einfach nur »Hmmm …?«

Doch die Stimme wiederholte, diesmal etwas nachdrücklicher: »Fräulein … «

Tessa stand auf. Die Stimme und das Gesicht kannte sie doch? Der Mann im Geschäftsanzug deutete auf das geschwungene Glas mit dem Debüt-PT-Spezial und fragte: »Was ist denn das für ein interessanter Cocktail?«

Jetzt hatte Tessa ihn erkannt: Es war kein anderer als 47B, ihr nerviger Sitznachbar auf dem Hinflug! Offenbar hatte er seinerseits keine unangenehme Erinnerungen an ihre erste Begegnung mehr, jedenfalls lächelte er sie an und sagte: »Wir kennen uns doch aus der Raumfähre …?«

Tessa antwortete, in eher unterkühltem Tonfall: »Das mag wohl sein. Der Cocktail heißt PT-Spezial. PT wie Purple Toupet, die Rockband. Gibt's bloß hier. Ist aber nur etwas für Kenner.«

Damit hatte Tessa seine Neugier nur noch angestachelt. »Nehme ich!«, sagte er. Tessa schob ihm das Glas zu. Er schaute leicht irritiert, wohl, weil er erwartet hatte, dass Tessa ihm einen neuen anfertigen würde, gab sich aber damit zufrieden und zog ab, um sich einen Platz zu suchen.

Tessa wandte sich wieder den Monitoren zu, die alle dieselben Bilder zeigten: Aufnahmen von Purple Toupet bei einem ihrer größten Konzerte im Stadion des indischen Cricket-Clubs in Mumbai, von dem *Teenie Smash* berichtet hatte, dass Wayne im Backstage-Bereich seiner Verlobten allen Grund gegeben hatte, eifersüchtig zu sein. Was sich Tessa, die den Bericht natürlich auch gelesen hatte, standhaft weigerte zu glauben. Wenn es nach *Teenie Smash* ginge, hätte Wayne schon mit diversen Supermodels, Schauspielerinnen und Zufallsbekanntschaften, die für ein gutes Honorar alle Details dem News-Hub gegenüber ausplauderten, Affären gehabt. Aber sich dauernd herumtreiben und dann solche unglaublich schönen Songtexte schreiben – das passte für Tessa überhaupt nicht zusammen. Und da es die Texte nun einmal wirklich gab, andererseits *Teenie Smash* auch gern einmal über dreiköpfige Aliens in Versuchslabors der Armee berichtete, glaubte Tessa lieber an einen Wayne, der ganz anders war als das Bild vom zwanghaften Frauenhelden. Eher wie jemand, in den man sich verlieben könnte – Tessas Mund bog sich zu einem seligen Lächeln, dann aber durchkreuzte ein Partikel Realität ihren Tagtraum: »Ja, wenn du fünf Jahre älter wärest und es diese blöde Size-Zero-Schrulle Isla nicht gäbe …«, sagte Tessa mit säuerlich verzogener Miene zu sich selbst.

Kaum hatte sie den Faden ihrer Gedanken wieder aufgenommen, als 47B schon wieder vor ihr stand – aber diesmal mit gänzlich verändertem Gesichtsausdruck. Seine Wangen waren gerötet, und er strahlte plötzlich eine ganz neue Fröhlichkeit aus. In der rechten Hand hielt er das schon mehr als halb ausgetrunkene Glas, deutete mit seiner Linken auf die Reste des PT-Spezial und sagte zu Tessa: »Das ist der Wahnsinn! Fräulein, dies ist der beste Cocktail, den ich jemals getrunken habe …! Verraten Sie mir das Rezept!«

Tessa, die von der überschwänglichen Reaktion völlig überrascht wurde, merkte, wie gut es ihr tat, endlich einmal gelobt zu werden. Das begeisterte Kompliment für ihre Kunst stieg ihr warm und wohlig in der Brust auf. Trotzdem konnte sie es nicht lassen, 47B ein weiteres Mal abzublocken, und gab kühl zurück: »Bedaure – Geschäftsgeheimnis. Aber ich mache Ihnen jederzeit gern einen neuen.«

47B wirkte einen Moment enttäuscht. Doch dann lächelte er – geradezu beseelt, wie es Tessa vorkam –, trank in einem Zug aus, was noch im Glas gewesen war, und sagte: »Dann bitte gleich!«

KAPITEL 9

Moinons neuer Job

Den Mitschnitt des Purple-Toupet-Konzertes in Mumbai spielten auch alle Monitore in den Gängen ab, durch die Jean-Amadé Moinon geknickt vor sich hin schlich – auf der zunehmend verzweifelten Suche nach Neuigkeiten, die vor den Augen seiner Chefin Gnade finden würden.

Charme Dantans Antwort auf seinen Report über die »völlig außer Kontrolle geratenen« Sicherheitskräfte auf Mao-Gandhi hatte ihn dann doch stärker mitgenommen, als er es sich eingestehen mochte. Was nicht verwunderlich war, denn sie lautete folgendermaßen:

Moinon, nein, nein und abermals nein! So eine Geschichte verursacht nur Ärger, den wir nicht brauchen. Verschwenden Sie bitte mal einen Gedanken an unsere asiatischen Anzeigenkunden. Ich bin die Letzte, die etwas gegen unbewiesene Behauptungen hat – aber doch nicht, wenn es um die Sicherheitsbelange der Chinesen geht! Und wenn Sie wissen wollen, wie wütend ich bin, sage ich's Ihnen: Ich bin so wütend, dass ich im Vergleich noch gute Laune gehabt hätte, wenn Sie mir stattdessen ein Interview mit der verdammten Schildkröte angeboten hätten. Nur damit das klar ist: Weitere Fehlschüsse sollten Sie sich nicht erlauben. Beste Grüße, CD

Am Raumbahnhof, wo er ein weiteres Mal vergeblich nach seinem Koffer gefragt hatte, sah auch Moinon die Ankündigung des Konzerts. Endlich passierte mal etwas! Moinon war regelrecht elektrisiert und zog sofort die Schlüsse, die seiner Ansicht nach ein Top-Reporter in dieser Situation ziehen würde. Und das hieß: Lieber erst einmal recherchieren, um nicht wieder von Charme Dantan bei einer Schludrigkeit erwischt und unangespitzt in den Boden gerammt zu werden …

In seiner Mikro-Wabe – der einzigen Behausung, die er sich von seinem schmalen Spesenkonto beim *Nouveau Africain* leisten konnte – setzte sich Moinon gleich an die schmale Platte aus Holzimitat, die gleichzeitig Ablage, Esstisch und Schreibtisch darstellte, und aktivierte die Empfangsfunktion seiner Diktierwabe.

Wayne Tooley, den Namen hatte Moinon natürlich schon gehört. Purple Toupet waren zwar bislang nie nach Yaoundé zu einem Konzert gekommen, aber auch in Afrika verbreiteten die Klatschportale jede Neuigkeit über die Stars. Er rief diverse Infogramme zu Wayne Tooley auf, den er so gut kannte, wie man als desinteressiertes Mitglied der Öffentlichkeit eben jemanden kennt, dessen Gesicht ständig irgendwo zu sehen war und bei dem noch das kleinste Schnipselchen aus dem Privatleben als berichtenswert galt – *Teenie Smash* hatte zu der Zeit, als Purple Toupet auf einmal zu Weltstars wurden, drei Leute ausschließlich auf Wayne und seine beiden Mitstreiter abgestellt gehabt.

»Wayne Tooley«, las Moinon: »geboren 2018 in Birmingham, Eltern, blabla, Geschwister, spielte schon in der Schulzeit mit seinen Freunden Damian Burns, wegen seines schlaksigen Körperbaus Dean the Bean genannt, und Riley McConnell in einer Band, erste Songs waren noch beeinflusst von blablabla, Konzerte in Jugendklubs, Durchbruch mit »Vampires Suck«, Songtexte behandeln Themen wie ... blabla, mir doch egal; riesige Fanbasis in Asien, ja, schön für ihn ...; Persönliches – aha, jetzt wird's doch interessant – mit 15 die Schule geschmissen und zu Hause rausgeflogen, verlobte sich mit 16 mit seiner Schulfreundin, Trennung nach dem ersten großen Hit – aha, so einer bist du also ..!« Moinon las weiter: »Tooley besitzt Villen in Peking und Mumbai, eine Sammlung von Sportwagen mit historischen Benzinmotoren, und eine Jacht. – Nur kein Neid ...! – Trägt seit seiner ersten China-Tournee bei Auftritten immer einen goldgelben Schal, da die Farbe als glücksverheißend gilt ... Beziehungsstatus: Seit Neujahr 2038 verlobt mit Isla Thompson, die als Gesicht der Werbekampagne für den chinesischen Kosmetika-Konzern *Frühlingsblume* und als Gast in diversen Teleshows bekannt wurde – und so weiter, und so weiter ...«

Ein brandneuer Bericht aber zog seine ganze Aufmerksamkeit auf sich: »Isla macht Stress – Wayne bald wieder solo?«, lautete die Überschrift, Moinon lud ihn gleich auf seine Diktierwabe. Glaubte man dem Artikel, hatte Waynes Verlobte ihn beim Fremdknutschen erwischt und ihm eine fürchterliche Szene gemacht, auf die er reagiert hatte, indem er erst einmal für ein paar Tage bei seinem Bandkumpan Riley untergeschlüpft war. Und weil Isla nun zu einem Hologramm-Shooting in der Südsee gebucht war und er mit der Band zu dem vorher geheim gehaltenen Konzert auf der Mondbasis aufgebrochen war, hatte Wayne weder die Zeit gefunden, sich von Isla zu verabschieden, noch sich zu entschuldigen.

Moinon formulierte in Gedanken sofort einen Bericht an seine Chefin.

Jean-Amadé Moinon an Charme Dantan, 29. Juli 2039,
18 Uhr Mondzeit. Das ist der Super-Knaller, Chefin! Konzert
der Top-Rockband auf dem Mond! Flieht Wayne Tooley vor
den Fesseln seiner Beziehung? Was sagt seine Verlobte dazu,
dass er auf einen anderen Planeten flüchtet? Das wird eine emo-
tionale Story, die total hochkocht, klare Sache. Ich muss ihn nur
irgendwie zu fassen kriegen, aber da können Sie sich ganz auf
mich verlassen … !

So souverän und professionell, wie Moinon sich in seiner Nachricht darstellte, wäre er sicher gern gewesen. Aber
wie er es anstellen sollte, Wayne Tooley zu einem Exklu-
siv-Interview zu bekommen, war ihm vollkommen schlei-
erhaft. Vielleicht, wenn er sich bei der Ankunft einen Platz
ganz vorne sicherte und seinen Journalistenausweis zeigte?
Ein Gedanke an die bulligen Sicherheitsoffiziere brachte ihn
aber dazu, den Plan als ein wenig zu naiv zu verwerfen. Er
überdachte das Ganze noch einmal: Nein, der Statusbericht
konnte noch warten. Besser, man bringt Charme Dantan Er-
gebnisse und nicht nur Vorankündigungen. Noch einmal so
eins auf den Deckel kriegen wie beim letzten Mal entsprach
nicht seiner Vorstellung von Spaß …

Moinon verspürte ein Grummeln im Magen. Er schaute in das Vorratsfach seiner Kochnische, das sich aber als
erbärmlich leer herausstellte. Gut, dass es auf Mao-Gandhi
II keine Spinnen gab; sonst hätte ein Exemplar bestimmt
schon ein Netz davor gewoben. Also musste er doch noch
einmal raus, auch wenn er sich wirklich nicht nach Gesellschaft fühlte, selbst wenn er nur kurz bei der Kassiererin
bezahlen müsste …

Im Supermarkt »Familienglück« war er beinahe der

einzige Kunde. Beim Blick auf die Preisschilder wurde ihm immer schwummeriger, weil sie ihm mit aller Klarheit deutlich machten, dass er sich hier auf dem Mond nur weit jenseits seiner finanziellen Mittel verpflegen konnte. So fielen die Einkäufe für seine Junggesellenmahlzeit, nach langem Suchen, sehr überschaubar aus: Er legte nichts weiter als eine kleine Aluschachtel mit einem Fertig-Chop-Suey auf das Laufband der Kasse.

Als er gerade mit seinem Armband bezahlen wollte, fragte ihn die Kassiererin mechanisch: »Haben Sie eine Kundenkarte?«

Moinon brauchte einen Augenblick, um überhaupt die Frage zu kapieren, so absurd schien ihm der Gedanke, hier Stammkunde zu werden. »Äh – nein«, gab er stockend zur Antwort.

Ebenso mechanisch fragte die Kassiererin weiter: »Wollen Sie eine?«

Einen Ellenbogen lässig auf das Laufband gestützt, sagte Moinon weltmännisch: »Das lohnt nicht, ich bin bloß auf der Durchreise. Nur kurz geschäftlich hier, verstehen Sie?«

»Denn eben nicht«, entgegnete sie leidenschaftslos und ganz offensichtlich immun gegen Moinons Charme.

Er hielt sein Armband gegen den Laserscanner. Es piepte einmal aggressiv, und das Licht des Scanners wechselte von grün zu gelb.

»Na, stimmt schon, Kundenkarte lohnt wirklich nicht«, sagte die Kassiererin mehr zu sich selbst als zu Moinon. Anscheinend guckte er sehr verständnislos, jedenfalls raffte sie sich auf, ihm zu erklären: »Ihr Konto ist ziemlich am Ende, mein Bester. Sie müssen dringend aufladen. Kredit gibt's bei uns nämlich keinen.«

Moinon schaffte es irgendwie, sich mit einigermaßen intakter Selbstbeherrschung zu verabschieden, während ihm schwarze Gedanken durchs Hirn schossen: Hier war er nun, allein und ohne Freunde auf dem Mond, und außerdem würde er demnächst, solange er nicht Wayne Tooley auf dem Mond bei irgendeiner skandalösen Handlung auf frischer Tat ertappen würde oder zu einem Exklusivinterview für den *Nouveau Africain* überreden könnte, demnächst ohne Geld für Mahlzeiten dastehen – so sehr hatte er sein Spesenkonto offenbar schon geleert.

Beim Herausgehen, als er seine einsame Packung Chop Suey in die Einkaufstüte schob, die ihm die Kassiererin – aus Mitleid?, wie er sich jetzt fragte – mitgegeben hatte, legte sich eine Hand auf seine Schulter. Unwillkürlich zuckte Moinon zusammen.

Ein Mann in leicht changierendem Maßanzug, den nur ein kleines Abzeichen am Revers als Angehörigen des Sicherheitsdienstes auswies, stand vor ihm, lächelte ihn an und sagte, mehr als Feststellung denn als Frage: »Jean-Amadé Moinon?«

Moinon fasste sich schnell und gab zurück: »Derselbe. Sonderkorrespondent des *Nouveau Africain*. Ich habe garantiert auch irgendwo meinen Presseausweis dabei ... «

Er begann, seine Taschen zu durchsuchen, doch der Mann, ein Chinese mittleren Alters mit randloser Brille und raspelkurzer Frisur, gab ihm mit einer leichten Handbewegung zu verstehen, dass er sich die Suche sparen könne.

»Ich bin Wang Hanfeng. Vom Sicherheitsdienst. Ich habe schon von Ihnen gehört.«

Moinon verzog unwillkürlich das Gesicht, wie um zu fragen, was dieser Wang in so kurzer Zeit wohl über ihn gehört haben wollte. Das bemerkte Wang und schob schnell nach: »Keine Sorge, nur Gutes! Nur Gutes natürlich.«

Er fuhr fort: »Wissen Sie, es ist nun einmal mein Job, Informationen einzuholen. Ihrer doch auch, oder nicht?« Und als Moinon, leicht eingeschüchtert, nickte: »Na, sehen Sie! Im Grunde sind wir doch gar nicht so verschieden. Wir haben ja praktisch dieselbe Aufgabe. Und daher könnte ich mir auch gut vorstellen, Sie bei uns ins Team zu holen. Es wird wirklich mal Zeit, dass wir jemanden aus den südlichen Randgebieten dabeihaben. Und eine schnelle Auffassungsgabe haben Sie ja auch, wie ich merke ...«

Wang geleitete ihn in Richtung seines Büros, weiter auf ihn einplaudernd.

Moinon hörte eifrig zu. Der neue Bericht an Charme Dantan konnte wirklich noch warten ...

Im Casino Orbit reinigte Tessa gerade die Kaffeemaschine, deren Bedienungsanleitung sie völlig zerknittert in der untersten Schublade gefunden hatte, als Mr Singh zurückkehrte und ganz offensichtlich bester Laune war.

»Na, alles klar, Chef? Gibt's einen Grund für Ihr bezauberndes Lächeln?«

Wenn Singh Tessas Spruch zu vorwitzig fand, ließ er es sich jedenfalls nicht anmerken und antwortete: »Den gibt's, und du hast es ja auch schon mitbekommen.«

»Das Konzert? Was haben wir – ich meine, Sie – damit zu tun?«

»Mehr als du denkst. Die After-Show-Party wird nirgendwo anders als hier stattfinden, und die Leitung der Basis hat den Laden pauschal gebucht. Ich war gerade noch einmal bei Meister Li, und wir können auffahren wie zum

Neujahrsfest, Diwali und Weihnachten zusammen! Ich zähle fest auf dich, Tessa!«

Tessa salutierte.

Singh nahm die Ironie auf und gab zurück: »So mag ich meine Untergebenen!«

Singh ging in die Küche, um Ravi, seinen Koch und Laufburschen, zu instruieren, während sie neue Bestellungen aufnahm. Dabei setzte sie ihr allerbezauberndstes Lächeln auf, um die Aufmerksamkeit der Gäste von dem Scheppern von Kochgeschirr und den erregten Stimmen, die aus der Küche drangen, abzulenken.

Als Mr Singh schließlich erhitzt und schwer atmend zurückkehrte, war Tessa dabei, weitere Werbeschildchen für den PT-Spezial zu basteln. Im ersten Überschwang hatte Mr Singh die Aufsteller ganz übersehen. Aber jetzt, als er sich zum Tresen wandte, fiel sein Blick gleich darauf. Er runzelte die Stirn und fragte Tessa, ganz als ob er eine unangenehme Überraschungen befürchtete: »Und was ist das?«

»Eigeninitiative! Ich hab ein wenig experimentiert – und schon einen Stammkunden.« Sie deutete auf 47B, der auf seiner Diktierwabe herumwischte und neben sich ein Glas mit den Resten seines mittlerweile dritten Cocktails stehen hatte.

Erstaunt zog Singh die Augenbrauen hoch. »O.K., aber die Frage bleibt: Was ist das?«

»Ich habe es den PT-Spezial genannt. Eine Sekunde, ich mache Ihnen gleich einen zum Probieren ... «

Tessa wirbelte hinter der Bar, um den Cocktail anzufertigen. Aus dem Augenwinkel nahm sie wahr, wie Singh von seinem Platz am Tresen immer wieder zu ihr sah und anerkennend nickte, während sie mit Flaschen und dem Cocktailshaker hantierte.

Er setzte, als Tessa den fertigen PT-Spezial vor ihm abstellte, aber wieder eine strenge Miene auf, nahm zunächst einen kleinen Probeschluck, fuhr sich mit der Zunge einmal quer über die Lippen – und trank dann in einem großen Zug mehr.

Tessa, die ihn aufmerksam beobachtete, wartete gespannt auf sein Urteil und hatte unwillkürlich den Atem angehalten, als er das Glas absetzte. Als sich sein Mund zu einem Grinsen bog, atmete sie erleichtert aus.

»Das ist gut!«

Tessa zuckte zur Antwort einfach mit den Schultern und grinste zurück.

»Es ist nicht nur gut, es ist sogar perfekt. Der Cocktail zur Band – das wird der Renner auf der Party! Haben wir denn auch genug von den Zutaten?«

»Ich denke schon. Aber ich hätte da noch mal eine Frage, Chef ... «

»Schieß los!«

»Sie wussten schon die ganze Zeit davon, stimmt's?«

»Wovon?«

»Dass Purple Toupet zum Konzert hierherkommen. Sie haben sich selbst verraten. Sie waren ›noch einmal‹ bei Meister Li, und das heißt ja wohl, nicht zum ersten Mal.«

Wieder grinste Singh.

»Na klar weiß ich das schon länger. Meister Li hat mich vor ein paar Wochen eingeweiht. Ich musste ja schließlich auch die Sonder-Raumfracht anfordern, und ich kann dir sagen, dass sich die Leitung für die Party ordentlich in Unkosten stürzt!«

»Na schön, und was haben wir davon?«

»Wenn du mit *wir* mich meinst: einen ordentlichen Profit. An dem ich, wenn ich es mir nicht noch anders überlege und man mich nett danach fragt, eventuell auch meine Untergebenen beteiligen werde …«

»Ich meinte aber eigentlich die Raumbasis. Ich mein, ich find's natürlich toll, weil Purple Toupet meine Lieblingsband ist – aber wem bringt das was, Wayne Tooley hierher zu kutschieren?«

Singh behielt den scherzhaft-lockeren Tonfall bei. »Es gibt viel, was du nicht weißt, Tessa.« Er überlegte und fuhr dann ernster fort: »Das bringt halt Publicity. Meister Li sorgt sich, dass ihm der Oberste Asienrat die Mittel für den Betrieb von Mao-Gandhi II kürzen könnte. Und das Management der Band war wohl auch sehr interessiert daran, positive Schlagzeilen zu bekommen …«

»Verstehe«, sagte Tessa. »Aber eine Frage hätte ich trotzdem noch: Was ist eigentlich aus Mao-Gandhi I geworden?«

Singh gab keine Antwort, und so redete Tessa weiter: »Ich meine, das ist doch total unlogisch, erst eine Mondbasis zu bauen und dann einfach aufzugeben, nur weil's eine neuere und schönere gibt. Aber irgendwie spricht niemand drüber, und auch Miss Sharp – Sie wissen ja, meine holografische Lehrerin – hat das heute im Unterricht einfach übergangen. Also frag ich mich doch …« Sie sah auf und merkte, dass sich Singhs Gesichtsausdruck verdüstert hatte. »Ist was …?«

Singh schwieg. Als Tessa ihn auffordernd anblickte, grummelte er schließlich: »Ich sagte doch schon, es gibt viel, das du nicht weißt, Tessa. Und es gibt Fragen, die man besser nicht stellt, wenn man hier zurechtkommen will. Wir sind hier am Rand der dunklen Seite, vergiss das nicht!«

KAPITEL 10

Ein ganz krummes Ding

Als sie sich morgens zum Arbeitsbeginn getroffen hatten, war Leo natürlich nicht darum herumgekommen, Mika und Mikhail erst einmal zu erzählen, was es mit seinem überstürzten Abgang auf sich gehabt hatte. Sie nahmen den Bericht von Tessas Unfall, dem Verhör und schließlich vom Streit zwischen Vater und Tochter mit zunehmender Empörung entgegen, äußerten, während er erzählte, aber nicht mehr als empörtes Schnaufen und zustimmendes Brummen.

»Wie soll's jetzt bloß weitergehen?«, fragte Leo mehr sich selbst als seine Kollegen. »Mit Tessa habe ich mich in Rekordzeit verkracht, und beim Job stehe ich jetzt garantiert auf der schwarzen Liste. Ich kann doch eigentlich gleich einpacken …«

Als Leo geendet hatte, sagte Mikhail: »Weißt du was, Leo: Deine Tochter kriegt sich wieder ein. Und wussten wir doch vorher, dass Wang ist eine ganz miese Type, dem man besser aus Weg geht. Es hat sich doch eigentlich nichts geändert.«

Mika gab durch ein langsames mehrfaches Kopfnicken, zu dem er seine Arme vor der Brust verschränkte, seine Zustimmung zu verstehen. Leo, der vornübergebeugt saß und an den beiden vorbei ins Leere schaute, sagte nach längerem Schweigen: »Mag ja sein, dass ihr recht habt und ich nur schwarzsehe. Aber es gibt da noch etwas …«

Mika und Mikhail tauschten einen raschen Blick und

versicherten sich gegenseitig durch ein Kopfschütteln, dass sie keine Ahnung hatten, was nun kommen würde.

»Es gibt da so Merkwürdigkeiten, die mir schon seit einiger Zeit aufgefallen sind. Wenn ich mal am Spaceport vorbeigekommen bin, kamen mit dem Shuttle immer lauter Bautrupps an, das war auch auf Tessas Flug so. Und wo sind die Leute alle hin? Eigentlich müsste der Gastbereich inzwischen überfüllt sein. Aber ihr wisst ganz genau, als wir dort das Abflussrohr austauschen mussten, war da alles menschenleer …«

Leo merkte, dass er die beiden noch nicht überzeugt hatte. Aber er war noch lange nicht fertig. »Und dann diese komischen Geräusche im Schacht, genau bevor ich zu Tessa gerufen wurde, das war so, als ob da lauter schweres Zeug durch die Schächte geblasen wird. Aber wohin denn? Da gibt's doch nur die Vakuumschleusen für die Inspektionstrupps.«

Wieder schaute er die beiden an, wie um nach Zustimmung zu suchen. Doch beide standen nur weiter mit ernsten Mienen und verschränkten Armen da.

»Und wisst ihr noch, als wir am Spaceport den Rohrbuch im Frachtbereich hatten? Die Müllcontainer gehen doch eigentlich zur Internationalen Entsorgungsstation. Aber es stand überall, wo ich hingeguckt habe, irgendwas mit ›Industrial Area, Guangzhou‹ drauf. Was wollen die Chinesen denn mit unserem ganzen Müll? Ich sage euch, irgendetwas Komisches geht hier ab. Und ich krieg noch raus, was es ist.«

Mikhail wirkte ernsthaft besorgt, als er antwortete: »Leo, du denkst zu viel! Du wirklich gesehen Gespenster. Na schön, war also der Wohnbereich leer. Waren die Leute wohl auf der Arbeit. Gerumpel im Schacht kann die Lüftung gewesen sein. Klappert doch immer laut. Und von mir aus sie können gern ganzen Müll nach China schickten, wenn sie ihn unbedingt haben wollen.«

»Leute, kapiert ihr denn nicht? Hier läuft ein ganz krummes Ding.«

Mikhail legte Leo die Hände auf die Schultern, rüttelte ihn einmal kräftig durch und hielt das Gesicht ganz dicht vor seines. »Leo, du bist nicht Polizei. Du bist Klempner. Und Klempner macht nicht Arbeit von Polizei.«

Leo wurde schon richtig ungehalten, als er antwortete: »Du weißt genau, die Security untersteht Wang. Und ich glaube nicht, dass auf der Mondbasis irgendetwas vor sich geht, von dem er nichts weiß – wenn er nicht sogar selber seine Hände drinhat! Je länger ich drüber nachdenke, desto klarer wird mir das Ganze. Ich brauche nur noch Beweise …«

Mika und Mikhail schauten sich ein weiteres Mal an. Mika verdrehte die Augen und Mikhail rüttelte noch einmal an Leos Schultern. »Leo, dein Job ist es, Rohr zu stopfen. Und du erzählst von Container und Bautrupp und Väterchen Frost und dem Nikolaus. Aber das alles geht uns nichts an, und solange wir Gehalt auf Konto kriegen, uns ist das wurst!«

»Ihr könnt sagen, was ihr wollt. Ich werd's euch auch nicht übel nehmen, wenn ihr euch lieber raushaltet. Aber seit Wang Tessa in der Mangel hatte, ist das für mich persönlich.«

Mikhail antwortete: »Leo, wie wir in Russland sagen: Ist der Kopf ab, man weint nicht um die Haare! Sei vorsichtig, mein Freund.«

Jetzt merkte er, dass die beiden längst mehr geworden waren als nur gute Kollegen, mit denen man herumalberte und Sprüche riss. Leo war gerührt. Und ganz als ob Mikhail das gespürt hätte, wechselte er schnell das Thema und fragte: »Leo, du gehst auch zum Konzert? Wir sehen uns da?«

Aber Leo kam nicht zum Antworten. Sein Beeper schnarrte los und er las entsetzt: »Persönliche Vorladung – Priorität A – umgehend im Büro des Sicherheitsdienstes einfinden!«

Er starrte einen Moment lang ins Leere und raste dann ein weiteres Mal los in Richtung des Zentralbereichs.

Mika und Mikhail blieb nichts anderes übrig, als ihm hinterherzuschauen, wie er um die nächste Ecke hastete. Mikhail wollte ansetzen, ein Sprichwort seiner Heimat zu zitieren, bremste sich aber gerade noch, winkte ab und seufzte nur. Wie ein Echo in den Bergen, gab Mika seinerseits einen tiefen Seufzer von sich.

Leo, der im Laufschritt zur Zentrale hastete, fühlte Paranoia in sich aufsteigen. Er dachte: Schon wieder zu Wang? Wurden sie etwa abgehört …? Zuzutrauen wäre es ihm – und dann würde es jetzt richtig Ärger geben. Nein, Ärger war nicht das richtige Wort – Ärger könnte man überleben … Es schauderte Leo und er weigerte sich, den Gedanken zu Ende zu bringen. Als er sich den finsteren Blick, mit dem Wang ihn und Tessa verabschiedet hatte, wieder vor Augen führte, wurden ihm doch die Knie weich, auch wenn er wusste, dass er keine Vorschrift übertreten hatte. Wang wäre bestimmt auch ohne Beweise in der Lage, ihm etwas anzuhängen. So betrat er in reichlich nervösem Zustand das Empfangsgebäude der Verwaltung, in dem er gerade gestern gewesen war, um seine Tochter zu retten. Mit einigermaßen fester Stimme wandte er sich an die Empfangsdame: »Ich sollte mich hier melden ...«

Die Frau am Empfang blickte kaum auf und sagte: »Ihre Clearance, bitte.«

Leo hielt das Armband an den Sensor, der einmal piepte und rot aufleuchtete. Die Empfangsdame runzelte die Stirn: »Noch einmal, bitte!«

Wieder das Piepen und das rote Licht.

»Merkwürdig«, murmelte sie und tippte und wischte längere Zeit auf ihrem Dataport, während es Leo, der immer noch das Schlimmste befürchten musste, angst und bange wurde. Dann aber, nach ein paar weiteren Klicks und Wischern, hellte sich ihre Miene auf und sie erklärte Leo: »Da ist anscheinend ein Fehler passiert. Statt der neuen haben Sie die letzte Nachricht davor noch einmal zugeschickt bekommen. Sie sollen gar nicht zur Sicherheitszentrale. Aber ich habe hier etwas von der Personalabteilung für Sie!«

Nachrichten von der Personalabteilung, die außer der Reihe kamen, bedeuteten zwar meist nichts Gutes, aber jetzt nahm Leo diese Neuigkeit mit großer Erleichterung auf. Als er mit seinem Armband zum dritten Mal in Reichweite des Sensors kam, gab es ein viel sanfteres Piepen, und ein grünes Licht leuchtete auf.

»Na also, wer sagt's denn«, sagte die Empfangsdame für ihre Verhältnisse richtiggehend freundlich. »Auf Ihrer Nachrichtenwabe wurde die neue Mitteilung aktiviert.«

Persönlich – vertraulich
Betrifft: Jahresbonus

Verehrte(r) Mitarbeiter(in),
die Leitung der Mondbasis Mao-Gandhi II beehrt
sich, Ihnen für die geleistete Arbeit der letzten zwölf
Monate zu danken. Die aktuelle Wirtschaftslage
zwingt uns leider dazu, Anpassungen an der Aus-
gestaltung des Jahresbonus vorzunehmen. Eine
Barauszahlung wird daher in diesem Jahr nicht
stattfinden können. Als Zeichen unserer Anerken-
nung möchten wir Ihnen aber dennoch eine kleine
Aufmerksamkeit zukommen lassen. Ihnen steht ab
sofort – je nach Verfügbarkeit – ein Turbo-Mond-
cabrio unseres Partnerunternehmens Huhu Cars
ein volles Wochenende lang zur freien Verfügung,
unbegrenzte Kilometer und unbegrenztes Sauer-
stoffvolumen eingeschlossen. Genießen Sie Ihre mo-
bile Freizeit!

Mit den besten Wünschen
Ihre Personalabteilung

Leo wusste kaum, was er denken sollte, so viele wider-
sprüchliche Ideen schwirrten ihm mit Höchstgeschwindigkeit durch den Kopf. Ihm fiel ein Stein vom Herzen, dass
seine verrückte Idee, Wang könnte seinen Gedanken auf
die Schliche gekommen sein, sich als Hirngespinst heraus-
gestellt hatte; und er war stinksauer, weil er fest mit dem fäl-
ligen Bonus gerechnet hatte.

Schließlich kam ihm die Idee, dass diese Art von Bonus gar nicht so schlecht sei – war das nicht die perfekte Vater-Tochter-Unternehmung zur Versöhnung nach ihrem heftigen Streit? Ein Versöhnungsessen war ja unter den kulinarischen Bedingungen der Mondbasis nicht so Tessas Ding …

Als Leo nach Hause kam, war Tessa schon da und fütterte gerade Cassi mit Salatblättern und anderen Gemüsestücken, die ihr der Koch des Casinos mitgegeben hatte. Reflexartig schaute sie zu ihm hin, als er die Eingangstür aufgleiten ließ – und dann gleich demonstrativ wieder weg. Sie tat so, als wäre ihre Aufmerksamkeit einzig und allein auf den Appetit der Schildkröte gerichtet.

Leo stand, nachdem er Schuhe und Jacke ausgezogen hatte, eine Weile im Eingangsbereich herum, während Tessa weiterhin mit größter Akribie Krötenpflege betrieb. Schließlich kam er sich doch albern – oder doch eher veralbert – vor; er räusperte sich und sagte betont und so nachdrücklich, dass es in der kleinen Wohnwabe beim besten Willen nicht zu überhören war: »Liebe Tessa, ich habe eine Überraschung für dich!«

Tessa, die vor Cassis improvisiertem Terrarium hockte, drehte sich zu ihm um und sagte, während sie das Salatblatt in der Hand behielt: »Was denn – dass du wieder normal geworden bist? Das wäre wirklich eine Überraschung!«

»Tessa – lass doch. Ich gebe ja gerne zu, dass ich überreagiert habe, aber zum Streiten gehören immer zwei. Du weißt, was ich meine … Hier – komm!« Er streckte ihr die Hand entgegen. »Versöhnung – O.K.?«

Tessa streckte auch ihre Hand aus – wobei das Salatblatt, dem Cassi sehnsüchtig hinterherblickte, herunterfiel – und sie schlugen ein.

»O.K.«, sagte sie und setzte mit gespielt quengeliger Mädchenstimme nach: »Und was ist jetzt mit meiner Überraschung?«

Leo musste lachen. »Also – die Überraschung. Ich bin bei der Personalabteilung gewesen und hab da mal so richtig auf den Tisch geklopft«, eine kleine Ausschmückung der Wahrheit konnte sicher nicht schaden, »und sie haben tatsächlich was ziemlich Cooles springen lassen. Wir können am Wochenende im Mondcabrio herumsausen!«

Tessa hatte im Prospekt der Mondbasis schon eine Abbildung gesehen. Die Teile waren in der Tat ziemlich cool, da musste sie ihrem Vater recht geben. Aber normalerweise wäre es in Leos Budget keinesfalls infrage gekommen, ein Turbo-Cabrio auszuleihen – das war eher eine Sache für die wenigen Luxus-Touristen, die für das, was der Prospekt als »romantischen Kurztrip in unendliche Weiten« anpries, auf Mao-Gandhi II einflogen. Und jetzt sollte sie das auch erleben dürfen? So viel Verhandlungsgeschick hatte sie ihrem Papa, ehrlich gesagt, gar nicht zugetraut ...

»Hört sich gut an«, sagte sie. »Wann soll's denn losgehen?«

»Wir können jederzeit starten. Heute haben wir Freitag – also, warum nicht gleich morgen?«

»Also gleich morgen!«, gab Tessa zurück.

Leo machte sich sofort daran, über seine Nachrichten-Wabe eines der Cabrios zu sichern. Und tatsächlich waren am Vormittag alle drei noch frei. Er bestätigte die Reservierung und rief zu Tessa herüber, die sich die Zähne putzte:

»Es klappt! Morgen früh machen wir den Mond unsicher, charmante Tochter!«

»Worauf du ...«, begann Tessa, die den Kopf aus der Wasch-Wabe steckte, und Leo und sie sagten gleichzeitig: »... einen lassen kannst!«

Tessa, die den Mund noch voller Schaum hatte, musste losprusten und sprühte ein feinen Zahnpasta-Nebel ins Zimmer, was aber nur Cassi mit einem ungehaltenen Blick missbilligte.

KAPITEL 11

Tessa übernimmt das Steuer

Tessa musste zugeben, dass sie aufgeregt war, als sie und Leo sich auf den Weg zur Verleihstation machten. Es war schließlich das erste Mal, dass sie die Mondbasis verlassen würde. Wenn man nicht gerade durch eine der Sichtluken schaute oder in der zentralen Halle durch die Glaskuppel sah, konnte man eine gewisse Zeit lang sogar ganz vergessen, dass man sich auf dem Mond befand. Vor allem aber dann, wenn man wie Tessa so viele andere Dinge zu bedenken hatte: das bevorstehende Konzert, den keineswegs schon vergessenen Streit mit Leo, den Unterricht, den fiesen Typen Wang, ach ja: Beagle gab's ja auch noch, und ihre Mutter und Trix – oh nein, sie hatte ihnen ja immer noch kein Infogramm geschickt! Na gut – dann eben nachher, gleich nach dem Ausflug …

Am Schalter von Huhu Cars aktivierte Leo mit seinem Armband die Reservierung. Der Angestellte sagte: »Alles in Ordnung – dann weise ich Sie noch ein. Zunächst müssen die Raumanzüge angelegt werden – hier entlang, bitte.«

Er stieg mit Tessa und Leo eine Treppe in das darunterliegende Stockwerk hinunter. Unten angekommen öffnete er mit einem Drehrad eine schwere Metalltür und ließ sie in die Garage eintreten.

Hier standen gleich drei Mondcabrios nebeneinander, die in verschiedenen Farben chromlackiert glänzten. Die Fahrzeuge bestanden eigentlich nur aus einem Chassis mit Sitzen und einem kleinen Motorblock darauf und einer dicken Gummiwulst drum herum. Am Heck war eine lange Antenne angebracht, sodass die Cabrios ganz wie extragroße Autoscooter ausgesehen hätten, wären da nicht die übergroßen und sehr breiten Reifen gewesen, die die Sitze fast überragten und mit ihren tief eingeschnittenen Profilen auch an jeden Traktor gepasst hätten. Auf der metallicblitzenden schmalen Seitenwand war das Logo der Mondbasis aufgeklebt, ganz so, als bestünde eine Verwechslungsgefahr oder als ob man eine Markierung bräuchte, um sein Fahrzeug wiederzuerkennen.

»Welches darf's denn sein?«, fragte der Huhu-Mann.

»Tessa, entscheide du«, sagte Leo.

»Das grüne!«

An der Seite hingen Raumanzüge, sortiert nach Größen, und auch diverse Helme und Stiefelpaare waren dort aufgestellt. Leo, der im Dienst öfter Außeneinsätze hatte, kannte die Ankleideprozedur längst in- und auswendig, und so half er zunächst Tessa in die sperrige Montur.

»Du musst aufpassen, dass der Anzug nirgendwo eingeklemmt wird«, erklärte er ihr, »damit sich der Druck überall gleich verteilt. Fühl mal, ob es überall passt.«

Tessa strich über die geschmeidige Oberfläche des matt schimmernden Overalls. Fühlte sich gut und auch irgendwie vertrauenerweckend an, fand sie. Der Anzug war trotz seiner vielen Schichten so biegsam, dass sie ganz einfach in die Hocke gehen, nach ihren Stiefeln greifen und die breiten Klettverschlüsse fest verschließen konnte.

»O.K.; wichtig ist das Kontroll-Panel am rechten Arm«, sagte der Huhu-Mann. »Hier aktiviert man die Sprechverbindung, hier wird der Status des Sauerstoffvorrats angezeigt, hier ist der Notfallknopf, der einen automatisch mit der Sicherheitszentrale verbindet.«

Tessa schaute die verschiedenfarbigen Knöpfe leicht misstrauisch an. Sie wusste nicht recht, ob die Sicherheitszentrale wirklich der Ort war, an den sie sich im Notfall gern wenden würde ...

»So – jetzt noch die Helme«, wies der Huhu-Mann sie weiter an. »Die werden mit einer einfachen Schraubvorrichtung befestigt, sie rasten ein und werden dann zweifach verriegelt.«

Leo setzte Tessa den Helm auf und zog ihn mit geübtem Griff sicher fest. Im ersten Moment überfiel Tessa ein Gefühl von Panik, als sie plötzlich in eine so enge Hülle eingesperrt war und sie meinte, ersticken zu müssen. Doch als sie gerade in Schnappatmung verfallen wollte, hörte sie das leise Zischen des Ventils für die Atemluft. Sie nahm einen tiefen Zug. Da hörte sie auch schon Leos Stimme über den eingebauten Helmlautsprecher: »Hallo, hallo, Mond an Tessa! Wie geht's?«

Auch Leo war schon voll ausgerüstet, hatte seinen Helm aufgesetzt und die Sprechverbindung aufgebaut. Tessa lachte. »Alles in Ordnung. Ich höre nur so seltsame Stimmen ... Over!«

Die Stimme des Huhu-Manns unterbrach sie: »O.K., ihr zwei Hübschen, für Scherze ist nachher noch genug Zeit. Jetzt zeige ich euch, wie ihr mit dem Cabrio fahrt ...«, er schaute Tessa forschend an, »... genauer gesagt, wie Sie mit dem Cabrio fahren. Ihre Tochter ist ja wohl noch deutlich unter dem Mindestalter ...?«

Tessa war ja eigentlich ohnehin klar gewesen, dass sie noch nicht fahren durfte, egal auf welchem Planeten. Trotzdem fand sie es frech, dass der Kerl sie sofort als minderjährig erkannt und irgendwie abschätzig taxiert hatte. Jedenfalls sprach er nur noch Leo an und beachtete sie überhaupt nicht weiter.

Auch recht, dachte Tessa. Sie blieb aber über den Sprechfunk zugeschaltet und so hörte sie die Erklärungen des Huhu-Manns mit. »Hier haben wir für jeden Mitfahrer eine Flasche Sauerstoff für den Notfall, und hier ist eine Signalrakete. Der Elektromotor beschleunigt den Wagen mit knapp 30 Kilowatt, wenn Sie glauben, dass das lahm ist, werden Sie sich aber wundern. Erst einmal ist das Cabrio in Ultraleichtbauweise gebaut, und vor allem ist auf der Mondoberfläche die Beschleunigung ohne Luftwiderstand enorm. Also bitte nur ganz behutsam aufs Gas gehen.«

Schließlich war es so weit: Leo und Tessa nahmen im Cabrio Platz. Der Huhu-Mann legte ihnen die Sicherheitsgurte an, die mit einem satten Klicken schlossen, gab ihnen mit dem Daumen das Zeichen, dass alles startklar sei und verschwand durch die Tür in den Vorraum. Ein rotes Warnlicht fing an zu blinken; über die Helmlautsprecher hörten Leo und Tessa den Countdown: »Dekompression in 5 Sekunden.«

Leo drehte den Kopf zu Tessa hin und lächelte sie an.

»3!«

Tessa lächelte zurück.

»2!«

Auch wenn ihr Vater manchmal nervte – in diesem Moment, wo sie zu einem neuen gemeinsamen Abenteuer aufbrachen, spürte sie nichts als große Zuneigung und Vertrauen.

»1 – Null! Dekompression erfolgt.«

Die Außentür der Garage senkte sich langsam herab und Tessa und Leo blickten nun direkt auf die Landschaft, die vor ihnen lag und vom hellen Schein der Erde, die groß und mächtig am Horizont stand, leuchtete. Die Konturen der Bodenwellen waren mit scharfem Kontrast zwischen dem hellen Grau der beschienenen Flächen und dem Tiefschwarz der Schatten gezeichnet. Vor ihnen lag eine weite Ebene, aus der sich nur hier und da einzelne größere Gesteinsbrocken heraushoben. In der mittleren Distanz waren Hügel zu sehen, die wie grau eingefärbte Wüstendünen aussahen, aber, wenn man genauer hinschaute, von lauter kleinen und größeren Kratern übersät waren. Den Horizont schloss in weiter Ferne eine Bergkette ab.

»Wow!«, entfuhr es Tessa: »Wahnsinn!«

»Du sagst es: wow!«

Leo schaltete den Motor ein und gab Gas. Das Cabrio setzte sich rasant in Bewegung und schoss mit mehreren kleinen Hopplern die Rampe hinunter.

Tessa, die sich ja an keinem Lenkrad festhalten konnte und in der Aufregung die Haltegriffe am Beifahrersitz noch gar nicht wahrgenommen hatte, wurde in ihrem Gurt ordentlich durchgeschüttelt. Leichte Übelkeit stieg in ihr hoch. Leo hielt kurz an, selbst ganz erschrocken über die plötzliche Schnelligkeit des Mondcabrios.

»Sorry!«, funkte er Tessa an. »Unsere Wartungsfahrzeuge sind viel lahmer als dieses Wildpferd hier.«

Im zweiten Anlauf schaffte es Leo, die Geschwindigkeit sanft zu steigern. Sie fuhren zunächst eine der angelegten Versorgungstrassen entlang.

»Ich hab dich ja noch gar nicht gefragt: Wie war eigentlich der Unterricht …?«

»Gut«, sagte Tessa mit leicht genervtem Unterton.

»Danke für diese Information«, gab Leo säuerlich zurück.

»Nein, wirklich!«, erwiderte sie unenthusiastisch. »Ich komm mit dem Stoff gut klar. Und die Lehrerin ist so weit ganz nett.« Tessa konnte es nicht lassen, doch noch ein wenig zu sticheln: »So alt und hässlich ist sie gar nicht – du kannst ja mal fragen, ob's einen virtuellen Elternabend gibt, zum Kennenlernen und so ... «

Zum Antworten kam Leo nicht, weil eine Stimme über die Helmlautsprecher ertönte: »Sie verlassen die gesicherte Zone. Weiterfahrt auf eigenes Risiko. Bitte bestätigen.«

Leo antwortete, ohne zu zögern. »Bestätige Verlassen der Sicherheitszone. Bis später, Leute!«

Nach einigen Hundert Metern bog er ab, fuhr ganz sachte eine Kurve und steuerte das freie Gelände an. Wenige Augenblicke später hielt er an und sagte zu Tessa: »Willst du auch mal?«

»Wie? Was meinst du?«

»Na, du fährst! Das merkt ja keiner, wir sind doch ganz unter uns hier ...!«

»Ehrlich jetzt?«

»Na klar! Los, neuerdings wieder charmante Tochter – rück auf den Fahrersitz!«

Tessa löste den Sicherheitsgurt, schob sich auf den Platz, den Leo gerade freigemacht hatte, ruckelte mit den Pobacken einmal hin und her, um sich einen möglichst festen Sitz zu verschaffen, und legte die Hände ans Steuerrad. Durch die dicken Raumhandschuhe spürte sie das harte Metall. So – wie war das jetzt? Links Kupplung, rechts Gas und die Bremse in der Mitte. Oder umgekehrt? Nee – doch richtig. Für einen Moment kam Tessa ins Schleudern, doch dann hatte sie die Instruktionen des Typen vom Autoverleih wieder klar vor Augen: Sie zog den schweren Gurt fest, der sie in den Sitz drückte, und als Leo sich auch wieder angeschnallt hatte, löste sie die Feststellbremse und legte den Vorwärtsgang ein. Mit einem Hüpfer schoss das Mondcabrio nach vorne und hob dabei auch ein wenig vom Boden ab. Erschrocken nahm Tessa den Fuß vom Gas und bewirkte so, dass das Cabrio noch einen weiteren Hoppler tat, der Motor erstarb und gleichzeitig mindestens ein halbes Dutzend Warnlämpchen am Armaturenbrett aufleuchteten.

Leo lachte. »Hm, fühlt sich wirklich an wie die erste Fahrstunde …!«

Tessa, die die blinkenden Lichter ratlos anschaute, fauchte. »Fängst du schon wieder an …?« – und gab Leo mit einem dazu passenden Blick zu verstehen, dass er sich mit humorvollen Bemerkungen jetzt besser zurückhalten sollte.

Sie ließ den Motor wieder an und achtete diesmal darauf, nicht gleich mit voller Wucht durchzustarten. Sie drückte das Gaspedal erst leicht und dann etwas stärker, und schon setzte sich das Cabrio leise schnurrend in Bewegung.

Tessa sah, wie ihr Vater ihr aufmunternd das »Daumen hoch«-Zeichen gab und schaute schnell wieder nach vorne, um nicht vom Weg abzukommen. Im Bereich direkt um die Mondbasis waren ein paar der größeren Wege planiert und mit Leuchtbaken ausgestattet gewesen. Aber hier, jenseits der vorgegebenen Trassen, konnte man einfach durch das Gelände brausen.

Tessa wurde mutiger. Sie fuhr eine elegant geschwungene Rechtskurve, beschleunigte weiter und kurvte geschickt um kleinere Unebenheiten der Mondoberfläche herum. Über manche Bodenwelle holperten sie mit Schwung hinweg, wobei sie eine Spur aus aufgewirbeltem Staub hinterließen.

Tessa heizte nun richtig mit dem Mondmobil durch die Mondlandschaft, wich Kratern und Felsblöcken aus und ließ es sich nicht nehmen, in den Kurven zu übersteuern, sodass sich das Heck mehr und mehr nach vorne drehte und sie fast seitwärts durch die Kurve brausten.

»Hey, du bist gut!«, hörte Tessa ihren Vater über die Sprechverbindung sagen. Sie wandte sich für einen kurzen Blick zu ihm. War er unter seinem Raumhelm etwa wirklich bleich geworden? Geschah ihm vielleicht gar nicht so unrecht … Den Kopf wieder nach vorne gerichtet, antwortete sie: »Tja, ich bin halt ein Naturtalent! Das sind wohl deine Gene, die da durchkommen!«

Abseits der präparierten Pisten zeigten die großen Räder des Cabrios wirklich, wozu sie nutze waren. Mit ihnen setzten sie über Unebenheiten und kleinere Abbruchkanten ganz locker hinweg. Auch als das Mondcabrio an einem Hang in eine so erhebliche Schieflage geriet, dass Tessa eine Sekunde lang die Panik durchströmte, sie würden sich jeden Moment überschlagen, kippte das Fahrzeug, davon ganz unbeeindruckt, in die Waagrechte zurück, ohne dabei an Geschwindigkeit zu verlieren.

Auf dem Rückweg, kurz vor der Stelle, an der sie wieder auf die Hauptstrecke einbiegen konnten, legte Tessa noch ein scharfes Slalom-Manöver ein, bevor sie das Mondcabrio mit einer festen, souveränen Bremsung zum Halten brachte. Erst als sie standen, merkte sie, wie durchgeschwitzt sie war und dass ihr Herz, angetrieben vom Adrenalinschub, wie verrückt pochte.

Tessas Fahrstil hatte ihm zwar kaum Zeit gelassen, sich auf etwas anderes zu konzentrieren als ihre unmittelbar bevorstehende fatale Kollision mit einem Gesteinsbrocken oder den Sturz in eine Felsspalte, und dennoch hatte Leo bemerkt, dass die Mondoberfläche überhaupt nicht so unberührt war, wie er erwartet hatte. Je weiter sie sich von der unmittelbaren Umgebung von Mao-Gandhi II entfernten, desto öfter sichtete Leo einzelne Fetzen von Dingen, die ganz eindeutig irdischen Ursprungs waren – und bei denen es sich ebenso eindeutig um nichts anderes als Müll handelte. Aber wie sollte ohne jeglichen Wind der Müll von der Station so weit weggetrieben worden sein – einmal ganz abgesehen davon, dass er doch direkt aus den Abfallschächten in große Container am Raumbahnhof gefüllt wurde?

»Tessa, schau mal«, hatte er einmal unvorsichtigerweise gerufen, als sie gerade an einem Haufen vorbeigeschossen waren, der ganz offensichtlich aus komprimierten Plastikabfällen bestand. Tessa schaute zur Seite, verstand aber wohl nicht, was Leo von ihr wollte, weil sie da schon längst das verdächtige Objekt weit hinter sich gelassen hatten. Der einzige Erfolg war, dass Tessa das Steuer verriss, um einem Felsbrocken auszuweichen, den sie nicht hatte kommen sehen, weil sie zur Seite geschaut hatte. Danach unterließ Leo es lieber, sie auf weitere seltsame Anzeichen hinzuweisen; auch dass er zwischen den vorgelagerten Hügeln einen merkwürdigen orangefarbenen Schimmer zu erkennen meinte, behielt er für sich. Es mochte schließlich auch einfach ein ungewöhnlicher Lichtreflex sein, und hinter der

Felskuppe würde man nichts als eine weite, öde Ebene vorfinden … Vor allem wollte Leo nicht gerade jetzt, da Tessa zum ersten Mal auf dem Mond so unbeschwert fröhlich war, wie er sie zuletzt als kleines Mädchen erlebt hatte, mit seinen Verschwörungstheorien kommen. Dafür würde sich ein besserer Augenblick finden, und Tessa sollte ja noch länger bei ihm bleiben.

Als sie das Mondcabrio abgegeben und die Raumanzüge abgelegt hatten, wussten beide nicht so recht, was sie nun noch zusammen unternehmen könnten. Leo, der ein Grummeln im Magen spürte, machte den aus seiner Sicht naheliegenden Vorschlag: »Wollen wir heute Abend noch einmal einen zweiten Versuch mit unserem Festessen starten? Es muss ja nicht Pizza Tikka Masala sein, jedenfalls für dich nicht …«

»Lass mal, Papa. Ich sitz jetzt an der Quelle, ich hab einen Job im Casino!«

Leo schaute sie nur staunend an.

»Tja, gar nicht schlecht, deine Tochter, was?«, fügte sie mit koketter Geste hinzu.

Leo erkannte richtig, dass sie damit keine neuen Feindseligkeiten aufnehmen wollte, sondern wirklich stolz auf ihre erfolgreiche Jobsuche war. »Außerdem habe ich Mr Singh versprochen, bei den Vorbereitungen zu helfen«, erzählte sie weiter. »Ich schnapp mir einfach was aus der Küche.«

»Na gut, dann hol ich mir was zum Essen und werde später wohl mit Mikhail und Mika losziehen. Wenn wir uns heute nicht mehr sehen: Schon einmal gute Nacht, mein großes Rennfahrer- und Barkeeper-Mädchen«, sagte er und gab ihr einen Kuss auf die Stirn.

»Papa …!«

»Oh, Entschuldigung – hatte kurz vergessen, dass ich ein peinlicher Elternteil bin.«

Grinsend trennten sich die beiden; Tessa lief los, Richtung Casino Orbit, und Leo machte sich auf den Nachhauseweg. Doch kurz vor der Ecke des Beijing Boulevard verlangsamte er seine Schritte und hielt schließlich an. In seinem Gesicht arbeitete es – hätte jemand auf ihn geachtet, wäre dem Beobachter klar gewesen, dass Leo mit sich rang und sich bemühte, zu einem Entschluss zu kommen. Das war ihm offenbar gelungen, denn rasch wandte er sich um, und ging schnellen Schrittes in die entgegengesetzte Richtung, zurück zur Verleihstation.

KAPITEL 12

Auf der Flucht, wovor auch immer

Für einen Weltraumtouristen bei seinem Jungfernflug ins All hatte Wayne Tooley erstaunlich schlechte Laune und zeigte erstaunlich wenig Interesse an der Außenwelt. Er hatte Dean the Bean, dem Bassisten, ohne jedes Bedauern den Platz am Fenster der Raumfähre überlassen. Gebannt schaute Dean hinaus. »Jungs, guckt mal, der Mond ist schon ganz nahe. Mann oh Mann, solche Krater hab ich zuletzt gesehen, als Riley damals Akne hatte.«

Sein Bandkollege Riley, der eine Schlafbrille trug, aber offensichtlich noch nicht eingenickt war, brummte, halb im Spaß, halb angefressen: »Halt den Rand, Dean!«

»Schon gut, alter Junge«, sagte Dean mit Ironie in der Stimme und pikste Riley den Zeigefinger in die Rippen. »Du warst schließlich das unschuldige Opfer einer hormonell bedingten Hauterkrankung. Der Mond dagegen – was hat der eigentlich für eine Entschuldigung? Meteoriten? Wenn du mich fragst: Das ist doch lächerlich!«

»Ich frag dich aber nicht. Und wenn du damit fertig bist, mich zu verarschen, sag Bescheid. Korrigiere: Sag besser nicht Bescheid«, presste Riley heraus und drehte sich demonstrativ in seinem Sitz, so weit das eben ging, auf die Seite.

Wayne, der auf der anderen Seite des Gangs saß, ließ sich, anders als sonst, nicht auf die üblichen Sticheleien der beiden ein, sondern wirkte abwesend und ernst, so als ob er eine Entscheidung mit sich herumtrug, aber selbst noch nicht genau wusste, was für eine. Es war das erste Mal nach dem Ende ihrer Welttournee gewesen, dass sie sich kurz vor dem Abflug auf dem Raumbahnhof von Chennai wiederbegegnet waren. Doch die vier Wochen, in denen sie sich eigentlich – generell und voneinander – erholen wollten, hatten ihnen irgendwie nicht gutgetan. Das Gezicke und Gekabbel, das zum Schluss der Tour immer häufiger vorkam und immer missgelaunter wurde, hatte praktisch gleich nachdem sie sich begrüßt hatten, wieder eingesetzt. Bei der Tournee hatte Wayne die Stinkstiefeleien der beiden und auch seine eigene Unausgeglichenheit ja noch dem Umstand zugeschrieben, dass gegen Ende einer solchen Mammut-Unternehmung die Nerven nun einmal bei allen bloßlagen. Aber jetzt ging es gleich wieder los …

Dean beugte sich vor und sprach Wayne an: »Sag mal, kann unser famoses Management nicht vielleicht doch mal dafür sorgen, dass wir pro Person eine Sitzreihe bekommen? Erstens ist es total eng, und zweitens bläht unser Bassist … «

Aber auch das hatte Riley offenbar gehört. Er riss sich die Schlafmaske vom Kopf und wollte aufspringen, wurde aber vom Schwerelosigkeits-Gurt zurückgehalten und plumpste in den Sitz zurück. Das brachte ihn nur noch mehr auf, und er klatschte, weil er zwischen den engen Sitzreihen nicht ausholen konnte, mit kurzen Paddelbewegungen beidhändig auf Dean ein und rief: »Jetzt reicht's! Noch eine blöde Bemerkung, und … « Weiter kam Riley jedoch nicht. Als er sich gerade den Beutel mit der Weltraummahlzeit geschnappt hatte, um damit auf Dean einzuprügeln, der sich schützend die Hände vors Gesicht hielt, packte plötzlich jemand mit gewaltiger Kraft seinen Arm. Riley drehte sich erschrocken um und starrte den Typen mit dem breiten Kreuz, Bodybuilder-Armen und den raspelkurz rasierten Haaren, der sich neben seinem Sitz aufgebaut hatte, verwirrt an.

»Das hört auf, oder wir haben ein Problem!«, sagte der Hüne, der immer noch Rileys Arm in seinem eisenharten Griff hielt.

»Autsch«, protestierte Riley kleinlaut.

»Als Sky Marshal des Fluges Space India 559 fordere ich Sie hiermit auf, unverzüglich Ihr ordnungswidriges Verhalten einzustellen. Andernfalls mache ich von meinen Kompetenzen nach Artikel 8 der Konvention für personenbezogenen Weltraumtransport Gebrauch ...«

»Uh-oh«, sagte Dean in neckendem Tonfall zu Riley.

Der war bleich geworden und konnte nur stottern: »Was ... was für Kompetenzen genau ...?«

Da sprach Wayne den Sky Marshal an und erklärte ihm mit dem beträchtlichen Charme, der ihm zur Verfügung stand, dass sie zu einem wichtigen Auftritt unterwegs seien, zu wenig geschlafen hätten und deswegen wohl etwas nervös wären. »Ich kann mich für das Benehmen meines Freundes nur vielmals entschuldigen und Ihnen zusichern, dass es nicht wieder vorkommt.«

Der Sky Marshal grunzte bloß einmal zur Bestätigung und ließ Riley los, nicht ohne ihm zu verstehen zu geben, dass er weiterhin unter Beobachtung stünde.

Riley atmete einmal tief durch, während Dean, der sich die ganze Zeit nur mühsam beherrscht hatte, jetzt vor Lachen laut herausplatzte. Der Sky Marshal, der in seinen schweren Gravitationsstiefeln wieder in den vorderen Teil der Kabine gegangen war, was eher tapsig als Ehrfurcht gebietend wirkte, drehte sich mit forschendem Blick um.

»Pssst!«, zischte Wayne ärgerlich Dean zu, der daraufhin tatsächlich weitere Faxen zunächst einmal unterließ. An Riley gewandt sagte er: »Und du brauchst nicht zu glauben, dass ich jedes Mal deinen Arsch rette, wenn du meinst, ausflippen zu müssen. Was seid ihr nur für verdammte Amateure …!«

Damit griff Wayne demonstrativ zu seiner Nachrichtenwabe, stellte fest, dass er auf mittlerer Distanz zwischen Erde und Mond keinen Empfang hatte, und begann stattdessen, Notizen zu machen – die ihm bei besserer Stimmung vielleicht sogar wirklich Ideen für neue Songs geliefert hätten, so aber bloß unzusammenhängende Kritzeleien wurden.

Was schreib ich hier für Mist zusammen …, dachte er und fluchte leise vor sich hin.

Dean wechselte seinen Verbündeten und flüsterte Riley ins Ohr: »Uuh, unser kreativer Kopf beliebt heute schlechte Laune zu haben. Und ich glaube, ich weiß auch, warum …!«

Als Leo zur Tür der Verleihstelle hereinkam, schaute ihn der Huhu-Mann überrascht an. »Ach, Sie sind's. Haben Sie etwas im Cabrio oder in der Schleuse vergessen?«, fragte er Leo.

»Nein, nein«, antwortete er. »Ich will noch einmal mit dem Cabrio los.«

»Ähm, gut«, sagte der Huhu-Mann, »Sie haben's ja eh das ganze Wochenende zur Verfügung … Noch einmal einweisen brauche ich Sie ja wohl nicht, oder?«

»Keine Sorge, ich hab's mir gemerkt. Eigentlich wollte ich ja gleich beim ersten Mal länger auf Tour gehen und die Gegend noch weiter erkunden«, fuhr Leo fort, der sich eine möglichst harmlose und plausibel klingende Erklärung für seinen zweiten Besuch zurechtgelegt hatte. »Aber meine Tochter konnte das Gewackel nicht so gut vertragen, und da mussten wir halt umkehren … «

»Ja, diese jungen Dinger«, stimmte ihm der Huhu-Mann zu. »Haben so eine Klappe, aber wenn's dann ernst wird, machen sie gleich schlapp!«

»Ganz genau«, antwortete Leo. Mit dem Mann sollte man sich gut stellen, dachte er sich, wer weiß, ob man nicht noch mal auf ihn angewiesen ist. Er setzte noch eins drauf. »Die jungen Leute können einfach nichts mehr ab. Wir sind da doch aus ganz anderem Holz geschnitzt!«

Der Huhu-Mann taute jetzt richtig auf. Leo hatte anscheinend eines seiner heimlichen Lieblingsthemen aufgebracht: »So sieht's aus – Sie sagen es. Überhaupt die Frauen! Die denken, ›Hoppla, jetzt komm ich‹ und ›Was kostet die Welt‹, aber gegen Männer mit Erfahrung wie uns können sie nicht anstinken, wenn's dann hart auf hart kommt … !«

Leo stieg die Treppe herab, legte den Raumanzug an, packte Vorräte dazu, ließ am Einfüllstutzen das Vorrats-Pad mit Trinkwasser volllaufen und löste mehrere Adrenalinpillen darin auf – wer weiß, wie lange er unterwegs sein würde; einschlafen durfte er dabei jedenfalls nicht! Er wartete das Signal ab, dass die Vakuumschleuse luftleer sei, und als sich die Außentür geöffnet hatte, fuhr er los – diesmal ohne Bocksprünge beim Start und auch ohne Schlangenlinien und gewagte Manöver in Kurven und an Hängen. Leo fuhr konzentriert mit konstantem Tempo und hielt direkt auf das Vorgebirge zu, wo er den seltsamen Schimmer beobachtet hatte.

An Bord von Space India 559 hatten sich unterdessen die Wogen um Purple Toupet herum etwas geglättet. Ein weiteres Schwerelosigkeits-Menü hatte Wayne, Dean und Riley die Mägen gefüllt und sie schläfrig gemacht. Wayne hatte schon vor einer ganzen Weile aufgegeben so zu tun, als sei er kreativ, sich Rileys Schlafbrille ausgeliehen und war rasch in einen tiefen Schlummer gesunken.

Dean probierte aus, wie sehr Wayne weggetreten war; er streichelte ihm die Wangen wie einem Kleinkind und fragte mit Lieber-Onkel-Stimme: »Och, was hat er denn, der Kleine ...? Hattu Bauchweh? Hattu Liebeskummer? Hat deine Freundin ihre Tage?«

Wayne stöhnte, als ob er auf die Frage antworten wollte, und wand sich im Sitz hin und her, wachte aber nicht auf.

»Ähm, deine mutmaßliche Exfreundin, wollte ich sagen«, fügte Dean hinzu. »Aber ehrlich, Riley, Isla hat auch genervt, wenn sie nicht gerade prämenstruell herausgefordert war, oder?«

»Du sagst es«, antwortete Riley mit einem schiefen Grinsen. »Aber so was von!«

»Ich weine ihr jedenfalls keine Träne nach. Sie hätt's noch so weit gebracht, dass wir uns wegen ihr endgültig verkrachen ...«

Riley nickte, und Dean sprach weiter: »Warum kann es nicht einfach so wie früher sein? Nur wir drei, gelegentlicher Damenbesuch und richtig geile Konzerte? Wayne hat sich ganz schön verändert. Ich sag dir eins: Noch ein paar Monate mit Isla, und Wayne wäre komplett domestiziert gewesen. Und dann wäre sie bald schwanger geworden, und mit der Band wär's aus gewesen!«

»Meinst du, er kriegt noch mal die Kurve?«, fragte Riley, auf Wayne deutend, der zusammengesackt in seinem Gurt hing und leicht schnarchte.

»Wenn ich das wüsste, wär ich längst der Chef von Clever Corp.!«

Am Rande der Sicherheitszone meldete sich Leo per Funk von der Mondbasis ab und hielt so direkten Kurs auf das Gebirge, wie es das Gelände eben zuließ, das das Mare Imbrium in der Ferne begrenzte. Zunächst ging es durch einen Teil der riesigen Senke, die offensichtlich noch nie von Menschenhand berührt worden war, doch dann stieß Leo auf Reifenspuren; erst einige wenige, bald aber auf immer mehr von ihnen, die zum Teil schon richtige Pisten in Staub und Gestein gezogen hatten.

Langsam kam er den ersten Hügeln näher, und immer öfter lagen Säcke mit Plastikabfall, achtlos in die Gegend gestreut, herum. Manche waren aufgeplatzt und hatten bizarre Stillleben aus Verpackungen, geleerten Getränkedosen und vielen nicht näher identifizierbaren Müllfetzen geformt, die in ihrer grellen Farbigkeit einen starken Kontrast zum fahlen Grau des Mondstaubes bildeten. Leo hielt auf eine größere Ansammlung von Säcken zu, die am Rand der Strecke durcheinandergewürfelt lagen, stoppte das Mondcabrio und schaute sich das Ganze einmal genauer an. Manche der Folien waren mit chinesischen oder indischen Devanagari-Schriftzeichen bedruckt, und so wusste Leo schon, bevor er auch noch einen zerdrückten Pizza-Karton aus dem Casino Orbit entdeckte, dass der ganze Müll von der Mondbasis stammen musste.

»So was …!«, stieß er unwillkürlich hervor. Aber was diese Entdeckung nun wirklich bedeutete, war Leo alles andere als klar. Mal angenommen, es steckte tatsächlich sein Lieblings-Hauptverdächtiger Wang dahinter – was hätte der davon, den Müll der Mondbasis im Mare Imbrium zu verteilen? Man musste sich sehr, sehr sicher fühlen, um das ganze Zeug einfach so in der Gegend herumfliegen zu lassen. Oder war das Ganze doch ein Unfall – oder bloß Schlamperei der Entsorgungstrupps? Leo machte einige Aufnahmen vom Müllhaufen, wobei er die Pizzaschachtel noch etwas auffälliger in die Mitte drapierte, und fotografierte auch die Trasse der Reifenspuren.

»Ich hab's doch gewusst: Hier läuft ein krummes Ding«, sagte er zu sich selbst. Grübelnd stieg Leo wieder ins Cabrio und setzte seine Fahrt fort. Was immer sich ihm an seinem Ziel zeigen würde, er dürfte sich auf keinen Fall erwischen lassen. Wang würde unter Garantie keinen Spaß verstehen, wenn nach der Tochter jetzt auch der Vater herumspionierte …!

KAPITEL 13

Am Rand des Mare Imbrium

Die Landschaft, durch die Leo fuhr, war absolut gleichförmig, ohne jegliche Erhebungen und Senken; nicht einmal mehr größere Felsblöcke, wie es sie in der Nähe der Mondbasis so häufig gab, milderten das kalte, eintönige Bild, das ihn seit geraumer Zeit umgab. Er schaute noch einmal auf die Anzeige des Sauerstoff-Füllstandes. Drei Viertel voll – damit kam er notfalls 24 Stunden und länger aus, schätzte er.

Schließlich kam Leo dem Vorgebirge näher. Der Boden stieg stetig an, das Mondcabrio bewältigte den Anstieg aber ohne Schwierigkeit. Eigentlich hätte er während der Fahrt, bei der er nichts mehr tun musste, als das Steuer einigermaßen gerade zu halten, Zeit genug gehabt, um sich vielleicht schon einmal einen Plan zu überlegen, wie er das geheimnisvolle Areal unbemerkt auskundschaften könnte. Doch seine Gedanken kreisten immer noch um den Streit mit Tessa – und um die vielen Streits mit ihr und ihrer Mutter, die ihm vorangegangen waren. Er war erschrocken, wie schnell er und sein sanftmütiges Töchterlein – das war sie, seiner Erinnerung nach, zumindest noch in ihren ersten Schuljahren gewesen – sich in einen so hässlichen Streit hineinsteigern konnten. Hieß das denn wirklich, dass er so etwas wie Familienleben einfach nicht beherrschte? Von Tessas Mutter hatte er sich genau diesen Vorwurf oft genug anhören müssen, in anderen, überdeutlichen Worten allerdings und mit höherer Lautstärke vorgebracht …

Wenn er es sich mit Tessa verdarb, so viel war ihm klar,

würde er nicht noch eine Chance bekommen, im Leben seiner Tochter eine Rolle zu spielen. Genauso wenig, wenn er Tessa und sich selbst in Gefahr brachte … War es dann nicht besser, Mikhails Rat zu folgen und einfach die Klappe zu halten? Für wen machte er das denn eigentlich, hier als selbst ernannter Retter der Menschheit durch die Mondlandschaft zu brettern? War es nicht doch bloß, um vor Tessa als cooler, heldenhafter Dad dazustehen?

Leos Blick wanderte von der Strecke vor ihm hin zur weiten Ferne der Mondberge und dann in die Tiefen des Alls, dessen Sterne millionenfach leuchteten. Er nahm den Fuß vom Gas und ließ das Mondcabrio ausrollen. Doch, umkehren wäre sicher das Beste, überlegte er. Andererseits … Nein, dachte er, und startete wieder durch: Jetzt war er so weit gekommen, jetzt musste er die Sache auch zu Ende bringen. Ein Sturkopf sei er, hatten ihm seine gesammelten Familienmitglieder gern einmal vorgeworfen. Nun gut, diesen Titel wollte er sich dann auch redlich verdienen!

Je näher er kam, desto klarer konnte Leo das orangefarbene Leuchten am Rand des Mare Imbrium orten. Und nun erkannte er auch, dass der Lichtschein nicht immer gleich blieb, sondern seine Helligkeit ab und an veränderte, ganz so, als bewegte sich dort etwas. Dabei hatte er schon an sich selbst gezweifelt, ob er es wirklich gesehen hatte. Leo beschleunigte noch stärker.

Auf halber Höhe des Vorgebirges stellte Leo das Mondcabrio – wie er fand, sehr diskret – zwischen zwei großen Felsbrocken ab. »Wie dafür gemacht, die Garage!«, lobte er sich selbst. Er erklomm eine Anhöhe, an deren unterem Ende sich so viele Reifenspuren überlagert hatten, wie er es auf dem Mond noch nie gesehen hatte.

Beim Aufstieg sank Leo an manchen Stellen knöcheltief in den feinen Mondstaub ein und kam so nur langsam voran. Er kam durch die Anstrengung ins Schwitzen und warf alle paar Minuten einen Kontrollblick auf die Sauerstoffanzeige – unnötigerweise, aber er hatte das Gefühl, als verbrauche er wegen der schwierigen Wegstrecke seinen Atemluftvorrat schneller als geplant. Die letzten Meter bis zur Kuppe des Hügels legte Leo auf allen vieren zurück. Vorsichtig, ganz vorsichtig hob er den Kopf über den Rand. Was er dort sah, ließ ihm den Atem stocken. War das wirklich, wonach es aussah? War das etwa – Mao-Gandhi I? »O.K., mein lieber Meister Wang, wenn das hier Ihr Werk ist, dann kann ich verstehen, dass Sie nervös sind!«, sagte Leo zu sich selbst.

Flug Space India 559 hatte die Umlaufbahn um den Mond verlassen und war auf die Einflugschneise zum Spaceport eingeschwenkt – pünktlich zur Ankunft am frühen Sonntagmorgen (offizielle Mondzeit). Die Maschine donnerte, immer noch mit Überschallgeschwindigkeit, der Mondoberfläche entgegen. Erst in 100 Kilometern Höhe setzte der Hauptantrieb aus, und die Bremsraketen begannen nach dem Drehmanöver zur Landung den gewaltigen Schub des Raumschiffes abzufedern. Die Passagiere wurden abwechselnd tief in die Sitze gepresst und dann wieder fast aus ihnen herausgeschleudert, wären die Schwerelosigkeits-Gurte nicht gewesen.

Wayne ertrug die Flieh- und Zentrifugalkräfte gefasst, während Dean und Riley zunächst wie auf der Achterbahn vor Vergnügen quiekten, dann aber stiller und stiller wurden, während ihre Gesichtsfarbe sich von rosa zu einem ausgesprochen ungesund wirkenden Hellgrün veränderte.

Immerhin – das war ganz in Rileys und Deans Sinn, die kein weiteres Bremsmanöver ohne üble Folgen für sich und die Umsitzenden ertragen hätten – setzte der Flugkapitän SI 559 butterweich auf dem Landeplatz auf. Aus den Lautsprechern in der Kabinendecke setzte Streichermusik ein, die die vom langen Flug strapazierten Nerven der Reisenden beruhigen sollte. Langsam wurde die Passagierbrücke an das Raumschiff herangefahren; die Vakuumschleuse an ihrem Ende dockte an, und nach und nach verließen die Passagiere durch das Spalier der Besatzung die Kabine. Wayne brauchte länger als die anderen, weil alle Raumstewardessen – und auch der Kapitän – auf einer Hologramm-Aufnahme mit ihm bestanden.

Die Ankunftshalle des Raumbahnhofs war schon lange vor der erwarteten Ankunft mit Absperrgittern vollgestellt worden. Der Trupp Tourbegleiter, der der Band vorausgeflogen war, hatte nicht nur die Hauptbühne in der großen Halle, sondern auch ein kleines Podium hier am Spaceport aufgebaut. Die Security-Leute waren richtig begierig darauf, endlich einmal etwas regeln zu dürfen. Um ihre Wichtigkeit zu beweisen, schubsten sie gelegentlich die Reinigungstrupps zur Seite, die damit beschäftigt waren, den Eingangsbereich noch einmal zu schrubben und auf Hochglanz zu polieren. Wayne, Riley und Dean wurden von ausgesprochen eifrigen Bediensteten der Mondbasis vom Ankunftsgate gleich weitergeführt, doch schon nach wenigen Metern stellte sich ihnen ein groß gewachsener junger Afrikaner mit einem Anzug in Fischgrätmuster in den Weg. Zunächst hielt Wayne ihn bloß für einen besonders rabiaten Fan – eine Sorte, von der er in den letzten Jahren wahrlich mehr als genug erlebt hatte! – aber die Helfer und die Security-Leute machten überhaupt keine Anstalten, ihn zur Seite zu befördern. Er hielt den dreien eine Diktierwabe hin und sagte: »Gestatten, die Herren: Jean-Amadé Moinon, Redakteur des Bordmagazins von Mao-Gandhi II. Ich darf Ihnen ein paar Fragen stellen?«

Wayne konnte sich zwar nicht erinnern, in der Vereinbarung für das Mondkonzert die Einwilligung für Interviews gegeben zu haben – andererseits las er ohnehin nie durch, was er an Verträgen unterschrieb. Und bevor es wieder Stress mit dem Management gab, ließ er sich doch dazu herab, anzuhalten und legte den Schalter um, mit dem er sich in den Rockstar Wayne verwandelte. Zur Verwandlung gehörte auch, Moinon kumpelhaft den Arm um die Schulter zu legen, ihn anzugrinsen und in aufgesetzt fröhlichem Tonfall »Na, dann leg los, mein Freund …!« zu sagen.

Moinon las die erste Frage vom Display seiner Diktierwabe ab: »Wie gefällt es Ihnen auf dem Mond?«

»Es ist alles ganz toll hier. Wir sind zwar eben erst angekommen, aber es ist alles ganz toll!«

Moinon machte weiter: »Was haben Sie für das Konzert geplant?«

»Wir spielen einige unserer besten Songs. Hey, hier auf dem Mond geben wir natürlich alles!«

Die nächste Frage: »Werden Sie länger auf der Mondbasis bleiben?«

Wayne setzte ein noch breiteres künstliches Grinsen auf: »Würden wir schrecklich gern, aber das können wir doch unseren Fans auf der Erde nicht antun. Aber wir kommen bestimmt bald wieder. Jetzt kennen wir ja den Weg.«

Moinon lachte mit über Waynes Scherz, räusperte sich

dann aber und stellte seine letzte Frage: »Was ist dran an den Gerüchten, Sie seien nicht länger mit Isla Thompson zusammen …?«

Wayne entglitten kurz die Gesichtszüge. So ein kleiner Wichtigtuer – sich erst mit harmlos-debilen Fragen einschleimen und einem dann ein Bein stellen! Na ja, von der Journalisten-Bagage war man ja nichts anderes gewohnt … »Kein Kommentar«, entgegnete Wayne ebenso gespielt fröhlich, wie er auf die vorigen Fragen geantwortet hatte, und schob sich an Moinon vorbei, Riley und Dean im Schlepptau.

Tessa überlegte schlaftrunken: War es nicht langsam Zeit für den Unterricht? Ach nein, es war ja Sonntag, und auf Mao-Gandhi II wurde schließlich die irdische Arbeitswoche eingehalten. Das hatte Tessa auch schon mitbekommen: dass die Uhrzeit der Basis und die Helligkeit auf dem Mond nicht im Geringsten übereinstimmten. Ob die Basis nun im direkten Sonnenlicht oder im Erdschein lag; komplett dunkel wurde es nie, und so behalf man sich auf Mao-Gandhi II damit, die Beleuchtung der Gänge zu dimmen und die Sichtluken mit automatischen Jalousien abzudecken, wenn es offiziell »Nacht« war. Laut aktueller Basis-Zeit war es jetzt aber Morgen, und so stand Tessa auf und machte sich, nachdem sie Cassi gefüttert hatte, an ihr eigenes Frühstück.

Aber wo war eigentlich Leo? Sie war mit den aktuellen Gewohnheiten ihres Vaters nicht vertraut genug, um beurteilen zu können, ob sein angekündigtes Feierabendbier mit seinen Kumpeln nicht vielleicht gleich bis zum nächsten Morgen dauern würde … Vielleicht war es ihm ja peinlich, nach ein paar Vishnu-Bieren zu viel, in angeheitertem Zustand bei seiner Tochter aufzukreuzen.

War er also tatsächlich bei seinen komischen Kollegen geblieben! Wie hießen sie noch gleich …? Ach ja, Mika und Mikhail – sehr zuvorkommend, Namen zu tragen, die man sich einfach merken konnte, dachte Tessa. Dann wäre es wohl am besten, einmal bei den beiden nachzufragen. Aber wie sollte sie die Adresse herausfinden? Auch wenn Mao-Gandhi II alles andere als eine Großstadt war, konnte sie ja schlecht einfach an allen Wohnwaben anklopfen, bis sie endlich auf Mika oder Mikhail – von denen sie ja noch nicht einmal wusste, wie sie aussahen – stoßen würde.

Das heißt – Moment! Tessa hielt inne. Genau: Auf dem schmalen Regal in Leos Wohnzimmer war doch so ein Fotoausdruck. Sie nahm das Bild in die Hand. In der Tat, es zeigte Leo mit zwei anderen Männern – einer einen Kopf größer als Leo, der andere einen Kopf kleiner – in Arbeitsoveralls, die die Gesichter viel zu nah vor das Objektiv hielten und nicht gerade intelligent lachten – das konnten doch nur Mika und Mikhail sein …

Auf dem Regal lag auch ein knittriger alter Dienstplan von Leo; Tessa überflog die Tabelle, in der lauter unverständliche technische Abkürzungen aufgelistet waren, fand aber schließlich, was sie suchte: Unter der Überschrift »Wartungstrupp 3 / Personal« stand der Name ihres Vaters und gleich darunter fand sie die Einträge »Sokolow, Mikhail« und »Mäkinen, Mika«. Dann konnte die Suche ja beginnen!

Auf ihrer Nachrichtenwabe rief sie Mr Singhs Anschluss auf. Mit der Basic-Datenverbindung, die ihr Leo spendiert hatte, ließen sich keine ganzen Hologramme laden wie die aus dem Kursus-Paket von Clever Corp. – dazu war das Signal zu weit heruntergeregelt. Deshalb erschien nur ein kleines dreidimensionales Bild, das zunächst chinesische Schriftzeichen und ein pulsierendes Hörer-Symbol zeigte, bevor auf einmal Mr Singh zu sehen war, der ziemlich verschlafen wirkte.

»Tessa, ach, du bist das? Dein Arbeitseifer in allen Ehren, aber ...«

»Es geht nicht um die Arbeit, Chef. Mein Vater ist gestern Abend nicht nach Hause gekommen und ich will nachschauen gehen, ob er nicht bei seinen Kollegen geblieben ist ...«

Mr Singh gähnte und sagte ziemlich unwirsch: »Na schön, und was habe ich damit zu tun?«

»Ich weiß die Adresse der beiden nicht, ich habe nur die Namen. Und Sie kennen doch jeden hier auf der Mondbasis!«

Er wirkte immer noch reichlich zerknittert, aber nun klang Mr Singh schon freundlicher, als er zurückfragte: »Wie heißen die beiden denn?«

»Mikhail Sokolow und Mika Mäkinen.«

»Ach, ausgerechnet die beiden Chaoten? Na, mit denen wirst du deinen Spaß haben! Ganz genau weiß ich's nicht, aber sie müssten ihre Wohnwaben in Sektor B haben, ein Stück hinter dem Kraftwerk. Das findest du, oder?«

»Sollte ich hinkriegen«, sagte Tessa und winkte dem Bild auf ihrer Nachrichtenwabe zu. »Schönen Dank, Mr Singh. Und schlafen Sie sich mal richtig aus!«

Der zerknitterte Mr Singh rang sich ein Lächeln ab. »Tschüs, Tessa, bis heute Abend!«

Tessa betätigte den Sensor über dem Schild, an dem »Sokolow« geschrieben stand. Sie hörte, dass es drin einen Summton gab; danach passierte aber zunächst einmal gar nichts. Noch einmal löste sie die brummende Türklingel aus und wollte sich schon zum Gehen wenden, als sie plötzlich Gerumpel aus der Wohnwabe hörte, dann ein Poltern, einen Fluch in einer Sprache, die Russisch sein mochte, und Schritte, die näher kamen.

Jemand ließ die Tür nur ein kleines Stück aufgleiten; ein Kopf erschien halb in der entstandenen Öffnung; ein unrasierter Kopf mit verwuscheltem Haar und, wie es Tessa gleich in die Nase stieg, einer ziemlichen Fahne …

»Ja?«, fragte die Kopfhälfte ziemlich unwirsch, mit zusammengekniffenen Augen.

»Äh – hallo, ich bin Tessa, Leos Tochter. Ich wollte nicht stören, aber – ist mein Vater zufällig hier?«

Auf diese Worte hin veränderte der Kopf augenblicklich seinen Ausdruck. Die Tür glitt ganz auf, und der Mann, den Tessa nun vollständig zu sehen bekam – nur mit einem Feinripp-Unterhemd und Shorts bekleidet – rief freudestrahlend aus: »Du also bist Tessa!«

Und nach hinten gewandt, rief er: »Dawai, Mika, dawai! Ist Tochter von Leo zu Besuch!«

Er schob Tessa den kurzen Flur entlang in das, was wahrscheinlich als Wohnzimmer gedacht war. In Gedanken entschuldigte sich Tessa bei ihrem Vater dafür, dass sie seine Wohnwabe so abfällig als Junggesellenbude bezeichnet hatte. Denn im Vergleich zu Mikhails Bleibe hatte sich Leo nach allen Regeln der Dekorateurskunst eingerichtet: Mikhails Mobiliar bestand im Wesentlichen aus zwei abgeschabten Sesseln, einem klapprigen Couchtisch, dem ein

Bein fehlte, das durch ein Stück angenageltes Palettenholz ersetzt worden war, einem schmalen Sofa, das schon einmal bessere Tage gesehen hatte, und aus einer Anrichte, auf der mehrere leere Flaschen wie zur Zierde in kleinen Grüppchen herumstanden. Auf einem Wäscheständer in der Ecke trockneten verschiedene Stücke – Tessa schaute lieber nicht so genau hin, um nicht am Ende immer ein Bild davon im Kopf zu haben, was russische Klempner so für Unterhosen-Modelle trugen ...

Mika federte aus dem Sessel hoch und kam regelrecht auf Tessa zugestürmt. Er, der Tessa um beinahe zwei Köpfe überragte, packte sie umstandslos und küsste sie abwechselnd dreimal auf die Wangen, wobei sie ein Stück vom Boden abhob. Ihr blieb der Atem weg, als sie plötzlich von Mikas kräftigen, muskulösen Armen zusammengedrückt wurde.

Mika setzte sie wieder ab, und Mikhail sagte: »Jetzt lass dich mal in Ruhe anschauen!« Mika zeigte auf die eine Flasche auf der Anrichte, in der noch etwas klare Flüssigkeit übrig war, und bot ihr mit einer Handbewegung einen Schluck an. Tessa schüttelte hastig den Kopf. Also schenkte Mika nur Mikhail und sich selber ein. Beide nahmen die kleinen Gläschen und stießen an. Mikhail rief: »Auf Leos Tochter«, und beide tranken die Gläser mit einem Zug aus.

Tessa nutzte die Gelegenheit und sagte mit bemühtem Lächeln: »Ich will nicht unhöflich erscheinen, aber wenn mein Vater nicht hier ist, wo kann er dann stecken?«

Mika und Mikhail schauten sich an. Mika zuckte mit den Schultern, und Mikhail kratzte sich zur Unterstützung seiner Denkvorgänge am Kopf. Schließlich sagte er: »Wir haben zuletzt ihn gesehen Freitag bei Arbeit.«

»Aber mir hat er gestern Nachmittag gesagt, dass er sich noch mit euch treffen wollte«, sagte Tessa mit Sorge in der Stimme.

»Wollte vielleicht, hat aber nicht«, antwortete Mikhail. »Wir dachten, er bei dir und ihr macht euch schönen Abend.«

»Das ist doch wirklich merkwürdig!« Tessa fragte Mikhail: »Und er hat bei der Arbeit vorgestern auch nichts weiter zu euch gesagt, dass er noch irgendetwas vorhätte?«

Statt gleich eine Antwort zu geben, stockte Mikhail. Mika versetzte ihm einen diskreten Knuff in die Seite, und Mikhail sagte: »Mach dir keine Sorgen, Tessa – wo soll er hin sein? Hier auf Mondbasis keiner geht verloren … Aber jetzt erzähl von dir!«, lenkte Mikhail das Gespräch rasch in andere Bahnen.

Tessa ließ sich von den beiden geduldig ausfragen. Im Moment konnte sie auf der Suche nach Leo ohnehin nichts mehr tun, als sinnlos durch die Gänge der Mondbasis zu streifen. Und auch Väter brauchen wohl mal Zeit allein, sagte sie sich.

Mikhail und Mika ließen ihr aber auch wenig Gelegenheit, sich zu besinnen: Sie wollten wissen, wie es ihrer Familie ginge, wo sie auf der Erde wohnte, ob sie einen Freund hätte, ob sie noch die Schule besuchte und was sie sonst so den ganzen Tag machte, wenn sie nicht gerade in Schächten herumkletterte … Tessa berichtete bereitwillig von ihrer Mutter und ihrer kleinen Schwester, von Beagle (den sie der Einfachheit halber kurzzeitig zu ihrem festen Freund ernannte) und von Becky Sharp. Als sie bei ihrer Erzählung bei Mr Singh und ihrem Job im Casino Orbit angelangt war, leuchteten die Augen der beiden auf – sie rechneten sich offensichtlich Chancen aus, in Zukunft im Casino Orbit öfter mal einen Drink auf Kosten des Hauses spendiert zu bekommen, wenn Tessa hinter dem Tresen stand.

»Wann du hast wieder Schicht?«, fragte Mikhail.

»Gleich heute Abend, nach dem Konzert von Purple Toupet.«

»Konzert wir gehen auch«, sagte er: »Du lässt uns danach rein zur Party?«

»Ach so, nach dem Konzert, im Casino? Ich denke, das krieg ich hin, euch bei der After-Show-Party einzuschleusen. Das heißt: Könnt ihr euch denn benehmen?«

Beide schauten versuchsweise wie die Konfirmanden.

Tessa lachte. »Na gut – ich lass es mal drauf ankommen …!«

Li trat auf die Bühne beim Spaceport, mit leicht stockenden Schritten, aber voller Elan. Er grinste regelrecht vor Vergnügen, als er seinen holografischen Notizblock zur Hand nahm und mit der Begrüßungsrede begann, die er von dem Gerät ablas: »Liebe Mitarbeiter und Besucher der Mondbasis, mir als Leiter von Mao-Gandhi II ist es eine große – ach, was sage ich, eine riesengroße Ehre …« Hier schaute er mit vor Vergnügen funkelnden Augen ins Publikum. »… heute ganz besondere Gäste begrüßen zu dürfen – die Band …«, schnell vergewisserte er sich noch einmal auf seinem Block, »… Purple, äh, Toupet, eine, wie ich höre, sehr talentierte Musikgruppe aus London in der Westlichen Randzone. – Wie auch immer: Es ist ein Zeichen für den Wagemut und die Entschlossenheit«, hier hob er beschwörend seinen rechten Zeigefinger und legte die linke Hand auf die Brust, wodurch seine Orden klimperten,

»der menschlichen Zivilisation, dass wir uns in immer neue unbekannte Weiten wagen. Noch sind wir Pioniere, aber späteren Generationen wird die Besiedelung ferner Planeten so selbstverständlich vorkommen wie uns heute der Express-Shuttle zum Mond. Doch es wird nicht ganze Generationen brauchen, bis die Mondbasis nicht länger bloß ein Außenposten ist, der von Schweiß und harter, ehrlicher Arbeit geprägt ist, sondern ein Erholungsparadies sein wird, das viele überraschen wird!« Li kam zum Schluss: »Möge uns dieser der modernen Unterhaltungsmusik gewidmete Abend ein Höchstmaß an Freude und Besinnung bringen!«

Nur die höflicheren unter den Zuschauern konnten sich zu einem dünnen Applaus aufraffen, was Li nicht im Geringsten zu irritieren schien; wahrscheinlich hatte er gar nicht registriert, dass seine Rede nur wenig enthusiastisch aufgenommen wurde. Mit einer Geste trat er zur Seite und überließ so Wayne und seinen Kumpeln die Bühne. Wayne schaute Li leicht irritiert hinterher, stammelte »Äh ja, vielen Dank …«, aber fasste sich und schaltete in seinen gewohnten Bühnen-Modus: »Mond, wie geht es euch?«

Die versammelten Bewohner der Mondbasis jubelten los. Wayne grinste schelmisch und sagte: »Ich kann euch nicht hören!«

Das Gegröle, das darauf folgte, war schon um ein Vielfaches lauter, doch Wayne setzte noch einmal nach: »Wie war das – was habt ihr gesagt?«

Jetzt kreischten alle aus vollem Hals. Wayne gab ihnen mit einem hochgestreckten Daumen zu verstehen, dass er mit ihrer Leistung zufrieden war.

In diesem Moment brach auf der Bühne ein kleines Handgemenge aus, das Wayne irritiert zur Kenntnis nahm.

Dean und Riley, die im Hintergrund gestanden hatten, zerrten aneinander herum; Riley versuchte, Dean zu ohrfeigen und hielt ihn an den Haaren gepackt. Wayne sah, dass er die Vorstellung ganz schnell zu einem Ende bringen musste, rief der Menge daher einfach »Bis heute Abend!« zu und verschwand mit ein paar langen, federnden Schritten rasch von der Bühne. Sofort gingen auch die Bühnenscheinwerfer aus, und auf diese Weise sahen nur die wenigen Zuschauer unmittelbar vor der Bühne, wie mehrere Ordner im so entstandenen Halbdunkel versuchten, Dean und Riley voneinander zu trennen.

Leo konnte die Szenerie, die vor ihm lag, kaum fassen: In der Senke standen die Bauten der Mondbasis. Er erkannte den mehrstöckigen Zentralbereich, die mit halbrunden Blechen abgedeckten Seitentrakte und dahinter den Landeplatz für Transportraketen und Raumfähren. Vor allem aber faszinierte ihn ein riesiger Schacht, der direkt neben der alten Basis in den Berg führte. Die eingeebnete Fläche davor wurde von Scheinwerferbatterien, die an Gittermasten befestigt waren, erleuchtet.

Einzelne Bauarbeiter schlenderten in Raumanzügen über die Ebene, gelegentlich fuhren große Transporter in den Schacht hinein, während andere herauskamen, und Raupenbagger schichteten unterdessen Gestein und Abraum zu einer meterhohen Halde auf.

Wie Leo sah, war die alte Mondbasis teilweise demontiert worden. Vorn stand nur noch die Fassade von dem, was einmal der Wohnbereich gewesen sein musste. Von den Leuchtbuchstaben, die seinerzeit eventuell vorbeikommende Mondbewohner darüber informiert hätten, dass sie gleich die Mondbasis Mao-Gandhi betreten würden, waren nur leere Hüllen übrig. Dahinter stand bloß noch das Gerüst aus Stahlträgern, das jetzt zu einer Art Regallager umfunktioniert worden war. Eine ganze Reihe von Containern mit offen stehenden Schiebedächern stand aufgereiht vor der alten Basis; ständig fuhren neue Transporter zu den riesigen Behältern und luden ihre Fracht dort ab.

Leo, dem seine Position auf der Hügelkuppe einen perfekten Überblick über das Geschehen bot, machte Aufnahmen mit der Kamerafunktion seiner Nachrichtenwabe. Langsam formten sich in seinem Kopf seine chaotischen Gedanken, die durch die ganzen Entdeckungen ausgelöst worden waren, zu zusammenhängenden Überlegungen. Warum hielt, wer auch immer dahintersteckte, das Bergwerk versteckt? Und wer war überhaupt in der Lage, eine solche Operation geheim zu halten? Wang und kein anderer – das wurde Leo immer klarer, je länger er den Ameisenhaufen beobachtete. Blieb noch das Warum. Was immer sie da aus dem Untergrund holten, war sicher der Schlüssel zum ganzen Geheimnis. Aber es war einfach zu riskant, wenn er versuchte, sich an die Container anzuschleichen und etwas von dem Inhalt als Beweisstück einzusacken. Oder wenn er wartete, bis die Schicht zu Ende war und die Arbeiter in die alte Basis zurückgekehrt waren …?

Vor einem Außenposten hoch auf der Bergflanke über dem Schachteingang richtete sich ein elektromagnetisches Fernglas auf Leo, der noch immer auf seinem Beobachtungsposten verharrte.

»Na, wen haben wir denn da …?«

Der Mann, der neben einem Fahrzeug vom Sicherheits-

dienst stand und sich das Fernglas vor den Raumhelm geschoben hatte, klappte es wieder hoch, sodass er wieder
normale Sicht durch sein Visier hatte, und funkte seinen
Kollegen auf dem Fahrersitz an: »Wir müssen sofort der
Zentrale Bescheid sagen! Code Taifun!«

KAPITEL 14

Ein Lied für das Mädchen vom Mond

Auch als Tessa in der Wohnwabe vorbeigeschaut hatte, war Leo nicht da, und er konnte auch zwischendurch nicht da gewesen sein. Alles war noch unverändert. Alles – bis auf Cassis Salatblätter, die die Schildkröte mit großem Appetit vertilgt hatte. Tessa legte ihr ein wenig Trockenfutter hin und zog sich um, damit sie beim Konzert und im Casino Orbit nicht aussah wie der letzte Gammler. Als Freizeitlook mochten Jeans und rot-schwarzes Karohemd ja noch angehen, aber wenn Wayne Tooley sich schon die Mühe machte, extra für sie – Tessa erlaubte sich diese freie Auslegung der Tatsachen – auf den Mond zu reisen, dann konnte man sich seinethalben ja durchaus ein wenig schicker als sonst machen. So kamen schließlich auch die Strumpfhose, der schwarze Minirock und des geblümte Oberteil mit dem V-Ausschnitt, die bis dahin in Tessas Reisetasche versauerten, zu ihrem Recht.

Auf dem Weg zum Konzert begegneten ihr Mika und Mikhail, und auch wenn sie sich für den Moment bemühte, die sorgenvollen Gedanken, die ihren Vater betrafen, in den hintersten Winkel des Hinterkopfes zu schieben, fragte sie die beiden doch: »Irgendeine Spur von Leo?«

»Wir halten Ausschau«, versprach Mikhail und fragte sie: »Sag mal, Tessa – Konzert wird gut? Was meinst du?«

»Na klar!«, antwortete sie und konnte das auch aus vollem Herzen tun. »Purple Toupet sind super!«

Gemeinsam gingen sie zum zentralen Platz der Mond-basis, wo die große Bühne aufgebaut worden war. Mikhail und Mika verzogen sich in den hinteren Teil, während Tessa versuchte, weiter vorne einen Platz zu ergattern, auf dem sie nicht nur die Rücken der vor ihr Stehenden, sondern zumindest auch einen Teil der Bühne sehen könnte.

Inzwischen war es schon eine Viertelstunde über die angekündigte Anfangszeit hinaus, und die Leute von der Mondbasis, die auf Pünktlichkeit gedrillt waren, fingen an zu pfeifen, wenn auf die kurze Stille nach einem Musikstück, das aus den Lautsprechern drang, ein weiteres, aber nicht der Auftritt der Band folgte.

Mitten in einem Song brach die Musik dann aber abrupt ab. In der großen Halle ging plötzlich das Licht aus, und in die Dunkelheit hinein fing das Publikum an, unbestimmt zu grölen. Langsam gewöhnten sich Tessas Augen an das Dunkel, und sie sah durch die Glasscheiben der Kuppel die Erde inmitten eines weiß gesprenkelten Nachthimmels grün-blau leuchten. Unwillkürlich lief es ihr kalt über den Rücken, und sie fühlte sich, so weit weg von zu Hause, verlassen wie ein Waisenkind im Märchen. Sie musste grinsen, weil die Idee so absurd war; ihre Eltern waren schließlich nicht tot oder todkrank, sondern sehr lebendig – insbesondere, wenn sie miteinander stritten. Tessa riss der Gedankenfaden ab, als sie in dem diffusen Licht, das die orangefarbene Notbeleuchtung abstrahlte, schemenhaft drei Gestalten erkannte, die sich auf den Bühnenrand zubewegten.

Ebenso plötzlich, wie es dunkel geworden war, tauchten jetzt Scheinwerfer die Bühne in buntes Licht, und Tessa erkannte Wayne, der sich gerade den Gurt seiner Gitarre überstreifte, kurz mit dem Fuß dreimal zum Start auf den Boden klopfte und zum Auftakt des Songs in die Luft sprang, das linke Bein nach vorne und das rechte nach hinten gestreckt, ganz so, als ob er in der Luft einen Sprint hinlegen würde. Das Riff, das Wayne spielte, war laut, aber so einfach, dass man es auch bei wildem Gezappel spielen konnte. Auch Riley am Bass und Drummer Dean stiegen jetzt ein und überboten sich gegenseitig mit dissonantem Krach. Riley schrammte über die Saiten seiner Bassgitarre und Dean bearbeitete ohne Pause die Hi-Hats seines Schlagzeugs, und dann stoppten beide im selben Moment und ließen die Gitarrenmelodie, die Wayne schon die ganze Zeit vor sich hin gespielt hatte, im Raum stehen, ganz klar, fast gläsern und durchdringend. Die Töne hallten von den Wänden des großen Raumes wider, und nun waren alle Augen auf Wayne gerichtet. Doch der ließ die Gitarre sinken, die jetzt einfach am Gurt herabhing, und bewegte seinen Körper im Takt, den die tiefen Töne von Rileys G-Saite, die Tessas Zwerchfell schwingen ließen, erzeugten. Dean stieg mit einem stetigen Rhythmus auf den Snares ein, den die beiden so lange hielten, dass die Spannung im Raum zu spüren war, sie aber immer noch unverändert weitermachten. Endlich griff sich Wayne den Mikrofonständer und sang trügerisch sanft, als ob er gar nichts von den aggressiven Akkorden des Stücks mitbekommen hätte, die ersten Zeilen. Von hinten beleuchtet, wirkte er geheimnisvoll, kraftvoll und unbesiegbar, wie er sich breitbeinig – unverrückbar und doch lässig – am Bühnenrand aufgebaut hatte.

»Wow!«, entfuhr es Tessa. Natürlich hatte sie das Stück schon nach den ersten Akkorden erkannt. Wieder lief ihr ein Schauder über den Rücken, aber sie fühlte sich nicht länger allein. Jetzt war sie genau an diesem Ort zu Hause – wie nirgends sonst im Weltall.

Take my, take my, take my, take my hand
And move over
Tell me, tell me, tell me you're my friend
And disown her

»Take My Hand« war einer der Songs gewesen, wegen denen sie überhaupt auf Purple Toupet gekommen war. Damals hatte sie das Rotzige dieses Anti-Liebesliedes bis ins Herz getroffen, weil der Typ, der da sang, sie ganz genau verstanden hatte und er ganz offensichtlich auch einer war, der durchschaut hatte, dass es die wahre Liebe gar nicht geben konnte. Tessa sang von der ersten bis zur letzten Zeile mit; erst verhalten, nur für sich, doch schon beim ersten Refrain hielt sie sich nicht länger zurück, grölte die Worte regelrecht und schwenkte dazu die Luftgitarre.

Show me, show me, show me what it takes
To be hateful
I will, I will, I will, I will take your advice
And be grateful

Schon kurz nachdem sie auf Purple Toupet gestoßen war, hatte sie den News-Alert zur Band von *Teenie Smash* abonniert und wusste in kürzester Zeit mehr über Waynes Liebe zum Supermodel Isla, als ihr lieb war. Aber jetzt, da sie die Band zum ersten Mal bei einem Auftritt erlebte, wurde ihr erst so richtig wieder klar, warum sie – die blöde Isla konnte ihr den Buckel herunterrutschen – Waynes Musik so sehr liebte. Die Töne drangen ganz tief in sie ein, und sie fühlte sich verstanden. Ja, es gab Seelenverwandtschaft, und sie war sicher, Wayne und sie waren einander ganz nah.

Sie sang weiterhin alle Texte mit, sie bewegte sich im Takt der Songs, sie ging ganz und gar in der Musik auf und nahm das, was um sie herum vorging, kaum wahr. Immer wieder drehten sich einige der bei ihr Stehenden zu ihr um und schauten verwundert nach, wer unter all den Bauarbeitern und Ingenieuren eine so helle Stimme hatte und außerdem so textsicher war.

In den Pausen zwischen den Songs versuchte Tessa, so viel wie möglich von dem aufzusaugen, was auf der Bühne geschah. Sie driftete immer weiter nach vorn. Auch wenn Wayne Tooley dafür bekannt war, bei seinen Ansagen eher sparsam zu sein und bestenfalls ein »Thank you« zu murmeln. Tessa hatte insgeheim den Verdacht, dass diese Wortkargheit eher Masche als Lampenfieber oder Schüchternheit war. Ein Sänger, der vor seinem Publikum Angst hatte, wäre bei ihr vielleicht auch noch irgendwie als süß durchgegangen, aber keineswegs so cool, wie sie Wayne nun einmal fand. Er hatte was – gerade weil er so souverän damit spielen konnte, als was für eine Person er sich ausgab …

Hatte Wayne etwa sie angeschaut? Sei kein dummes Ding, ermahnte sich Tessa selbst, als ob du eine Chance gegen seine tollen Supermodel-Groupies hättest … Aber da! Er schaute sie schon wieder an, kein Zweifel diesmal. Tessa blickte reflexartig hinter sich, und als sie gewahr wurde, dass hinter ihr nur Typen in Arbeitsklamotten, aber keine kurvigen Models mit Haaren bis zum Po standen, erlaubte sie sich doch, weiche Knie zu kriegen. Vielleicht durfte man sich mit künstlicher Oberweite ja auch gar nicht der Schwe-

relosigkeit aussetzen, und die Groupies hatten deshalb daheim bleiben müssen ...

Nein, wirklich – er richtete seinen Blick ein weiteres Mal
auf sie und machte schließlich doch noch eine längere An-
sage: »Ihr seid ein tolles Publikum, Mond!«, rief er in die
Menge und holte sich einen Extra-Applaus ab. »Aber ich
habe lange schon nicht mehr vor so vielen Männern mit
Bart und solchen Muskelpaketen gespielt. Mond, hört ihr?
Ich bin neidisch auf eure Oberkörper!« Es mischten sich
in das Gelächter des Publikums auch ein paar vereinzelte,
fröhliche Buh-Rufe.

Wayne setzte nach; anscheinend gefiel ihm sein plötzlicher Anfall von Redseligkeit. »Stichwort Oberkörper: Wo
habt ihr eigentlich eure Frauen gelassen? Nur vor haarigen
Kerlen spielen ist doch nicht das Wahre für Rocker wie
uns ...! Wenigstens habt ihr ja doch ein weibliches Wesen
reingelassen. Ohne das Mädchen vom Mond wäre euer At-
traktivitäts-Quotient auch ziemlich im Keller gelandet ...«
Wieder die Mischung aus Gelächter, Applaus und Buhs.
Wayne sog die Reaktionen des Publikums regelrecht auf,
während er lässig einen Arm auf der umgehängten E-Gitar-
re ruhen ließ. Noch einmal suchte sein Blick Tessa, und im
nächsten Moment zog er sich seinen goldgelben Schal vom
Hals, knotete ihn als Wurfgeschoss zusammen und warf ihn
ihr zu. Tessa hielt den Atem an und nahm das Ganze wie in
ultralangsamer Zeitlupe wahr. Sie meinte schon fast, seinen
Duft am Schal riechen zu können. Doch bevor das Geschenk
seine Empfängerin erreichte, wurde es in letzter Sekunde
von einem der angesprochenen muskulösen und haarigen
Arme abgefangen und in der Luft geschwenkt; Tessa hatte schon reflexartig die Hand nach dem Schal ausgestreckt

und kam sich jetzt entsprechend albern vor, dass sie buchstäblich mit leeren Händen dastand.

Wayne ließ sich aber nicht davon beirren, dass sein Schal bei einem Mann vom Bautrupp gelandet war. Er sprach ins Mikrofon: »Wir haben da noch ein Lied, das noch nie so gut gepasst hat wie jetzt. Es ist der letzte Song, den wir heute spielen, und er ist für dich, Mädchen vom Mond!«

Wayne setzte sich ans Synclavier, und zu den ersten Takten von »Life in Outer Space« begann die große Disco-Kugel, die Purple Toupet mit auf den Mond gebracht hatten, langsam zu rotieren und ihre Lichtreflexe durch die ganze Halle zu schicken. Wayne sang die erste Strophe:

Why would I ever let you go?
You'll see my true colors any time soon
When I take you out to see the show
On the dark side of the moon

Tessa merkte, dass alle Blicke nur auf sie gerichtet waren. Sie kannte den Ausdruck, dass man in bestimmten Situationen Flügel bekam, aber bis jetzt hatte sie nicht gewusst, wie sehr es einen umhaute, wenn man das Gefühl am eigenen Leib erlebte. Sie hatte gerade noch Gelegenheit, gedanklich eine Nachricht an Beagle abzusetzen:

Beagle, ich muss jetzt Schluss machen. Kein Wortspiel beabsichtigt. Ich meine, mit dir Schluss machen. Im Ernst – Ich habe jemanden kennengelernt. Das heißt, eigentlich eher umgekehrt: Er hat mich kennengelernt. Und dabei kennt er mich schon ganz lange, habe ich das Gefühl. Klingt das verrückt? Dann passt es. Ich werde nämlich gerade verrückt, glaube ich.

Während die Leute noch mit hochgereckten Armen jubelten und klatschten, bahnte sich Tessa einen Weg durch die Reihen nach hinten. Sie war völlig konfus – ein unbeschreiblich warmes, wohliges Hochgefühl stritt sich in ihrem Inneren mit einer Panikattacke. Sie gab dem Fluchtreflex nach, nicht zuletzt, weil irgendeine zufällig entstandene Synapsen-Verbindung in ihrem Hirn sie gerade daran erinnert hatte, dass Mr Singh sie mit Sicherheit schon ungeduldig erwartete ...

Sie lief aus dem Saal und bekam gerade noch mit, wie das Publikum laut zu johlen begann, als die Band für die Zugabe wieder auf der Bühne erschien. Sie war schon zwei Ecken weiter und hörte nur noch verhalten, wie Wayne mit dem krachenden Riff, zu dem sie so oft in ihrem Zimmer herumgehüpft war, in »Vampires suck« einstieg.

Wang war just dabei, seine Ausgehuniform anzuziehen, als sein Adjutant in sein Büro stürzte und gerade noch rechtzeitig daran dachte zu salutieren. Nichtsdestotrotz fuhr Wang ihn wütend an: »Was ist los? Muss das ausgerechnet jetzt sein?«

»Wir haben einen Code Taifun am Bergwerk«, stieß der Offizier, immer noch ganz außer Atem, hervor.

Wie von einem Betäubungspfeil getroffen, hielt Wang inne, seine Krawatte zu binden. »Was sagst du da?«, rief er.

»Bestätigt ist ein unauthorisiertes Eindringen in die innere Sicherheitszone von Mao-Gandhi I durch einen Mitarbeiter des Versorgungstrupps.«

»Aber wie – wie ... «, Wang stieß seinem Untergebenen den Zeigefinger mehrfach auf die Brust, » ... wie konnte er überhaupt so weit vordringen, ohne dass ihn jemand bemerkt hat?«

»Anscheinend ist er mit einem der Mondcabrios vom Touristenverleih unterwegs gewesen, und weil die Ortung durch Sensoren ja nur bei den offiziellen Wartungsfahrzeugen funktioniert ...«

»Ja, ja, schon gut, das weiß ich doch.« Wang winkte genervt ab. »Genug der Erklärungen. Wo ist er jetzt?«

»Er hat sich hinter einer Anhöhe versteckt gehalten und dort stundenlang ausgeharrt. Aber jetzt bewegt er sich noch näher an die Verladestation heran. Meine Männer haben ihn im Visier. Sollen wir ihn ausschalten?«

Wang erwiderte: »Nein – jedenfalls noch nicht. Ich möchte wissen, was er vorhat. Die Scharfschützen sollen sich zurückziehen. Mir reichen ein paar Beobachtungsposten. Er darf auf keinen Fall merken, dass er aufgeflogen ist!« Wang machte eine Pause, in der der Offizier stumm und starr in Erwartung weiterer Befehle in der Tür stehen blieb und vor Anspannung mit den Füßen scharrte. Ein scharfer Blick von Wang reichte allerdings, damit er auch diese Bewegung sofort unterließ.

»Eines noch. Schick mir Chen und Fong rein!«

Der Adjutant salutierte erneut, machte auf dem Absatz kehrt und verließ den Raum. Wang widmete sich wieder seinem Krawattenknoten, doch weil ihm die Hände zitterten, brauchte er ein paar Fehlversuche, bevor er den doppelten Windsor hinbekam.

Cassi knibbelte an einem der letzten Trockenpellets, die noch übrig waren, als es ein lautes Scheppern gab. Gut, dass Cassi als Schildkröte kaum mehr als Vibrationen und tie-

fe Töne wahrnehmen konnte. Hätte sie einen äußeren Ge-
hörgang besessen, wäre sie vielleicht erschrocken. Aber so
nahm sie auch den Krach, das Eindringen ihr unbekannter
Männer in die Wohnwabe und das Stolpern des einen Mannes über den Stuhl ausdruckslos hin.

Im nächsten Moment gab es einen dumpfen Stoß, und
von der Tischplatte fiel alles, was eben noch auf dem Tisch
gelegen hatte, herunter und damit mitten in Cassis Sichtfeld. Durch seinen Sturz auf den Boden Sekundenbruchteile
später blockierte der Mann Cassis Sicht völlig, und zu ihrer
weiteren Entrüstung erstrahlte der Raum plötzlich taghell.
Bis eben war das Zimmer nur durch einen schmalen Streifen vom Schein des Ganglichtes, das durch die geöffnete Tür
hereinkam, erleuchtet worden, aber jetzt hatte der zweite
Eindringling den Lichtsensor betätigt und half seinem Kollegen wieder auf, der sich mit schmerzverzerrtem Gesicht
die Stirn rieb. Cassi nahm sich vor, mit ihrer so rüde unter-
brochenen Mahlzeit fortzufahren.

Aber gleich darauf wurde sie schon wieder gestört! Denn
die beiden Männer rissen alles, was auf den wenigen Regalen
und in den Küchenschränken lag, herunter, zerbrachen das
Gestell des Faltbettes und schlitzten die Polster auf. Empö-
rend war auch, dass der erste Mann, auf dessen Stirn sich in
kürzester Zeit eine ansehnliche Beule gebildet hatte, Cassis
Verschlag zerlegte, indem er mit wenigen kraftvollen Griffen die Pappen auseinanderriss. Was dem Ganzen aber die
Krone aufsetzte, war der Tritt, den der zweite Mann Cassi
versetzte, sodass sie auf ihrem Bauchpanzer fast bis zur Eingangstür schlitterte. Empört fuhr Cassi Kopf und Gliedma-
ßen ein und beschloss, als sie zum Stehen gekommen war,
erst einmal in dieser Position zu verharren.

So entging ihr das weitere Zerstörungswerk der beiden Eindringlinge, das ebenso wenig wie das Vorangegangene von guten Manieren zeugte. »Nichts heil lassen!«, sagte der Erste und zeigte diesmal auf den Spiegel in der Badnische. Der zweite Mann leerte Tessas sämtliche Klamotten aus ihrer Reisetasche mitten auf dem Boden aus und zog aus dem Kleidergewirr einen Pullover heraus. Dann griff er sich einen der Stühle, der immer noch umgekippt dalag, an der Lehne, hob ihn hoch über den Kopf und schmetterte ihn mit aller Kraft auf den Boden. Mit lautem Krachen brach der Stuhl entzwei. Er warf die Lehne, die das Einzige war, was er noch in der Hand hatte, achtlos in die Zimmerecke und nahm eines der Stuhlbeine. Er umwickelte es, während er in die Badnische ging, mit Tessas Pullover und hieb damit auf den Spiegel ein, der schon beim zweiten Schlag in tausend Teile zersplitterte. Zufrieden mit seinem Zerstörungswerk, schaute er in den Spiegel, der sein Gesicht kubistisch reflektierte, und sagte grinsend: »Wer ist der Schönste im ganzen Land?«

»Los – wir müssen zurück!«, rief da sein Kompagnon, und die beiden verließen eiligst das, was von Leos Wohnwabe übrig geblieben war.

Es herrschte wieder Stille. Nichts bewegte sich, wenn es nicht gerade ein Luftzug aus dem langen Gang bis in die Wabe hinein schaffte und dort den einen oder anderen Papierfetzen rascheln ließ.

Nach einer geraumen Weile aber streckte sich ein Schildkrötenkopf aus dem Panzer hervor, und nach und nach folgten auch die Beine. Wie um sich zu vergewissern, dass die Luft rein war, drehte Cassi den Kopf erst nach links und dann nach rechts und setzte sich langsam in Richtung Tür in Bewegung. Letztes Mal, als sie diesen Weg genommen hatte, hatte es am Ende leckeren Salat gegeben! Cassi kroch durch die offen stehende Tür und begab sich behäbig, aber stetig den Gang entlang auf ihre Mission Salatblatt.

KAPITEL 15

Tessa gibt es wirklich

Für die After-Show-Party hatte Mr Singh offensichtlich ein ziemlich großes Extra-Kontingent Raumfracht buchen dürfen. Jedenfalls stand im Casino Orbit auf mehreren Tischen ein Buffet mit Gerichten aus echtem Gemüse, Fisch und Fleisch; Dinge, die Tessa sich in der kurzen Zeit auf der Mondbasis schon völlig abgewöhnt hatte. Völlig ungeahnte Düfte waren Tessa schon am Eingang in die Nase gestiegen, als sie an den Winkekatzen vorbei hineingestürzt kam. So versucht sie war zu naschen, huschte sie trotzdem schnell an den Tischen vorüber und lief zum Tresen.

Mr Singh war aufgeregter als jemals zuvor, bisher hatte sie ihn immer nur ruhig und gelassen erlebt. Es standen ihm Schweißperlen auf der Stirn, und er rotierte richtig: Rief in wenig freundlichem Tonfall Befehle an seine zwei Küchenhelfer, während er einen weiteren Tellerstapel zum Buffet trug und im Vorbeigehen noch versuchte, mit einem Finger das etwas verrutschte Blumenarrangement gerade zu richten.

»Tessa!«, rief er ihr zu, als er sie angesprintet kommen sah. »Dies ist dein großer Tag. Ich möchte, dass du die Gäste an den VIP-Tischen bedienst und dabei besonders zuvorkommend bist!«

»War ich das bis jetzt nicht immer?«

»Tessa, jetzt ist keine Zeit für Scherze. Das muss hier alles gut laufen, sonst verderbe ich's mir mit der Leitung und bin ruckzuck meine Konzession für den Laden los!«

»Ich schau mal, was sich machen lässt«, antwortete Tessa, die Singh nicht einfach mit seiner Genervtheit durchkommen lassen wollte, betont lässig, und zwinkerte ihm zu.

»Okay, wir verstehen uns«, sagte Singh und hastete weiter.

Tessa legte sofort los und machte hinter der Bar alles für den großen Ansturm bereit, der in wenigen Minuten folgen würde, stellte Gläser und Flaschen auf und mixte schon einmal die Grundzutaten für ihre Cocktail-Kreation. Die ersten Gäste trudelten bereits in kleinen Grüppchen ein, und bald hatte Tessa alle Hände voll zu tun, obwohl die reservierten Tische für die Ehrengäste im hinteren Bereich nach wie vor leer waren. Tessa schenkte gerade einer Runde ungeduldiger Sicherheitsoffiziere Getränke nach, als ein Raunen, das durch die Menge ging, ihr verriet, dass Purple Toupet eingetroffen sein mussten. Tessa hob kurz den Blick, konnte aber im Gewimmel nichts weiter als Schemen erkennen, denen bullige Sicherheitsleute einen Weg durch die Menge bahnten.

Sobald Singh die Ehrengäste begrüßt hatte, übernahm er den Tresendienst und schickte Tessa los, um den prominentesten Gästen des Casino Orbit aller Zeiten ihre Wünsche von den Augen abzulesen. Tessa kämpfte sich durch die Menge der schwatzenden, trinkenden und essenden Gäste, wich geschickt übervollen Tellern und bis zum Rand gefüllten Rotweingläsern aus, die die vom Buffet zurückkommenden Gäste mal mehr, mal weniger sicher balancierten – und stand vor dem Tisch, an dem Meister Li mit Wayne, Dean und Riley saß. Auf dem Tisch nahm ein üppiger Blumenstrauß, den die Band am Ende des Konzerts überreicht bekommen hatte, sämtlichen Platz ein. Während Dean und

Riley Tessa schon entgegenschauten und Dean mit einer Geste »Durst!« signalisierte, war Wayne, der gerade im Ernsthafter-Künstler-Modus war, ganz vertieft in das, was Meister Li selbstvergessen über traditionelles chinesisches Liedgut dozierte.

»Hallo«, piepste Tessa – und trat sich gedanklich sogleich in den Hintern, dass sie wieder mit ihrer Mäuschenstimme gesprochen hatte. Lag das irgendwie an der Luftfeuchtigkeit im Casino, die ihr auf die Stimmbänder schlug?

Dean schien das nicht zu stören. Er trötete: »Whisky für meinen Freund und mich – aber nichts von dem Zeug für die Gäste, hörst du?«, und lachte selbst über seinen Scherz am lautesten. Wayne und Meister Li unterhielten sich weiter; bei dem Stimmengewirr im Hintergrund hatten sie Tessa einfach überhört.

»Mit Eis?«, fragte Tessa zurück, die (Mr Singhs Anweisungen zum Trotz) demonstrativ nicht mitgelacht hatte.

»Machst du Witze?«, fragte Dean mit gespielter Empörung zurück. »Der Kenner trinkt ihn straight. Das solltest du eigentlich wissen, wenn du hier bedienst.«

»Geschmackssache«, gab Tessa trocken zurück und wandte sich an Wayne und Meister Li.

»Hallo«, wiederholte Tessa, und nun blickten die beiden auf – Wayne mit allenfalls neutralem Ausdruck, Meister Lis Gesicht dagegen erstrahlte in ehrlicher Freude, als er sie erkannte. »Ach, du bist es – Tessa, nicht wahr?«

Tessa nickte.

»Welch glückliche Fügung, dass wir uns unter so angenehmen Umständen wiederbegegnen. Ich darf annehmen, dass du dich jetzt wohler fühlst und bei uns eingelebt hast?«

Darauf gab es nun wirklich keine einfache Antwort, und so nickte Tessa erneut.

»Das ist schön«, sagte Li mit Wärme in der Stimme. »Ich würde mich übrigens sehr über einen grünen Tee freuen.«

Wayne hatte Lis Worten mit großer Aufmerksamkeit zugehört und sah Tessa jetzt mit so etwas wie echtem Interesse an. »Ich nehme einen Wh…«, setzte er an und korrigierte sich: »… auch einen grünen Tee.«

»Eine sehr gute Wahl«, sagte Li zu Wayne. »Grüner Tee hat viele gesundheitsfördernde Eigenschaften, wussten Sie das? Zum Beispiel beugt er Gefäßkrankheiten vor. Wenn Sie also ein gutes Herz behalten wollen, dann …« Wenn Wayne für das neue, medizinische Gesprächsthema nur mäßiges Interesse aufbrachte, ließ er es sich jedenfalls nicht anmerken. Tessa lächelte Wayne und Li breit an, ganz in Mr Singhs Sinne, und schlug sich wieder zur Bar durch, um die Getränke zu holen.

Dean und Riley waren losgezogen, um das Buffet abzuräumen, und Li war von einem Manager einer der Raumfluggesellschaften in ein Gespräch über die Gepäckanlage beim Spaceport verwickelt worden, und so saß Wayne ganz für sich, als sie mit dem Tablett ankam. Er nahm den Blumenstrauß beiseite und legte ihn hinter sich, sodass Tessa Platz zum Aufdecken hatte. Tessa stellte alles ab. Wayne formte mit den Lippen ein stummes »Danke« und schaute wieder zu Li, ob der eventuell mit seiner Gepäck-Diskussion zu einem Ende kommen würde. Nach einigen Momenten bemerkte er aber, dass Tessa immer noch vor ihm stand. »Kennen wir uns eigentlich von irgendwoher?«

In seinen Augen las Tessa, dass er sich wirklich nicht sicher war, ob er in ihr eine verflossene Geliebte vor sich hatte, die jetzt vielleicht Alimente fordern würde – oder einen hartnäckigen Fan, der nur auf die Gelegenheit gewartet hatte, ihn zu stalken. Was das beides betraf, konnte sie ihn beruhigen. »Ähm, du hast mir gerade ›Life in Outer Space‹ gewidmet«, sagte sie.

Wayne wirkte im ersten Moment unwirsch, als ob er eine Szene noch einmal erlebte, die sich so oder ähnlich schon Hunderte Male abgespielt haben musste. Aber dann wackelte er kurz mit dem Kopf, fast wie eine Katze, die sich schüttelt, und fuhr in viel freundlicherem Tonfall fort: »Stimmt, du bist das! Ich dachte schon, ich hätte mir dich nur eingebildet, weil du gleich wieder verschwunden warst. Dann bist du also doch keine Erscheinung.«

»Nee, mich gibt's wirklich!«

»Und – was machst du hier so ganz allein im All?«, fragte Wayne mit einem breiten Grinsen. Er glaubte wohl wirklich, dass er diesen Anmach-Spruch gerade erfunden hatte.

Tessa wusste überhaupt nicht, wo sie den Mut hernahm, als sie antwortete: »Jedenfalls bestimmt nicht darauf warten, dass mich irgendwelche dahergelaufenen Rockstars anmachen!« Sie klimperte ironisch kokett mit den Wimpern.

»Im Ernst: Was verschlägt ein junges Mädchen auf die Mondbasis?«

»Das ist eine lange Geschichte.«

Wayne schaute kurz irritiert über die Antwort, die viel schroffer rüberkam, als Tessa es beabsichtigt hatte, ließ sich aber nicht beirren: »Gibt's auch eine Kurzfassung?«

Tessa hatte gerade angesetzt zu antworten, als Mr Singh sie von der Seite anstupste und ihr ins Ohr flüsterte, sie solle dringend zwei Tische weiter bedienen. Tessa hätte über diesen Fall von grauenhaft schlechtem Timing aufheulen können, wollte sich aber vor Wayne nichts anmerken lassen, zuckte daher einfach mit den Schultern und zog eine entschuldigende Grimasse.

Sie setzte ihr gewinnendes Bedienungs-Lächeln auf – das ihr aber sofort einfror, als sie sah, wer am Tisch, an den Mr Singh sie gerade geschickt hatte, saß. Wang – ausgerechnet der Fiesling aus dem Verhörraum! Jetzt allerdings trug er eine Art Galauniform und legte vollendetes Benehmen an den Tag. In Partylaune schien Wang aber nur so weit zu sein, wie er musste, um nicht übermäßig unhöflich zu wirken. Dass einer wie er wirklich Spaß an Gesellschaft haben könnte, widerlegten schon seine steife Haltung und seine säuerlichen Mundfalten, die an diesem Abend noch tiefer eingegraben zu sein schienen als sonst.

In Wangs Begleitung war neben seinem Adjutanten und weiteren Offizieren, die anders als ihr Vorgesetzter wirklich Spaß hatten, auch Jean-Amadé Moinon, der optisch in jeder Beziehung aus der fröhlichen Runde am Tisch herausstach –, anscheinend hatte er zum Feinmachen bloß den einen schwarz-weißen Fischgrätanzug mit ins Mondgepäck genommen – aber ebenso ausgelassen war wie die anderen und über die Witze, die die Chinesen austauschten, mitlachte, auch wenn er damit niemanden darüber hinwegtäuschen konnte, dass er kein Wort verstand.

Wang wandte sich säuerlich lächelnd an Tessa, während er mit spitzen Fingern eines der von ihr gebastelten Pappschildchen hochhielt, auf denen der PT-Spezial angepriesen wurde: »Liebes Fräulein, an den anderen Tischen haben Sie schon ein wunderbares Getränk serviert, nur hier noch nicht. Kann ich Sie bitten, diesen unerfreulichen Zustand zu beenden? Denn wir hätten auch alle gern davon. Mein Dank ist Ihnen gewiss.«

Überrumpelt blieb Tessa keine Zeit, sich eine smarte Antwort zurechtzulegen, und so stammelte sie nur etwas wie »Wird sofort erledigt« und lief zur Bar zurück, um sechs PT-Spezial anzufertigen. Nein – sieben! Sie nahm ein weiteres Glas aus dem Regal. Der Rockstar am Tisch neben Wang, fand sie, würde sich bestimmt auch über ihren Einfallsreichtum freuen … Wenn er ihr ein Lied widmete und sie ihm im Gegenzug einen Cocktail, wären sie ja wohl quitt … Oder hieß das quid? Von Latein, das sie gehabt hatte, war quasi alles durch ihr Langzeitgedächtnis hindurchgerieselt, stellte Tessa fest. Aber halt – eins wusste sie noch: Quid pro quo, Clarice! Aber war das wirklich aus dem Lateinbuch und nicht aus irgendeinem uralten Film …?

Sie war beinahe mit ihrem schwer beladenen Tablett am Tisch angelangt, als ein Offizier zu Wang trat und ihm eine Meldung ins Ohr flüsterte. Wangs Miene hellte sich sichtlich auf. »Sehr gut – Die Maus läuft freiwillig zurück in die Falle!«, sagte er unabsichtlich laut zu sich selbst und rieb sich die Hände.

Tessa, die mit einem Minimum an nötiger Höflichkeit die Gläser vor den Gästen hinstellte, ignorierte die Bemerkung, der neben Wang sitzende Moinon fragte aber: »Wie bitte? Was für eine Maus?«

»Ach, bloß ein altes chinesisches Sprichwort«, erwiderte Wang mit aufgesetzter Lässigkeit. Aber Wang hätte sich keine so große Mühe geben brauchen, seine Freude über Leos Rückkehr zur Mondbasis zu verbergen. Tessa war zu beschäftigt mit ihrer Arbeit, um darüber nachzudenken, was Wang wohl zu verbergen hatte – und Moinon, der Geselligkeitstrinken überhaupt nicht gewohnt war, war ohnehin nur noch partiell Herr seiner Sinne. So plapperte er munter drauflos und griff Wangs vermeintliches Thema wieder auf, indem er sagte: »Wir in Kamerun haben auch ein Sprichwort: Wenn der Affe zuschaut, pflanze ich keine Erdnüsse.«

»Und was soll das heißen?«, fragte Wang, der an seinem Cocktail nippte, irritiert.

»Kein Ahnung«, sagte Moinon. »Ich persönlich würde sowieso keine Erdnüsse pflanzen. Ich bin gegen die Dinger allergisch.«

Tessa hatte nur noch das Getränk für Wayne Tooley auf dem Tablett. Als sie es vor ihm abstellte, zog er überrascht die Augenbrauen hoch, und bevor er Einwände erheben konnte, deutete sie auf das Pappschildchen auf dem Tisch, das er anscheinend noch gar nicht wahrgenommen hatte, und sagte im professionellen Kellnerinnen-Tonfall mit dem leichtesten aller ironischen Untertöne: »Der Cocktail heißt PT-Spezial. PT wie Purple Toupet, die Rockband. Meine Erfindung. Gibt's bloß hier. Ist aber nur etwas für Kenner.«

Wayne drehte das Glas hin und her, als ob er etwas in der Flüssigkeit suchte.

Betont räusperte sich Tessa und fuhr fort: »Und was die Kurzfassung betrifft ... «

Doch genau in diesem Moment sah sie Mika und Mikhail auftauchen. Sie stellte ihr Tablett auf Waynes Tisch ab, wandte sich noch einmal rasch zu ihm um, formte mit den Lippen das Wort »Später!« und lief zu Leos Kollegen hin. »Die gehören zu mir«, erklärte sie dem Türsteher.

Aber wenn Tessa gehofft hatte, dass die beiden sich aus

lauter Dankbarkeit, dass Tessa sie erfolgreich eingeschleust hatte, jetzt auch benehmen würden, hatte sie sich getäuscht. Mika und Mikhail waren, bevor Tessa eingreifen konnte, ganz ungeniert zu den VIP-Tischen gelatscht und hatten sich vor Wayne aufgebaut.

»Konzert war gut!«, sagte Mikhail so laut, dass es statt eines Kompliments fast wie eine Drohung klang. Tessa, die jetzt dazukam, stellte Wayne die beiden vor: »Mikhail Sokolow und Mika Mäkinen, zwei Kollegen meines Vaters; Mika und Mikhail, dies ist Wayne Tooley, der Sänger von Purple Toupet.«

Wayne, dem man deutlich anmerkte, dass er über die Verbrüderungsversuche der beiden nur mäßig amüsiert war, presste ein mürrisches »Hi« hervor.

»Bist sympathischer Junge – seh ich doch gleich«, sagte Mikhail darauf mit etwas undeutlicher, verschleppter Aussprache. Just als er ihn zur Bekräftigung seiner Worte in die Wangen kneifen wollte, kam Mr Singh dazu, der von der Bar aus beobachtet hatte, was in seinem VIP-Bereich gerade vor sich ging. Im Laufschritt und mit zornigem Gesicht hielt er auf Mika und Mikhail zu und rief ihnen schon von Weitem zu: »He ihr, was habt ihr hier verloren?«

Der Tonfall seiner Stimme verriet, dass er Mikhail und Mika am liebsten sofort wieder vor die Tür gesetzt hätte. Doch bevor er eine Chance hatte, ihnen Vorhaltungen zu machen, zog ihn Mikhail an der Schulter zu sich heran. »Soll ich dir mal einen Witz erzählen?«, fragte Mikhail, und ohne die Antwort abzuwarten, legte er los: »Kommt ein Inder in die Bar und bestellt ein Bier.«

»Und …?«

»Das war schon der Witz«, erklärte Mikhail. »Wenn

du nur von deinen Landsleuten leben müsstest, du wärst längst pleite. Bestellen ein Bier für ganzen Abend. Nimm russischen Stammgast – der trinkt zehn! Hicks!« Offenbar hatte Mikhail sein Plansoll schon erfüllt.

Seine Argumentation vermochte Mr Singh jedoch nicht zu besänftigen. Mit Nachdruck und zorniger Stimme sagte er: »Soll ich dir jetzt mal einen Witz erzählen?«

»Klar, erzähl Witz«, antwortete Mikhail.

Mr Singh sagte: »Kommt ein Russe in die Bar und bezahlt sein Bier.«

»Hä?«, fragte Mikhail.

»Das war schon der Witz. Soll heißen: Euch zwei Komiker sehe ich hier immer nur dann, wenn's was umsonst gibt. Auf solche Kundschaft lege ich, ganz ehrlich, keinen gesteigerten Wert. Und wenn ihr hier weiter meine Ehrengäste belästigt, hole ich die Security.«

Mikas Augenbrauen zogen sich Unheil verheißend zusammen, wie Mikhail mit einem Seitenblick sah. Er legte seinem Kumpel schnell beschwichtigend die Hand auf die Schulter und sagte, gespielt beleidigt, zu Mr Singh: »Mika, komm. Wir wissen, wann wir wo nicht erwünscht sind, weil wir können lesen auch zwischen den Zeilen!« Er nickte Mika zu, hickste noch einmal, und die zwei verließen, beinahe ohne zu schwanken, das Casino.

Die ganze Szene, die sie aus nächster Nähe miterlebt hatte, war Tessa schrecklich peinlich; es wäre eine prima Alternative, fühlte sie, augenblicklich auf der Stelle im Boden zu versinken.

Wayne aber schien das Ganze eher amüsiert zu haben. Mit dem Cocktailglas prostete er ihr zu und sagte: »Keine

Sorge, Mädchen vom Mond – man kann sich seine Gesellschaft eben nicht immer aussuchen. Das ist wie im Aufzug,
wenn einer nach Schweiß riecht; da muss man durch, aber
man weiß, es dauert nicht lange. So – das war die Kalender-
weisheit für den heutigen Tag. Hast du mitgeschrieben?«

Tessa lachte nicht über seine scherzhafte Bemerkung,
schaute ins Leere und sagte: »Mir kommt's langsam so
vor, als wäre mein ganzes Leben so eine verdammte Auf-
zugfahrt.«

»Sag so etwas nicht! Du hast dein Leben noch vor dir,
und wer weiß, was du noch alles erleben wirst … « Wayne
griff hinter sich, zog, ohne hinzuschauen, mit elegantem
Schwung eine Blume aus dem abgelegten Bouquet heraus
und hielt sie Tessa hin. Es war eine weiße Rose.

»Danke schön – woher wusstest du, dass ich nichts lieber mag als Second-Hand-Geschenke?«, versetzte Tessa mit
schnippischem Ton, aber grinsend.

Ebenfalls grinsend sagte Wayne: »Hey, keine Beschwerden! Es heißt doch immer, die Geste zählt. Und außerdem
bin ich auf dem Weg hierher an keinem Blumenladen mehr
vorbeigekommen!«

Beide lachten und schauten sich länger in die Augen als,
streng genommen, nötig gewesen wäre.

KAPITEL 16

Die Kurzfassung

Man könnte sagen, es war eine gelungene Party.

Dean und Riley hatten auf den Tischen getanzt und eine nicht ganz jugendfreie Fassung von »Life In Outer Space« gesungen, sich zwischendurch in die Haare gekriegt und gegenseitig Prügel angedroht, sich wieder versöhnt und anschließend noch einmal auf den Tischen getanzt.

Mika und Mikhail hatten gemeinsam beschlossen, den Abend mit frischen Getränken aus dem Supermarkt »Familienglück« und einer Kartenrunde in Mikhails Wohnwabe fortzusetzen.

Moinon hatte jede Menge Aufnahmen von der Band, den feiernden Sicherheitsoffizieren und den anderen Partygästen gemacht, die Wang alle wieder gelöscht hatte, nachdem er ihm den Dataport abgenommen hatte. »Eines müssen Sie wirklich noch lernen, mein lieber Moinon: Was auf dem Mond passiert, bleibt auf dem Mond!«

Die Offiziere hatten die für diesen Abend etwas gelockerten Sitten genutzt, um einen Wettbewerb im Limbo-Tanzen zu veranstalten.

Wangs Stimmung hatte sich so gesteigert, dass er zur Feier des Tages schon an seinem dritten PT-Spezial nippte. Es lief alles genau nach Plan! Der Schnüffler würde bald wieder auf die Mondbasis zurückkehren, und er würde, wenn er die Warnung mit der verwüsteten Wohnung richtig verstand, garantiert nicht wieder auf solche Extratouren gehen. Und wenn er doch den Versuch unternähme, würden Chen und Fong, die ihn beschatten sollten, dafür sorgen, dass er sich nicht so einfach davonstehlen könnte.

Die übrigen Gäste hatte die ungewohnte Freigiebigkeit der Stationsleitung ausgiebig genutzt und Singhs sämtliche Vorräte vernichtet, sodass der, völlig verschwitzt, erschöpft und glücklich, in den frühen Morgenstunden verkündete, dass nichts mehr da sei und jetzt alle heimgehen könnten. Es erhob sich nur ein verhaltener Protest, weil ohnehin kaum noch jemand in der Lage gewesen wäre weiterzufeiern.

So laut und fröhlich, wie die Feier war, hatte niemand so recht mitbekommen, dass Wayne bei keinem der Spielchen mitgemacht hatte. Seine Bandkameraden, die ihn anfangs zum Mitmachen animieren wollten, hatten es irgendwann sein lassen, nachdem er kaum mehr als einsilbige Antworten gegeben hatte und seine Zeit damit herumbrachte, gedankenverloren an seiner Nachrichtenwabe herumzuspielen. Nachdem Meister Li sich verabschiedet hatte, um die Party, wie er sagte, »den jungen Leuten zu überlassen«, war Wayne von dem empfohlenen grünen Tee auf Tessas Kreation umgestiegen, doch obwohl sie ihn regelmäßig mit neuen Cocktails versorgte, würdigte er sie kaum eines Blickes.

Am Ende der Party, als schon die Verdunkelungen vor den Luken automatisch hochfuhren und den neuen »Tag« ankündigten und auch Moinon, untergehakt bei seinen neuen besten Freunden vom Sicherheitsdienst, das Casino in Schlangenlinien gehend verlassen hatte, sammelte Tessa das Geschirr von den Tischen und räumte hinter dem Tresen auf. Sie hatte gerade eine Ladung Gläser in den Geschirrspüler verfrachtet, als sie aufblickte und Wayne vor ihr stehen sah.

Er schob sein letztes leeres Glas über den Tresen zu ihr herüber, deutete darauf und sagte: »Sehr nach meinem Geschmack, der Cocktail. Ich fühle mich geschmeichelt, Mädchen vom Mond. Aber … «

Er ließ den angefangenen Satz zwischen sich und Tessa so lange in der Luft schweben, bis sie gar nicht mehr anders konnte, als zu fragen: »Aber …?«

»Ich warte immer noch auf die Kurzfassung«, sagte er.

Wayne hatte sie in diesem Moment auf dem falschen Fuß erwischt. Sie stand sprachlos da, was nicht besonders intelligent wirken mochte, ihr aber die nötige Bedenkzeit verschaffte, um zu überlegen: Was sah das Drehbuch ihrer Tagträume noch für die Szene vor, in der der süß aussehende Sänger ihrer absoluten Lieblingsband mit ihr flirtete? Tessa entschied sich in Sekundenbruchteilen für die Version, in der sie sich ganz natürlich gab, auf allzu viele krumme Witze verzichtete und ihn einfach durch ihren angeborenen Charme unsterblich verliebt machte.

»Das stimmt – die hatte ich dir versprochen.«

»Ich bin ja ein geduldiger Mensch«, sagte Wayne mit trockener Ironie, »aber jetzt kann ich wirklich nicht länger warten!«

»Ich fürchte, du versprichst dir mehr davon, als ich halten kann«, antwortete Tessa so vollkommen ehrlich, wie sie gar nicht beabsichtigt hatte – es hatte doch hoffentlich nicht so blöd kokett geklungen?

»Ich glaube nicht, dass du mich enttäuschen wirst«, gab Wayne zurück, und diesmal klang es gar nicht ironisch.

Mr Singh tauchte aus der Küche auf und drückte Ravi, der hinter ihm hergekommen war, einen Wischmob in die Hand.

Tessa flüsterte Wayne schnell zu: »Wir können gleich los, ich muss nur noch meinem Chef Bescheid sagen. – Ich wär dann so weit fertig, Mr Singh!«

»Alles klar, Tessa. Ich leg hier morgen einen Ruhetag ein. Ich muss eh erst die neue Lieferung mit der nächsten Raumfähre abwarten. Es reicht, wenn du Dienstag wiederkommst – bis dahin ist Ravi ja wohl mit Putzen fertig.«

Wayne und Tessa gingen ein kurzes Stück den New Beijing Boulevard entlang, bevor sie in einen der ruhigeren Seitengänge abbogen. Noch hatte keiner der beiden ein Wort gesagt, seit sie das Casino verlassen hatten.

»Tessa – ein schöner Name. Der gefällt mir«, brach Wayne schließlich das Schweigen.

Das fängt doch schon mal gar nicht schlecht an, dachte Tessa – und ermahnte sich gleich selbst: Von jetzt an, Mädchen, gilt für dich ein striktes Verbot, dir ständig selbst über die Schulter zu schauen!

»Aber das hörst du bestimmt öfter?«, fuhr er fort.

»Hm, geht so«, antwortete sie. »Ich hab ihn in letzter Zeit vor allem in sehr genervtem Tonfall gehört. Von meiner Mutter, meiner Schwester und jetzt auch von meinem Vater – und von dem Typen vom Sicherheitsdienst mal ganz zu schweigen!«

Tessa kam in Fahrt, ehe sie es sich versah, war es gar nicht mehr sie, die sprach, sondern die Wörter hatten die Kontrolle übernommen und entschieden, was sie sagte. Es sprudelte einfach aus ihr hinaus: »Und wenn du genau wissen willst, was ich auf dem Mond mache, dann sag ich's dir: Ich baue nur Mist, das mache ich! Ich hab die Schule geschmissen und bin von zu Hause abgehauen, um zu meinem Vater zu gehen, weil ich dachte, dass er mich besser versteht als meine Mutter, weil ich's der nie recht machen kann. Und jetzt bin ich noch nicht mal eine Woche hier und hab schon einen Riesenstreit mit meinem Vater gehabt, weil ich einfach eine blöde Zicke bin!«

»Na, na«, sagte Wayne, während er sie sachte am Arm streichelte. »Kann's nicht sein, dass du einfach noch galaktischen Jetlag hast?«

Tessas Augen wurden feucht, und der Grund war nicht einmal, dass sie mit einem wohligen Schaudern registriert hatte, wie Wayne sie zum ersten Mal berührte. Es brach einfach, in Abweichung vom Drehbuch ihres Tagtraums, aus ihr hervor: Alles, was sich an Angst und Ärger aufgestaut hatte. Sie konnte die Tränen nicht länger zurückhalten, als sie rief: »Meine beste Freundin ist eine Schildkröte und mein fester Freund ist ein Typ aus der Schule, der noch nicht einmal etwas davon ahnt, dass ich ihn mag! Was sagt denn das über mich aus, bitte?«

Sie standen im Gang, der außer ihnen völlig menschenleer war. Tessa schluchzte noch gelegentlich, gewann aber langsam ihre Fassung wieder. Nach einer Pause sagte Wayne: »Was das aussagt? Das sagt aus, dass wir uns ziemlich ähnlich sind.«

Tessa schaute Wayne fragend und verständnislos an.

»Ich glaube, ich kann mitreden, was das Mistbauen betrifft«, fuhr Wayne fort. »Ich hab's zu Hause auch nicht lange ausgehalten. Wenn dein Vater dich schlägt und die Mutter dauernd besoffen ist, macht einem das nicht gerade Lust auf Familienleben! Ich bin sofort abgehauen, als ich konnte.« Er hielt inne. »Aber das weißt du ja bestimmt schon alles aus den Zeitungen …?«

Tessa, die sich immer noch ihre rotgeheulten Augen trocken tupfte, nickte und murmelte etwas von »*Teenie-Smash-Abo*«.

»Wir hatten unglaubliches Glück, dass unser erster Hit so durch die Decke gegangen ist. Sonst wär's mir so gegangen wie den anderen, die mit mir auf der Schule waren. Zu Hause gibt's keine Jobs, also gehst du nach London oder am besten gleich nach Mumbai oder Beijing. Aber ich war in der Schule ganz mies in Chinesisch – und auch in, ähm, warte mal kurz …« Er zählte die übrigen Fächer an den Fingern ab: »… und in Hindi, Sport, Chemie, Physik, Erdkunde, Geschichte und Mathe. Hab ich noch eins vergessen? Ach ja: Musik!«

Tessa prustete los: »Wie? Ehrlich jetzt – du warst schlecht in Musik?«

Auch Wayne lachte und sagte: »Unser Musiklehrer hat uns immer mit Brahms und Beethoven traktiert – nicht so mein Fall …«

»Ich hatte es auch nicht einfach – ich musste Blockflöte lernen …«

»Du hast mein vollstes Mitgefühl«, erwiderte Wayne. »Jedenfalls war die Band echt meine Rettung. Aber in letzter Zeit läuft irgendwie einiges falsch. Dean und Riley sind immer noch meine besten Freunde, und wenn wir auf der Bühne stehen, ist es noch genau wie früher und wir haben einen Mordsspaß. Aber sonst – du hast es ja mitbekommen …«

»Und was ist mit Isla?«, fand es Tessa an der Zeit zu fragen. »Wenn du lieber nicht darüber sprechen willst …«

»Doch, ich will darüber sprechen!« Nachdem sie einige Schritte gegangen waren, hielt Wayne erneut an, nahm Tessas Hand und sagte: »Mit wem könnte ich denn hier darüber sprechen, wenn nicht mit dir?«

Tessa drückte seine Hand fester, wie um sich für Neuigkeiten, die sie vielleicht gar nicht so genau hatte wissen wollen, zu rüsten.

»Eigentlich ist es zwischen uns aus. Ich hatte nur noch keine Zeit, es ihr zu sagen.« Er lachte freudlos auf. »Wie mies hört sich das denn an?« Er schaute Tessa genau an, sodass ihm ihre Reaktion auf keinen Fall entgehen würde. »Aber es stimmt. Sie ist zu ihrem dämlichen Shooting, ich bin hier, um unsere verdammte Band zu promoten, die das inzwischen auch verdammt nötig hat, weil mir in den letzten zwei Jahren kein richtig guter Song mehr eingefallen ist, und so habe ich ihr nicht mehr sagen können, wie unendlich leid es mir tut, was sie über mich lesen musste.«

»Was, dieser ganze Blödsinn, den sie bei *Teenie Smash* geschrieben haben, von wegen Fremdgehen und so? Sie glaubt den Quatsch doch nicht etwa?«

»Ich fürchte, sie haben diesmal nicht ganz unrecht ... «, erwiderte Wayne kleinlaut.

Tessa zog ihre Hand zurück. Sie hielt sich nicht für naiv und hatte deshalb auch nicht erwartet, dass Wayne nur für die Kunst lebte und ansonsten ein Keuschheitsgelübde abgelegt hatte – er war schließlich ein Rockstar, verdammt noch mal! –, aber das Geständnis direkt aus seinem Mund zu hören, schockierte sie doch.

Wayne merkte, auch ohne Tessas Hand zu spüren, dass sich ihr Körper anspannte und sie sich von ihm zurückzog. Schnell sagte er: »Tessa, bevor du mich jetzt für einen Blödmann oder Schlimmeres hältst, hör erst einmal zu! Du kennst mich doch noch gar nicht wirklich. Aber ich möchte dich näher kennenlernen. – Manches wirkt jetzt nicht so gut, das gebe ich sofort zu. Das ist aber nicht der echte Wayne, glaub mir. Der echte Wayne ist der, der vor dir steht und der glaubt, dass das etwas ganz Besonderes ist zwischen dir und ihm.«

Waynes Worte zogen Tessa den Boden unter den Füßen weg. Aber bevor sie endgültig abheben konnte, meldete sich aus einer Ecke ihres Großhirns die schnippische, ironische Tessa, der sie doch eigentlich Sprechverbot erteilt hatte. Bevor sie es sich anders überlegen konnte, war ihre Antwort schon draußen: »Das sagst du doch jeder.«

»Stimmt überhaupt nicht«, protestierte Wayne.

Tessa schaute ihn bloß forschend, mit einer hochgezogenen Augenbraue, an.

»Okay, es ist vorgekommen. Aber nicht bei jeder, ich schwöre!«

»Beim Augenlicht deiner Mutter?«

»Beim blutunterlaufenen Augenlicht meiner Mutter und großes Indianerehrenwort dazu.«

Wayne beugte sich über sie. Sie ließ sich gegen die Wand des Ganges zurücksinken. Sie schloss die Augen und spürte Waynes Atem auf ihrer Wange.

Nach der offiziellen Mondzeit auf Mao-Gandhi II war es bereits früh am Montagmorgen, als sich Leo wieder der Basis näherte. Er fuhr das Cabrio bis kurz vor die Ladeluke der Garage und setzte das Signal ab, das in der Verleihstation sein Kommen ankündigte. Noch war das Rollgitter vor dem Tresen jedoch heruntergelassen und verschlossen, und das durch Leos Signal ausgelöste Blinklicht, das an der Schalttafel aufleuchtete, wurde von niemandem gesehen.

Draußen vor der Vakuumschleuse wartete Leo vergeblich auf eine Rückmeldung. Die rote Leuchte, die seitlich neben der Luke angebracht war, verharrte auf Rot. Er reckte sich, streckte die Arme aus, so weit das im Raumanzug eben möglich war, und knurrte dabei vor sich hin. »Ich glaub, ich werd langsam zu alt, um im Auto zu übernachten ... « Nachdem er einige weitere Minuten ausgeharrt hatte, probierte er, eine Sprechverbindung zur Verleihstation herzustellen, doch schien auch dieses Funksignal ins Leere zu gehen. Leo richtete seinen Blick auf die Anzeige des Sauerstoffvorrats: Der Leuchtbalken, der den Füllstand anzeigte, ragte noch ganz knapp über den rot markierten Bereich, der Reservebetrieb bedeutete. Das dürfte noch zwei Stunden halten, kalkulierte Leo, und setzte nach einigen Minuten noch einmal sein Ankunftssignal ab.

Als der Huhu-Mann seinen Dienst antrat, fiel ihm gleich das blinkende Licht auf, das das ansonsten noch im Dunklen liegende Büro rhythmisch und leicht geisterhaft erhellte. Er beeilte sich beim Aufschließen, schaltete das Deckenlicht ein und ließ sich mit Schwung auf seinen Drehstuhl fallen. Ach ja: Das grüne Cabrio war ja immer noch unterwegs! Er hielt die Hand vor das Blinklicht und bestätigte so den Empfang. Draußen sprang das Signal auf Grün um, die Außentür senkte sich langsam herab, und Leo konnte schließlich das Mondcabrio wieder auf seinen Stellplatz in der Garage bugsieren.

Wenige Minuten später hörte der Huhu-Mann Leo die Treppe heraufkommen. Fröhlich fragte er ihn: »Na, Sie haben das Wochenende ja wirklich ausgereizt ...! Jetzt haben Sie endlich mal so richtig vom Leder ziehen können, was?«

Da erst schaute er zu Leo auf – und ihn starrte ein bleiches, übernächtigtes und unrasiertes Gesicht an, das keine Regung zeigte, seine Frage zu beantworten.

»Oh!«, entfuhr es ihm.

Leo trank gierig aus dem Wasserspender an der Verleihstation und schaute ihn nur mit leerem Blick an.

»Dann konnten auch Sie das Gewackel nicht so gut vertragen?«

Aber da war Leo schon an ihm vorbei.

Der Huhu-Mann schaute ihm noch nach, bis er um die nächste Ecke verschwunden war, und schüttelte den Kopf. »Was für ein seltsamer Vogel!«, sagte er zu sich selbst.

Erst als Leo einen Blick auf eine neongelb leuchtende Zeitanzeige im Gang warf, kam er aus seinem Tunnelblick heraus und ihm fiel überhaupt erst auf, wie viel Zeit vergangen war, seit er die Mondbasis verlassen hatte, um auf Erkundungstour zu gehen. Es war ja schon Montagmorgen! Das hieß ja, er musste schleunigst zur Arbeit! Keine Zeit, erst noch nach Hause zu gehen. Aber er musste doch dringend Tessa sprechen – sie war bestimmt außer sich vor Sorge! Er versuchte, sie über die Nachrichtenwabe zu erreichen, doch alles, war er hörte, war ein regelmäßiger Klingelton.

Er deaktivierte das Gerät und blieb noch einen Moment lang unschlüssig stehen. Dann drehte er um und nahm den Weg in Richtung Sektor C, wo er in wenigen Minuten Dienstbeginn hatte.

KAPITEL 17

Ein Kuss, ein Schlag, ein Sturz und ein Schrei

Der Kuss fuhr Tessa in alle Glieder. Sie fühlte sich wie elektrisiert, als sie Waynes Zunge auf ihren Lippen spürte, den Mund leicht öffnete und dann mit ihrer Zungenspitze seine umkreiste. Sie stellte alle sonstigen Gedanken ein und ging in dem Gefühl auf, das ihren ganzen Körper durchströmte. Dass ihre Nachrichtenwabe in diesem Moment vor sich hin brummte, nahm sie überhaupt nicht wahr. Sie fühlte Waynes Hände, die sie streichelten, und erzitterte unter den sanften Berührungen. Sie umschlang Waynes Oberkörper mit ihren Armen und drückte ihn fest an sich, während der Kuss andauerte und andauerte. Zeit spielte keine Rolle mehr. Doch irgendwann lösten sich beide – langsam kosteten sie die letzten Momente, in denen sich ihre Münder berührten, aus. Tessas Blick fokussierte wieder, und sie sah Wayne, wie sie ihn vorher noch nie gesehen hatte: Mit vor Erregung geröteten Wangen, einem fast unschuldigen Ausdruck im Gesicht wie ein kleiner Junge – und einem glücklichen Lächeln auf den Lippen. Immer noch schwer atmend, sagte er: »Wenn das die Kurzfassung war ... dann will ich auch die Langfassung hören!«

Leo checkte, beinahe auf die Minute pünktlich, zur Frühschicht bei seiner Dienststelle in Sektor C ein. Er lud den heutigen Arbeitsplan auf seine Nachrichtenwabe und holte einen der Werkzeug-Trolleys aus dem Depot. Seine Nachrichtenwabe blinkte auf. Leo aktivierte die neu erhaltene Mitteilung mit einem Wischen der rechten Hand und las: »Es liegen Krankmeldungen aus Wartungstrupp 3 vor. Abwesenheit Sokolow, M. Abwesenheit Mäkinen, M. Wartungstrupp 3: Bitte umgehend Dienstaufnahme bestätigen.«

Mit einem weiteren Wischer bestätigte Leo, dass er heute allein die Arbeit von drei Mann erledigen sollte. Doch was ihn sonst, bei aller Liebe zu Mika und Mikhail, auf die Palme gebracht hätte, nahm er diesmal geradezu erleichtert auf. Bei dem, was er vorhatte, würden Mitwisser nur stören …

Als in Mikhails Wohnwabe der Wecker zu klingeln begonnen hatte, hatte sich nach einer Weile eine Hand unter der Bettdecke herausgearbeitet und den Sensor fürs Abschalten ausgelöst.

»Oooh«, ächzte es unter der Decke hervor. Ein ganz ähnlicher Laut drang vom Sofa herüber, wo Mika, der gar nicht erst den Versuch unternommen hatte, noch seine eigene Wohnwabe wiederzufinden, am Ende ihrer Feier bäuchlings zu liegen gekommen war – genauer gesagt, die Teile von ihm, die auf die schmalen Polster passten. Sein linker Arm baumelte herunter, und das linke Bein lag auf dem Boden auf. Sein schwerer Körper rührte sich kein bisschen; das Klingeln war ihm nicht ins Bewusstsein vorgedrungen. Ein Erdbeben hätte größere Chancen gehabt, Mika wachzubekommen, aber auch dieses hätte sich dafür mächtig ins Zeug legen müssen.

Mikhail richtete sich unter Stöhnen im Bett auf. »Mein armer Kopf …«, fluchte er und rieb sich mit beiden Händen den Schädel, was aber nicht die erhoffte Erleichterung brachte. Unter Aufbietung seiner gesamten Konzentration gelang es Mikhail, auf seiner Nachrichtenwabe Krankmeldungen für sich und Mika zu programmieren und in das System der Praxis von Dr. Advani, dem Arzt der Mondbasis, einzuschleusen.

»Besser gleich für drei Tage«, dachte er, als ihm ein weiterer heftiger Schmerz durch den Kopf schoss und ihn aufquieken ließ. Am Donnerstag, hoffte er, dürften die Nachwirkungen der Party so weit nachgelassen haben, dass eventuell an Aufstehen zu denken wäre. Mit einem tiefen Seufzer ließ er sich wieder ins Bett fallen, zog sich die Decke über den Kopf und begann schon nach wenigen Augenblicken, leise zu schnarchen.

Chen und Fong hatten sich die Anweisung ihres Chefs, sich unauffällig zu verhalten, wirklich zu Herzen genommen, denn Leo hatte nicht im Geringsten bemerkt, dass er seit seiner Rückkehr in die Mondbasis verfolgt wurde. Chen und Fong beobachteten, wie Leo auf seinem Tagesplan nachschaute, wo sein nächster Einsatzort wäre – so weit, so unverdächtig. Unterwegs machte er aber immer wieder halt, um an den Gittern der Schachtöffnungen, die in regelmäßigen Abständen in die Seitenwände der Gänge eingelassen waren, zu rütteln.

Chen, der in sicherem Abstand um die Ecke lugte, runzelte die Stirn und tuschelte zu Fong hinüber: »Fängt er schon wieder an?«

»Boss hat gesagt, Lektion erteilen«, entgegnete der.

»Aber er macht gar nichts Unerlaubtes ... «

Leo holte einen Akkuschrauber vom Werkstattwagen und begann, die Abdeckung eines großen Schachtes abzuschrauben.

»O.K., jetzt macht er etwas Unerlaubtes«, sagte Chen.

»Lektion erteilen?«, fragte Fong.

Chen nickte. Die beiden verließen ihren Spähposten und rannten auf Leo zu.

Tessa und Wayne hatten nach dem Kuss ihren Spaziergang fortgesetzt – mit regelmäßigen Unterbrechungen allerdings, wenn sie es nicht länger aushielten, einander nicht eng umschlungen zu halten. In den Pausen zwischen den Küssen flanierten sie ziellos durch die Gänge der Mondbasis, erzählten sich ihr Leben und genossen es, mit der morgendlichen Rush Hour, in der alle zielstrebig zur Arbeit hetzten, so gar nichts zu tun zu haben. Tessa berichtete Wayne gerade von den Schlafliedern, die sie sich für Trix ausgedacht hatte, an den Abenden, wenn ihre Mutter lange arbeiten und sie selbst ihre kleine Schwester zu Bett bringen musste – als sie von Weitem Leo sah.

»Papa, da bist du ja!«, rief sie, doch er war anscheinend außer Hörweite und reagierte nicht.

Tessa fiel ein dicker Felsbrocken vom Herzen. Wo hatte Leo nur die ganze Zeit gesteckt? Egal, er war ja wieder da! Er bog am Ende des Ganges um die Ecke, und eine Sekunde lang befiel sie Panik, ihre Augen könnten ihr Leos Erscheinen nur vorgegaukelt haben, weil sie es sich so sehr gewünscht hatte. Tessa und Wayne liefen los, doch als sie die Ecke erreichten, war von Leo nichts mehr zu sehen. Tessa bog nach rechts ab, und Wayne folgte ihr. Der Weg führte aber bloß zu einer Sackgasse, die zu einer elektrischen Versorgungsstation führte. So waren Tessa und Wayne gezwungen, denselben Weg zurückzulaufen, um Leo doch noch zu erwischen.

Leo löste die letzte Schraube der Abdeckung und zog sie mit einem festen Ruck aus der Halterung, als er die schnellen Schritte bemerkte, die direkt auf ihn zuhielten.

Die beiden Typen, die vor ihm standen, als er aufschaute, trugen zwar Anzüge des Wartungsdienstes, aber trotzdem war Leo sicher, dass er diesen Kollegen bei der Arbeit noch nie begegnet war.

Leo stellte die Abdeckung an der Wand des Ganges ab und sagte: »Hallo, Jungs – seid ihr etwa der Ersatz für Mika und Mikhail …?«

Als Leo ins Gesicht des einen Typen blickte, wurde ihm allerdings mit sofortiger Wirkung klar, dass diese beiden hier nicht zum Helfen gekommen waren.

»Was wird das hier?«, fragte Chen ruppig und deutete auf den offen stehenden Schacht.

»Wartungsarbeiten. Reine Routine«, log Leo und legte einen herausfordernden Tonfall in seine Stimme.

Chen ignorierte Leos Erklärung komplett und sagte: »Was das hier wird, habe ich gefragt!«

»Ich sag doch: reine Rou…«, setzte Leo zur Antwort an, als Fong an ihn herantrat und ihm mit einer geübten, blitzschnellen Bewegung den rechten Arm nach hinten drehte. Leo schrie überrascht und vor Schmerz auf und ging in die Knie.

Chen beugte sich über ihn und zischte ihm zu: »Hör zu, Freundchen: Wenn du das Herumgeschnüffel nicht sein lässt, dann kriegst du richtig Ärger mit uns. Ist das klar?«

Leo entgegnete unerschrocken: »Soll das eine Drohung sein?«

»Auch noch frech werden?«, fragte Chen und gab Fong zu verstehen, er solle Leos Arm noch stärker verdrehen.

Leo nutze den Moment, um sich aus Fongs Griff zu befreien. Mit dem Ellenbogen holte er nach hinten aus und versetzte dem überrumpelten Fong einen heftigen Schlag auf die Brust, sodass dieser rückwärts taumelte. Leo schnappte sich das Erstbeste, was er vom Werkzeugwagen zu fassen bekam und was als Abwehrwaffe dienen konnte. Mit einer Sauerstoffflasche, die eigentlich für Schweißarbeiten gedacht war, wehrte er Chens Angriff ab, der sich auf ihn stürzen wollte. Indem er die Flasche immer wieder mit ausgestreckten Armen nach vorne stemmte, konnte er Chen auf Distanz halten und sogar ein Stück den Gang entlang zurücktreiben. Chen hatte sich einen Wischmob gegriffen, mit dem er auf die Metallflasche einhieb, ohne dass er damit eine Wirkung erzielt hätte. Leo witterte eine Chance, seinen Angreifer in die Flucht zu schlagen, indem er die Schauerstoffflasche hoch über den Kopf erhob, ganz als ob er Chen damit den Schädel einschlagen wollte. Chen aber stocherte Leo mit einem ansatzlosen Stoß den langen Stiel des Wischmobs zwischen die Beine, sodass Leo ins Stolpern geriet. Er trippelte rückwärts, geradewegs in die Arme von Fong, der wieder zur Besinnung gekommen war.

Im selben Moment bogen Tessa und Wayne um die Ecke. Sie sahen, wie Leo einen Fausthieb von Chen parieren konnte; und sie sahen auch – völlig konsterniert, und unfähig, sich zu bewegen und einzugreifen – wie Fong Leo von seiner ungeschützen rechten Seite aus einen kräftigen Kinnhaken versetzte. Wie bei einer Eiskunstlauffigur in Zeitlupe vollführte Leos massiver Leib eine Vierteldrehung um die eigene Achse, bevor seine Beine nachgaben, er nach hinten stolperte, wobei er den Werkzeugwagen umriss – und hinterrücks in den Schacht fiel. Es rumpelte einmal laut und ein weiteres Mal leiser, dann war alles still.

Chen und Fong starrten entsetzt in die schwarze Öffnung, die Leo soeben verschluckt hatte.

Es ging alles so rasend schnell. Auch Tessa sah Leo im Schacht verschwinden, doch die Nervenbahnen ihres Gehirns weigerten sich einfach, dieses Bild als Realität anzuerkennen.

»Papa ...?«, rief sie.

Die beiden Angreifer drehten sich erschrocken zu ihnen um.

Tessa rief, lauter und verzweifelter: »Papaaa??!«

Und dann nur noch lautloses Schluchzen. Wayne nahm sie fest in den Arm und drückte sie an sich.

Ein weiterer Schrei drang aus ihren Lungen; es war ihr, als schrie da jemand anders und sie sei gar nicht daran beteiligt. Über Waynes Schulter schrie sie in Richtung des geöffneten Schachtes und der Finsterlinge, die aus ihrer Schockstarre erwacht waren und hastig flohen: »Papaaa!«

Der entsetzliche, gequälte Laut echote mehrfach von den Wänden des langen Ganges. Aber wie hatte Wang doch so richtig gesagt: Im Weltall hört dich niemand schreien.

KAPITEL 18

Ein bedauerlicher Unfall

Tessa und Wayne liefen zur Schachtöffnung und schauten hinein. Der metallene Tunnel war tief und dunkel und erschien, ohne dass einem irgendein Licht bei der Orientierung half, endlos. Die Aufschrift des neongelben Schildes neben der Öffnung, das Wayne jetzt bemerkte, überforderte seine Chinesisch- oder Hindi-Kenntnisse. Aber der große Totenkopf auf dem Schild war als Hinweis deutlich genug …

Tessa schluckte trocken, als sie ihren Blick endlich von der Finsternis im Schacht lösen konnte, und lief los. Wayne, der zunächst stehen geblieben war, kam hinterher.

Tessa rief ihm über die Schulter zu: »Los, wir müssen meinen Papa retten!« Und im Laufen fügte sie für ihn, immer zwischen dem Luftholen, weitere Erklärungen in Kurzform hinzu: »In der Müllschleuse gelandet – Beeilung, sonst wird sie geöffnet – Vakuum, Unterdruck – nach sechs Sekunden explodiert man … «

Wayne fühlte sich nicht so wirklich im Bilde, aber die grundsätzlichen Fakten meinte er verstanden zu haben – dramatisch genug waren sie ja auch schon ohne die mysteriöse Explosion, von der Tessa sprach.

»Wo laufen wir eigentlich hin?«, rief er ihr zu.

Auf die Frage schien Tessa noch keine endgültige Antwort zu wissen – sie rüttelte an den nächstgelegenen Türen, die aber allesamt verschlossen waren. Endlich ließ sich eine Tür aufdrücken. Sie standen in einem Treppenhaus; Tessa rannte gleich die Stufen hinunter, doch schon ein Stockwerk tiefer endete der Weg vor einer weiteren verschlossenen Tür. Nachdem Tessa mehrmals an deren unbeweglichem Knauf gerüttelt hatte, ließ sie sich verzweifelt in die Hocke nieder und verbarg ihr Gesicht in den Händen.

Wayne holte Tessa ein. »Und was ist jetzt?«

Tessa schrie ihn an: »Was ist jetzt? Mein Papa liegt da unten irgendwo und hat sich alle Knochen gebrochen – das ist jetzt! Wir müssen irgendwie hier raus und von außen an die Müllschleuse rankommen!«

Nach Waynes Gesichtsausdruck zu schließen, hatte er einen solchen Ausbruch auf seine hilfreich gemeinte Frage nicht erwartet. Als Antwort gab Wayne ihr einfach einen Kuss auf die Wange – und hätte ihr auch noch einen zweiten gegeben, wenn Tessa nicht aufgesprungen wäre und gerufen hätte: »Ja, natürlich! Das ist es!«

»Was ist was?«, fragte Wayne mit verständnislosem Blick. Der auch nicht verständnisvoller wurde, als Tessa zur Erklärung nachschob: »Das Cabrio!«

Sie stand auf und sprintete die Treppe wieder hinauf. Wayne, der noch verdutzt auf dem Treppenabsatz stand und ihr fragend hinterherschaute, rief sie zu: »Komm schon – erst laufen, dann fragen! Ich weiß, wie wir rauskommen!«

Tessa erkannte sich selbst kaum wieder. In diesem Moment der tiefsten Verzweiflung fand sie eine Stärke, die sie niemals an sich gekannt hatte. Merkwürdig, dachte sie, während sie rannte, Wayne immer direkt hinter ihr, wieso habe ich jetzt gerade Zeit, über mich selbst nachzudenken? Es war fast so, als hätte sie sich von ihrem Körper gelöst und könnte von oben beobachten, wie die physische Tessa in Richtung Verleihstelle sprintete.

Wayne fiel pustend zurück. »Seitenstechen!«, keuchte er.

»Wir sind gleich da, nur noch ein paar Meter!«

So startete er noch einmal aus dem Jogging-Trott durch in einen Schluss-Spurt und kam gleichzeitig mit Tessa bei Huhu Cars an.

Hinter dem Tresen der Verleihstation stand derselbe Mann, der ihnen auch beim ersten Mal das Cabrio und die Ausrüstung vorbereitet hatte. Er fuhr zusammen, als Tessa und Wayne um die letzte Ecke bogen und hektisch direkt auf ihn zugerast kamen, und fragte seltsam nervös, wie er ihnen helfen könne.

Tessa, die sich insgeheim wieder über ihre Geistesgegenwart wunderte, setzte das charmanteste Lächeln auf, das ihr zu Gebote stand, und flötete: »Können wir das Mondcabrio noch ein letztes Mal ausleihen?«

»Das Wochenende ist vorbei, falls ihr es noch nicht gemerkt haben solltet«, antwortete er förmlich.

»Bitte, bitte ...?«, flötete Tessa wieder und schaute ihn dazu mit großen Augen an.

Das war tatsächlich schon alles, was es brauchte, um den Huhu-Mann zu erweichen. Er sagte: »Na gut, vorbestellt ist es für heute eh nicht – dann wollen wir mal nicht so sein.« Er fügte noch hinzu: »Das wird ja langsam zur Gewohnheit ...« Als er praktisch schon auf dem Weg zur Garage war, drehte er sich aber abrupt zu den beiden um. »Du musst aber 21 sein, wenn du das Mondcabrio fahren willst«, sagte er.

Tessa zeigte auf Wayne und erklärte: »Mein Begleiter ist schon 21.«

»Dann fährt also ausschließlich er?«

Tessa nickte eifrig, und Wayne sagte überrumpelt auch schnell Ja. »Woher weißt du eigentlich, wie alt ich bin?«, flüsterte Wayne – unpassenderweise, wie Tessa fand – ihr leise ins Ohr, während der Mann vom Verleih ihnen voraus die Treppe zur Garage hinunterstieg. Ebenfalls im Flüsterton gab sie zurück: »Das ist eben gute Allgemeinbildung. Ich weiß mehr über dich, als du denkst, Wayne Tooley …!« Wayne schaute sie sichtlich beeindruckt an, öffnete den Mund, wie um zu sprechen, sagte dann aber doch nichts.

Bislang hatte der Huhu-Mann noch nicht zu verstehen gegeben, dass er Wayne längst erkannt hatte. Doch bevor sie die Raumanzüge anlegten, druckste er ein wenig herum und sprach Wayne an: »Das war echt ein starkes Konzert gestern Abend, Mr Tooley. Ich bin immer noch ganz begeistert. Würden Sie mir ein Autogramm geben …?« Er zückte einen Bogen Papier und einen Stift.

»Total Old School«, entfuhr es Wayne, der es eher gewohnt war, Nachrichtenwaben und Flash-Reminder zu signieren oder sich gleich mit einem Tattoo-Laserpointer zu verewigen. Dennoch nahm Wayne den Stift und malte damit auf das Papier einen wilden Schriftzug, in dem man mit etwas gutem Willen tatsächlich so etwas wie »Wayne Tooley« entziffern konnte.

Der Huhu-Mann bedankte sich bei Wayne und verabschiedete die beiden: »Viel Spaß noch. Und fahrt nicht so schnell – nicht, dass dir wieder schlecht wird …!« Mit einem Zwinkern wandte er sich um, während Tessa und Wayne in aller Eile die Treppe hinabstiegen.

»Was hat er damit gemeint?«, fragte Wayne Tessa.

Sie konnte nur schulterzuckend antworten: »Nicht die geringste Ahnung …!«

Diesmal war es Tessa, die die Erklärungen gab. Sie zeigte Wayne, wie man am besten in den Raumanzug schlüpfte, zog die Klettverschlüsse an seinen Stiefeln zu und half ihm dabei, den Helm richtig aufzusetzen. »So, wir sind fertig. Wir können starten!«, rief sie ihm über die Sprechverbindung zu und deutete auf den Beifahrersitz. Wayne setzte sich behände und steckte die Schnallen seines Sicherheitsgurtes ins Schloss. Tessa nahm auf dem Fahrersitz Platz, umfasste das Steuer mit ausgestreckten Armen und atmete mehrere Male tief durch.

»O.K.«, sagte sie zu sich selbst. »Wie war das jetzt noch beim Start?« Sie überlegte fieberhaft: Der Sauerstoff für den Notfall – das war das Wichtigste! Ihr Vater hatte sonst keine Überlebenschance … Ah ja, da war die Flasche! Und auch die Signalrakete, die sie unter gar keinen Umständen abfeuern würden, um nicht am Ende noch von denen geschnappt zu werden, die ihm das angetan hatten.

Wieder ertönte der Countdown zum Ablassen der Luft aus der Vakuumschleuse.

Tessa spielte währenddessen die Instruktionen von der ersten Ausfahrt durch: Nicht zu viel Gas, immer schön sachte, die Beschleunigung im Vakuum nicht unterschätzen … Ah, bah!, dachte sie dann aber – wer wie sie erst vor gerade einmal zwei Tagen mit demselben Mondcabrio Rallyecross gefahren war, der brauchte jetzt auch kein Sicherheitstraining für Memmen … »Tessa, du schaffst das!«, sprach sie sich selber Mut zu. »Du hast das Rennfahrer-Gen, vergiss das nicht!«

»Was hast du gesagt?«, meldete sich Wayne über Funk.

»Ach, nichts«, flunkerte sie.

In diesem Moment ertönte eine mechanische Stimme in ihren Ohren: »Dekompression erfolgt!«

Die Außentür öffnete sich behäbig, und nun bot sich Wayne und Tessa derselbe Anblick wie ihr und Leo zwei Tage zuvor. Sie schauten auf die weite Ebene des Mare Imbrium, wie es seit Jahrmillionen unverändert dalag. Tessa schauderte es unwillkürlich, als sie sich der majestätischen und abweisenden Mondlandschaft gegenübersah. Waynes Stimme drang aus dem Sprechfunk: »Das ist der Wahnsinn! Der Anblick ... Tessa, es ist unbeschreiblich! Ich hätte nie gedacht, dass ...«

»Gleich! Jetzt kurz mal die Klappe halten ...!«, gab Tessa hektisch zurück. Sie ließ ein letztes Mal den Blick über die Schalthebel und das Armaturenbrett wandern und löste dann die Bremse. Ganz behutsam stupste sie das Gaspedal an, und praktisch ruckelfrei glitten sie die Rampe von der Vakuumschleuse herunter.

Tessa wollte gerade mit einer sportlichen Kurve auf die Haupttrasse einbiegen und hatte den Blick nach rechts gewandt, als ein großes Versorgungsfahrzeug der Mondbasis von links angerauscht kam. Im letzten Moment nahm sie es im Augenwinkel wahr. Sie riss das Steuer bis zum Anschlag nach rechts, das Cabrio drehte sich wild um seine eigene Achse und hob auf der linken Seite ab. Es kippte nicht um, aber setzte krachend wieder auf. Tessa rutschten durch den heftigen Stoß die Füße von den Pedalen, und der Motor setzte aus. Das Mondcabrio rollte aber dennoch in rasend schnellem Tempo weiter, während es sich unaufhörlich drehte.

Ohne dass sie noch eine Chance gehabt hätte, Geschwindigkeit und Richtung des Cabrios zu beeinflussen, drehte Tessa panisch das Steuerrad hin und her. Das Cabrio schlitterte von der befestigten Strecke herunter. In ihrer unkontrollierten Drehbewegung überfuhren sie gleich mehrere der Leuchtbaken, mit denen der Rand der Fahrbahn markiert war, und hielten auf einen massiven Felsbrocken zu. Das Cabrio holperte über kleinere Steine hinweg, sodass sich die Drehung verlangsamte – aber mit schreckgeweiteten Augen sahen Tessa und Wayne den Felsen immer weiter auf sich zukommen.

Alles sah danach aus, als ob das Mondcabrio frontal auf den Felsen prallen würde, doch wenige Sekunden vorher stieß das rechte Vorderrad auf einen größeren Brocken. Durch den Aufprall änderte das Cabrio gerade noch rechtzeitig die Richtung und schrammte mit der linken Seite der Karosserie den Felsen entlang. Wenn auf dem Mond Luft vorhanden gewesen wäre, die den Schall hätte übertragen können, wäre ein äußerst hässliches Knirschen zu hören gewesen, mit dem der Stein den grünen Metallic-Lack des Cabrios abfräste, die Seite des Fahrzeugs einbeulte und ihm schließlich noch das linke Hinterrad abriss.

Chen und Fong hatten bei ihrer überstürzten Flucht nicht im Geringsten darauf geachtet, wohin sie rannten. Erst in der Nähe des Raumbahnhofs trauten sie sich, ihr Tempo zu verringern – sie hätten den Sprint ohnehin nicht mehr lange durchgehalten. Sie schauten sich nach etwaigen Verfolgern um, überzeugten sich, dass keine kamen, und machten sich auf den Rückweg zur Sicherheitszentrale. Doch je näher sie der Zentrale kamen, desto mehr verlangsamten sie ihre Schritte. Sosehr sie es aber auch herauszögerten, irgendwann standen sie doch vor Wangs Büro. Sie wurden hereingelassen und bauten sich zögerlich im Eingangsbereich auf. Nach einer Verbeugung begann Chen: »Ähm, Boss, da ist was schiefgelaufen.«

»Schiefgelaufen?«, wiederholte Wang mit einem Tonfall, den beide völlig zu Recht als bedrohlich empfanden.

»Wir wollten ihm nur ein wenig Angst machen, aber er musste ja den Helden spielen.«

»Genau, er hat uns geschlagen«, erklärte Fong und merkte im selben Moment, dass das eher weinerlich klang. »Und dann«, erzählte er weiter, »haben wir zurückgeschlagen, nur einen ganz kleinen Knuff und da ist er gestolpert und in den Schacht gestürzt ... «

»... und in der Vakuumschleuse gelandet«, beendete Chen den Satz für ihn.

»Das heißt – ich verstehe es doch richtig –, dass er jetzt erstickt im Mondstaub liegt?«

Mit gesenkten Köpfen schwiegen die beiden und erwarteten ergeben das Donnerwetter, das jeden Moment auf sie niedergehen musste. Sicherlich nicht der beste Moment, um zuzugeben, dass es auch noch zwei Zeugen gab, die alles beobachtet hatten ...

Wang lächelte und sagte: »Gut gemacht, Jungs! Wirklich gute Arbeit.«

Die beiden starrten ihn ungläubig an; sie waren sich nicht sicher, ob das wieder nur Sarkasmus war und er gleich umso schlimmer explodieren würde. Doch Wang fuhr mit beherrschter Stimme fort: »Schon haben wir ein Problem weniger! Er ist aus Versehen in den Schacht gestürzt, ein bedauerlicher Arbeitsunfall, wie er immer mal wieder vorkommt ... «

Chen fand als Erster die Sprache wieder: »Sollten wir ihn nicht, ähm, bergen?«

Wang aber winkte mit einer knappen Handbewegung ab: »Ach, das hat Zeit. Wir unternehmen erst dann etwas, wenn seine naseweise Tochter sich meldet. Und auch dann machen wir ganz langsam, verstanden?«

»Verstanden, Boss«, riefen beide und stießen in der Tür von Wangs Büro zusammen, als sie gleichzeitig versuchten, so schnell wie möglich aus dem Zimmer zu flüchten.

KAPITEL 19

Spuren im Staub

Als das Mondcabrio zu seinem abrupten Stopp am Felsen gekommen war, blieben Tessa und Wayne, vom Schock noch schwer atmend, zunächst in ihren Sitzen, unfähig zu jeglicher Bewegung. Erst nach einigen Minuten trauten sie sich zu testen, ob sie nichts gebrochen hatten.

»Meinst du, die Raumanzüge sind heil geblieben?«, fragte Wayne, der immer noch regungslos nach vorne starrte.

»Ich glaube, du hättest es gemerkt, wenn deiner ein Loch abbekommen hätte«, sagte Tessa. »Dann wärst du jetzt tot.«

»Danke für den Hinweis.«

Sie stiegen aus, und ohne dass sie die Schäden genau in Augenschein nehmen mussten, war ihnen klar, dass sie mit diesem Cabrio in absehbarer Zeit nirgendwo hinfahren würden.

Sie waren immer noch in unmittelbarer Nähe der Mondbasis, das Versorgungsfahrzeug, mit dem sie beinahe kollidiert wären, hatte seine Fahrt ungebremst fortgesetzt; anscheinend hatte der Fahrer von ihrem gefährlichen Manöver und ihrem Unfall nichts mitbekommen.

Tessa sah etwas und lief voraus; Wayne folgte, immer noch ganz benommen davon, dass er eben gerade fast an einem Felsen zerschmettert worden wäre. Bei Tessa dagegen ließ der Tunnelblick, mit dem sie im Rettungs-Modus war, gar keine solchen Gedanken zu. Sie suchte das Areal nach einem neuen mobilen Untersatz ab. Es waren nur wenige hundert Meter, die sie zurücklaufen mussten, um bis zu einer der Parkflächen zu gelangen, auf denen die Reparaturtrupps die Fahrzeuge für die Außeneinsätze abstellten – von dort musste auch das Fahrzeug gestartet sein, das ihnen so bedrohlich nahe gekommen war.

Tessa rief Wayne zu: »Da, ein Truck!«

Tessa und Wayne lösten das Wartungsfahrzeug vom Stromanschluss der Ladestation. Aber wenn sie gedacht hatten, dass sie den Wagen einfach so kapern könnten, sahen sie sich jetzt getäuscht. Das Armaturenbrett im Führerhaus bestand aus verwirrend vielen Schaltelementen – mehr noch als beim Mondcabrio.

Wayne setzte sich auf den Fahrersitz und begann, an den Knöpfen, Hebeln und Displays herumzuschalten.

Zunächst passierte gar nichts, und Tessa flüsterte Wayne zu: »Weißt du eigentlich, was du da tust …?«

In dem Moment leuchteten mehrere Bildschirme auf, und einige der Leuchtknöpfe sprangen von Rot auf Grün um.

»Tja, lass das mal den Rockstar machen! Funktioniert fast wie ein Mischpult.« Wayne grinste.

Da ertönte eine Stimme aus den Lautsprechern in ihren Raumhelmen. »Zentrale an Mondtruck Alpha. Was macht ihr da, Jungs? Ich hab gar keinen Auftrag für euch auf dem Planer.«

Tessas und Waynes Augen trafen sich, und in beiden stand Panik. Tessa sprach unwillkürlich aus, was beide dachten: »Oh nein – was machen wir jetzt?«

»Wie heißen die Kollegen deines Vaters noch gleich?«, zischelte Wayne ihr zu.

»Wie? Was?« Tessa begriff nicht, worauf er hinauswollte.

»Wie heißen die beiden, und wo kommen sie her?«

»Mikhail, er ist Russe, und Mika aus Finnland.«

»Hm – Finnisch wird schwierig«, murmelte Wayne zu sich selbst. »Also muss es Mikhail sein.« Er griff zum Mikrofon und sprach mit starkem russischen Akzent und tiefer Stimme hinein: »Mikhail hier. Bestätige: Wartungstrupp 3 in Mondtruck Alpha.«

»Ach, du bist es, alter Halunke. Aber sag: Wo wollt ihr jetzt hin?«

Wayne improvisierte: »Ähm, Sektor, äh, Delta, öh, römisch 3 Ost?«

»Sagt mal, hattet ihr gestern zu viel zu trinken? Du meinst wohl Sektor D 3?«

»Äh, ja, klar, genau den! Klar.« Wayne schob einen gespielter Lacher ein. »Weißt doch, kann ich nicht gut mit Zahlen, gerade wenn viel Wodka … «

»Alles klar! Dann legt mal schön los mit der Arbeit. Viel Spaß noch. Over und out!«, rief die Stimme aus der Zentrale lachend, bevor die Verbindung mit einem Knistern abbrach.

Tessa schaute Wayne an. »Sprachbegabt bist du nebenbei auch noch, oder wie?«

»Tja, eines meiner vielen versteckten Talente. Druschba und Nasdrowje!«

»Muss Spaß machen, wenn man sich selber toll findet!«, gab Tessa mit einem Grinsen zurück. Doch wurde sie gleich wieder ernst und fragte ihn: »Wo ist die Stelle, an der wir suchen müssen?«

»Auf dem Schild im Gang stand – Moment, ich hab's

gleich! – T 5«, erinnerte sich Wayne genau im richtigen Augenblick. »Ich würde sagen ...«, er drehte den Kopf erst nach links und dann nach rechts, »... da lang!«

Wayne startete den Motor, und sie schlugen auf der Trasse, die in einem großen Ring um die Mondbasis herumführte, den Weg ein, der sie weiter vom Raumbahnhof weg und zur hinteren Seite führte. Langsam und möglichst unauffällig steuerte Wayne sie durch den Verkehr, der an diesem Montagmorgen außer ihnen nur aus einigen anderen Transportern bestand. So nahm niemand davon Notiz, als sie schon nach kurzer Zeit abbogen und direkt im Kriechgang unter den Streben der Basis entlangfuhren, die von den oberen Stockwerken bis zu ihren großen quaderförmigen Betonfundamenten herunterreichten. In jedem zweiten der Segmente war der Beton kurz über dem Boden von einer Vakuumschleuse durchbrochen, deren Metalltür und Seitenbleche das Sonnenlicht gleißend hell reflektierten.

»S 12«, las Wayne vom nächstgelegenen Schacht ab – die Nummer war in weißer Farbe direkt auf den Beton gemalt. »Sind wir etwa doch in die falsche Richtung gefahren?«

Tessa antwortete nicht. Ihre Nervosität hatte in den letzten Minuten einen neuen Höchststand erreicht. Zwanghaft spielte sie immer wieder vor ihrem inneren Auge durch, wie sie gleich an ihrem Ziel ankommen und was sie dort vorfinden würden. Behutsam ließ Wayne den Transporter auf die nächste Schleuse zurollen. »T 1!«, schrie er fast, sobald er die Schrift an der Wand darüber lesen konnte. »Wir sind richtig!«

Und wirklich: Von hier an waren die Schächte brav

durchnummeriert; als Nächster folgte ordnungsgemäß T 2. Einer glich exakt dem anderen, als sie sie nacheinander passierten, und vor keinem von ihnen war irgendetwas Auffälliges zu sehen. Auf Höhe von T 4 machte die Raumbasis einen Bogen, sodass sie erst unmittelbar davor den ersten Blick auf die Szenerie vor der Schleuse von Schacht T 5 werfen konnten. Auch dieser Schacht war genau wie die anderen konstruiert, und bis auf einige Müllfetzen, die wohl beim Weitertransport aus den Containern gefallen waren, gab es dort ebenfalls nur den üblichen feinkörnigen Mondstaub zu sehen. Vor allem aber – und Tessas Herz machte vor Freude einen großen Hüpfer – war dort nichts von einem zerschmetterten, explodierten, toten Leo zu sehen!

»Er muss noch drin sein!«, sagte sie zu Wayne über die Sprechanlage. Doch so fröhlich sie geklungen hatte, so schnell sackte ihr der Magen wieder eine Etage in die Tiefe, als sie sich vorstellte, in welchem Zustand sie ihren Vater in der Schleuse vorfinden würde. Nein, nein, das durfte nicht sein, dachte sie und wischte das unerträgliche Bild, das sich in ihrem Kopf gebildet hatte, schnell wieder fort. Vor allem aber war ihr ein neuer Gedanke gekommen, der ihr, wie sie fand, ruhig schon etwa eher hätte einfallen können: Wie öffnete man eigentlich die Vakuumschleusen von außen?

Tessa und Wayne standen im Staub vor Schleuse T 5. Doch die Rampe, über die der Inhalt hinausgeblasen wurde, war von außen nur als Umriss im glatten Metall der Außenhülle zu erkennen. Außer einer winzigen Sichtluke gab es nichts – keinen Griff, kein Drehrad, noch nicht einmal einen Sensor.

»Mist, Mist, Mist«, fluchte Tessa. Sie merkte, wie ihr die Tränen ihr in die Augen stiegen. Nun waren sie so kurz vorm Ziel, und mussten doch aufgeben – das war einfach zu grausam, um wahr zu sein. Was konnten sie denn jetzt noch tun?

Wayne tippte ihr auf die Schulter. Erschrocken und auch wütend fuhr sie herum. Doch bevor sie Wayne beschimpfen konnte, deutete er wortlos mit dem Zeigefinger auf Spuren im Mondstaub, die ihr noch gar nicht aufgefallen waren, so sehr war sie mit der Suche nach einem Einstieg beschäftigt gewesen.

Der Boden war überall aufgewühlt, und es lagen verschiedenste Werkzeuge herum, die ganz offensichtlich erst vor Kurzem dort gelandet waren – sie glänzten und funkelten im Licht, mit dem die Sonne die Senke des Mare Imbrium mehr und mehr strahlend hell erleuchtete. Tessas ganze Aufmerksamkeit galt aber etwas anderem – und wieder tat ihr Herz einen Hüpfer: Stiefelspuren! Stiefelspuren, die sich von der Mondbasis entfernten!

Wayne meldete sich bei Tessa: »Denkst du, was ich denke ...?«

Tessa funkte zurück: »Ich glaub schon!«

Auf Tessas Gesicht machte sich ein unbezähmbares Lachen breit: Ihr Vater hatte den Sturz überlebt! Jetzt mussten sie ihn nur noch finden und zur Mondbasis zurückbringen. »Nur noch« war sicher ein dehnbarer Begriff, aber in ihrer Euphorie stellte Tessa sich die Rettungsaktion, die nun folgen würde, als den leichtesten Teil der Übung vor: so wie man eine Freundin zur Verabredung aufpickt. Womit sie ein weiteres Mal ziemlich falschlag.

Sie stiegen wieder in das Wartungsfahrzeug, und diesmal reizte Wayne die Geschwindigkeit, die der Transporter zu bieten hatte, voll aus. Selbst auf der ebenen Piste, auf der sie fuhren, schüttelte sie der nur schwach gefederte Wagen bei diesem Tempo heftig durch.

»Auf zu Leo!«, rief Wayne Tessa zu. Er verströmte dieselbe Euphorie, die Tessa antrieb und davor bewahrte, darüber nachzudenken, auf was für eine gefährliche Mission sie sich hier eigentlich eingelassen hatten und wie schlecht sie dafür gerüstet waren …

Trotz der Anspannung herrschte bei den beiden richtige Ausgelassenheit, als sie den Fußspuren, die Leo hinterlassen hatte, hinterherfuhren. Wayne gab Tessa über den Sprechfunk ein Ständchen mit ihren Lieblingssongs, und sie sang dazu die zweite Stimme.

Why would I ever let you go?
You'll see my true colors any time soon
When I take you out to see the show
On the dark side of the moon

Hallo, Beagle. Hier noch mal Tessa. Kleine Korrektur: Nicht ich bin verrückt, die Welt ist verrückt – das ist auf dem Mond nicht anders als auf der Erde. Mir dagegen geht's gut. Genau genommen ging es mir noch nie so gut wie gerade jetzt. Beagle, weißt du eigentlich, was wahre Liebe ist? Ich hab's jetzt herausgefunden. Und ich wünsche dir, dass auch du es eines Tages tust. Muss jetzt weiter, meinem Vater das Leben retten.

Leos Abdrücke waren und blieben die einzigen Fußspuren zwischen den zahlreichen Reifenspuren, die sich teils zu richtigen Straßen im Mondstaub verdichtet hatten. An einer Stelle schien es ihnen, als hätten sie die Spur verloren, obwohl sie sich eigentlich sicher waren, dass die Fußstapfen an keiner Stelle von der Hauptstrecke abgebogen waren. Tessa zeigte Wayne an, er solle anhalten. Sie stieg aus und kniete sich in den Mondstaub, um die Spuren näher zu untersuchen. Doch, da waren die Fußspuren noch, nur ganz schwach zu erkennen, weil der Boden so festgefahren war, dass sie kaum Eindrücke hinterließen.

Mit hochgerecktem Daumen – auf Originalität kam es jetzt nicht an, fand Tessa – gab sie Wayne, der am Steuer geblieben war, zu verstehen, dass sie weiterfahren könnten.

Wayne ließ es etwas langsamer angehen, nun, da sie ihrem Ziel immer näher kamen.

Es dürfte jetzt auch nicht mehr weit sein – so viel Vorsprung konnte Leo, selbst wenn er unverletzt geblieben war, gar nicht mehr haben. Hier waren kaum noch Reifenspuren vorhanden, und die Fußstapfen daher umso deutlicher zu erkennen. Vom hinteren Bereich der Mondbasis aus waren die ersten Ausläufer der Hügel, die sich langsam zum Kraterrand des Mare Imbrium erhoben, gar nicht weit, und Tessa und Wayne hatten die plane, eintönige Ebene schon verlassen, als sie unvermittelt aufschrie. Sofort brachte Wayne das Transportfahrzeug zum Stehen. »Was?«, fragte er bloß.

»Schau!«, erwiderte sie.

Was mochte in Leo vorgegangen sein, als er diese Stelle erreicht hatte? Seine Fußspuren lösten sich von der Fahrspur und schlugen eine neue Richtung ein, durch unberührt daliegenden Mondstaub eine Flanke des Hügels hinauf. Wieder ging Tessa auf alle viere, um das Muster der Sohlenabdrücke genau zu untersuchen – es war genau dasselbe wie das, dem sie schon die ganze Zeit gefolgt waren. Sie waren also weiterhin auf der richtigen Fährte. Aber warum bloß war Leo hier abgebogen?

Das Gelände war hier von vielen kleineren Findlingen übersät, die das Weiterfahren unmöglich machten. Notgedrungen ließen sie den Transporter am Wegesrand zurück, nachdem sie sich mit Sauerstoffflaschen aus dem Vorrat des Trucks versorgt hatten. Tessa zeigte Wayne, wie man die Flasche sicher anschnallte, und er kontrollierte seinerseits, ob an ihrem Raumanzug alles richtig saß. So zogen sie los; den Plan, Hand in Hand zu gehen, mussten sie aber schon nach wenigen Metern wieder aufgeben, weil an kaum einer Stelle Leos Pfad breit genug für zwei war. Ihnen bleib nichts anderes übrig, als im Gänsemarsch, Tessa voraus, Wayne hinterdrein, der Spur zu folgen.

Je weiter sie kamen, desto dünner wurde die Staubschicht. Die Abdrücke, die sich weiter hangaufwärts fortsetzten, waren bloß noch flach und ganz unauffällig. Kurz darauf bestand der Boden nur noch aus blankem Gestein – keine Spur mehr, der man folgen konnte.

Tessa und Wayne dachten offensichtlich gleichzeitig dasselbe; beide schauten sich ratlos an, und Tessa ließ grübelnd kleine Steinchen von einer Hand in die andere rieseln, was sie der Lösung des Rätsels aber nicht näher brachte. Als Tessa wieder aus der Hocke aufstand, schaute sie erstmals bewusst in Richtung der Hügel. Wayne folgte ihrem Blick, und auch ihm blieb der Mund vor Staunen offen stehen.

KAPITEL 20

Wie man im Vakuum überlebt

Der Kinnhaken hatte Leo das Bewusstsein geraubt, und er sah die sprichwörtlichen Sterne vor Augen. Es stimmt also, was sie sagen …, dachte er. Als er einen Augenblick später wieder bei sich war, merkte er, wie er hilflos nach hinten stürzte und in die offen stehende Schachtöffnung hineinfiel. Nachdem er schon einige Meter im freien Fall zurückgelegt hatte, fiel ihm auf, dass er sich weiter an die Sauerstoffflasche klammerte, die er eben noch zu seiner Verteidigung gegen die beiden Schläger verwendet hatte. Als der Schacht seine Richtung änderte und aus der Senkrechten in eine lang gestreckte Kurve überging, bremste das zwar seinen Fall ab, dafür aber machte er mehrfach unangenehm enge Bekanntschaft mit den Wänden des Schachtes und holte sich am ganzen Körper blaue Flecken. Aber nicht nur er wurde durch die Wucht seiner kinetischen Energie umhergeschleudert, auch alles, was gleichzeitig mit ihm in den Schacht gefallen war, prallte wie in einem Flipperautomaten wild von einer Seite zur anderen hin und her. Dabei hatte Leo noch Glück, dass ihn von den schweren Metallteilen nur eine Rohrzange erwischte, die ihn schmerzhaft am Rücken traf.

Der Neigungswinkel des Schachtes flachte ab. Leo, der an der Seitenwand entlangschabte, konnte seine Geschwindigkeit weiter verlangsamen und kullerte bloß noch herab, anstatt unkontrolliert zu fallen. Er schaffte es, mit einer halben Drehung seine Füße nach unten zu bekommen und wurde nach einigen weiteren Metern unsanft vom Auslass des Schachtes in eine Kammer gespuckt. Leo hatte einige Schrammen und Beulen – und nicht zu vergessen, ein schmerzendes Kinn, wo ihn der Faustschlag getroffen hatte – ansonsten aber war er unverletzt. Leo rappelte sich keuchend auf und kam, an die Wand gelehnt, nach und nach wieder zu Atem.

Gedämpft durch den Schock, der ihn noch nicht wieder klar denken ließ, nahm er ein rotes Blinklicht wahr und auch eine mechanische Stimme, die ansagte: »Dekompression erfolgt in 60 Sekunden.«

Mit einem Mal wurde Leo klar, wo er gelandet war. Eiskalte Panik durchströmte ihn und ließ ihm die Knie weich werden. Er steckte in einer Vakuumschleuse – die sich in wenigen Sekunden öffnen und ihn auf die Mondoberfläche schleudern würde! Leo hörte ein Zischen, und sah, wie sich das schwere Schott in der hinteren Wand der Kammer rumpelnd schloss. Sein Blick fiel auf die Wand zu seiner Rechten. Hinter einer Glastür war eine Raumausrüstung für Notfälle aufgehängt. Er riss den Hebel auf, griff sich den Anzug und schlüpfte in aller Hast hinein.

»Dekompression erfolgt in 45 Sekunden!«

Er schnappte sich den Helm und zog die Halterung, die ihn mit der Halsöffnung des Anzugs verband, fest an.

»Dekompression erfolgt in 20 Sekunden!«

Ihm wurde klar, dass er es nicht mehr schaffen würde, an die vorgesehene Sauerstoff-Einheit des Raumanzuges zu kommen. Und vielleicht hätte er in dieser Lage auch nicht mehr an die Sauerstoffflasche gedacht, die ihm beim Aufprall in der Vakuumschleuse entglitten war, wenn sie nicht direkt zu seinen Füßen gelandet wäre.

»Drei!«

Er griff die Flasche vom Schweißgerät.

»Zwei!«

Und drückte sie fest an sich.

»Eins!«

Die Außentür der Schleuse öffnete sich, und er und sämtliche Werkzeuge, die mit ihm den Schacht hintergepurzelt waren, wurden durch den gewaltigen Unterdruck nach draußen gesogen. Leo schoss einige Meter durch den luftleeren Raum, bevor er auf dem Boden auftraf. Er versuchte sich abzurollen, prallte aber wie ein schwerfälliger Flummi vom Boden ab und vollführte einige Drehungen um die eigene Achse, bis er schließlich unsanft im Staub zum Halten kam.

Sosehr ihn die letzte Etappe seines Sturzes auch durchgeschüttelt hatte, zwang Leo sich dennoch, seine Gedanken zu fokussieren. Augenblicklich rappelte er sich auf, strich den Staub vom Visier seines Helms und fixierte die Sauerstoffflasche mit einem Klettverschluss seines Raumanzuges, der eigentlich für Werkzeug vorgesehen war, vor seiner Brust.

»Bitte, bitte, lass das Ventil ein Viertelzoll sein!«, sagte Leo zu sich. Obwohl seine Hände zitterten, gelang es ihm, die Sauerstoffflasche an den Stutzen des Raumanzugs zu setzen. Das Ventil griff passgenau in die Öffnung. Leo atmete durch, als sich mit einem Zischen sein Helm mit Atemluft füllte. Er gab seinem Impuls nach, und der lautete: Flüchten! Zunächst einmal musste er so weit außerhalb der Reichweite der Schläger gelangen, dass sie ihn nicht einholen konnten – und dann, später, heimlich wieder durch eine Schleuse in die Mondbasis hineinschlüpfen …

Ihm war bewusst, dass das schwierig werden würde. Aber im Moment durchströmten so viele einander widersprechende Gedanken seinen Kopf, dass er sich unmöglich für einen der Pläne hätte entscheiden können. So lief er zunächst ohne Ziel in Richtung der nahen Bergkette. Sich so lange zu verstecken, bis die Luft wieder rein sein würde, war keine realistische Option, das wusste er – dafür reichte sein winziger Luftvorrat bei Weitem nicht aus. Er konnte nur darauf hoffen, dass er am Hauptweg von irgendjemandem aufgelesen wurde, und dafür gab es genau zwei Möglichkeiten: Entweder er hatte Glück und würde auf ein Fahrzeug vom Wartungsdienst treffen, möglichst mit einem Kollegen an Bord, der ihn als blinden Passagier wieder in die Mondbasis einschleusen würde – oder er hätte Pech, und er würde von einer Patrouille des Sicherheitsdienstes einkassiert; und in dem Fall, schätzte Leo, wäre es fast besser, er würde in den Bergen bleiben und abwarten, bis der Sauerstoff zur Neige ginge.

Er dachte an Tessa. Nein, allein schon wegen ihr könnte er nicht einfach aufgeben und sich zum Sterben in den Mondstaub legen …! Es war ja so schon schlimm genug. Er hatte keine Ahnung, wo sie war und wie es ihr ging und ob Wangs Schergen sie nicht auch schon längst geschnappt hatten! Er fand zu seiner alten Entschlossenheit zurück. Sollte es ruhig zum Äußersten kommen, er war bereit, sich dem zu stellen. Nicht, damit seine Tochter ihn endlich cool fände – sondern einfach deswegen, weil es das Richtige war.

Noch aber war es längst nicht so weit. Leo ermahnte sich, sich nicht in trüben Gedanken zu verlieren, und beschleunigte seinen Schritt. Auf der Trasse war es dank der Spurrillen, die zahllose Reifen in den staubigen Untergrund gegraben hatten, einigermaßen bequem zu gehen, und so legte Leo ein gutes Stück Weges zurück, ohne allzu sehr außer Puste zu geraten und durch heftiges Atmen seinen Sauerstoff vorzeitig zu verbrauchen.

Auf der Piste nahm er in der Ferne ein Fahrzeug wahr. Noch konnte er nicht erkennen, was für eines es war. Es kam näher, und er meinte, die blau-weiße Lackierung und das Wappen des Sicherheitsdienstes auszumachen …! Er bog von der Piste ab und hastete über ein Geröllfeld, in dem er sich hoffentlich irgendwo verbergen konnte. Seine Hoffnung war, dass es bloß eine normale Patrouillenfahrt war. Wenn sie ihn tatsächlich schon aktiv suchten, mit ihren Wärmekameras, Laserdrohnen und was sie sonst noch in ihrem Arsenal hatten, hätte er keinerlei Chance zu entkommen.

Er war schon ein ganzes Stück oberhalb der Strecke, als er anhielt und sich, so gut es eben ging, hinter einem der größeren Felsbrocken verbarg. Der Blick ging von hier weit über die hell erleuchtete Landschaft, über der sowohl die Erde als auch die Sonne im tiefschwarzen Himmel standen. Die Raumbasis war von hier schon zu einem ganz zerbrechlich wirkenden Fremdkörper geworden, aus dessen gedrungener Form einzig die Glaskuppel in der Mitte und dahinter die Türme der Startrampen am Raumbahnhof herausstachen. Leo drehte sich um, um abzuschätzen, ob er weiter oben den Hang hinauf noch ein besseres Versteck finden könnte, als er überrascht stehen blieb.

Hinter der Anhöhe blitzte plötzlich ein Kranausleger hervor.

Leo wollte zunächst gar nicht wahrhaben, was er da sah. An dieser Stelle verzeichnete keine der Mondkarten weit und breit auch nur ein einziges Gebäude, in diesem Bereich gab es angeblich noch nicht einmal Messsonden oder sonst einen wissenschaftlichen Außenposten. Und doch hatte jemand hier einen Kran aufgestellt! Leo versuchte gar nicht erst Mutmaßungen anzustellen, wieso und wozu das geschehen war, aber am ehesten erwartete er, hier noch eines von Wangs geheimen Bergwerken vorzufinden. Was er aber stattdessen sah, traf ihn völlig unvorbereitet.

In einer kleinen Senke, die ein Meteoritensplitter vor Millionen von Jahren durch seinen Einschlag zu einem perfekten Zirkel geformt hatte, stand, von dem einen großen und mehreren kleinen Kränen umgeben, ein ovales Gebäude mit einer Kuppel, die von Stahlträgern gehalten wurde, wie ein Zirkuszelt aus Glas und Metall.

Auch nach über einem Jahr auf Mao-Gandhi II fand Leo, wenn er nach einem Außeneinsatz wieder zur Mondbasis zurückkehrte, die Vorstellung immer noch irrsinnig, dass es auf dem feindlichen Himmelskörper tatsächlich eine Oase der Menschheit gab. Der Gedanke nahm ihn immer wieder mit und machte ihm Gänsehaut. Aber dies hier übertraf an Wahnsinn alles, was er bislang auf dem Mond gesehen hatte, das Bergwerk eingeschlossen. Ein Vergnügungspark im All …

Leo lief auf das seltsame Gebilde zu; er konnte erkennen, dass über dem Eingang große Leuchtbuchstaben angebracht waren, die im Moment aber, wie das ganze Gebäude, im Dunkeln lagen. Er las »Xing Yun Bing Resort« – den Namen erklärte das Logo des Ganzen, das über der Schrift angebracht war: ein aufgeknackter Glückskeks, aus dem das Zettelchen mit dem Kalenderspruch herauslugte …

Es standen noch einzelne Baufahrzeuge neben dem Gebäude geparkt, aber eigentlich schien es fertig zu sein. Er schaute durch die Scheiben der Eingangstüren. Im Licht, das durch die getönten Glasscheiben drang, erkannte er Dinge, die er auf dem Mond nicht erwartet hätte: etwas, das aussah wie eine überdimensionale Rutsche, ein Kettenkarussell, ein kleines Riesenrad.

»Ich glaub's ja nicht!«, flüsterte Leo.

Nun stand er direkt vor den Eingangstüren des Vergnügungsparks. Aber die Luftschleuse am Eingang war deaktiviert, wie er gleich erkannte. Wo ein Licht hätte leuchten sollen, war das Panel abgeschaltet und schimmerte bloß mattschwarz und leblos. Unwillkürlich ließ Leo seinen Blick wieder zur Sauerstoffanzeige wandern, die nur noch knapp über dem kritischen Bereich lag.

»Nicht, dass das hier auf den letzten Metern noch schiefgeht … «, murmelte er.

Aber als Techniker besaß Leo nun einmal ein Gespür dafür, wo man am besten nach einem Nebeneingang oder Versorgungsschacht suchen musste. Er ging ein kleines Stück nach rechts, wo die Glasfassade des Eingangbereichs in schmucklose Blechpaneele überging. Und sein Instinkt hatte ihn nicht getrogen. Einmal um die Ecke gebogen, und schon stieß er auf eine unauffällige Metallluke, deren Sensor tatsächlich schwach leuchtete und Funktionsfähigkeit signalisierte.

Leo öffnete die Tür und schaltete die dahinterliegende Vakuumschleuse ein. Ein paar bange Sekunden vergingen, in denen er sich nicht sicher sein konnte, ob die Schleuse auch wirklich aktiv war und seinen Sensor-Befehl tatsächlich ausführen würde. Doch da setzte ein Blinklicht ein, die Außentür schloss sich, und über die Ventile strömte Luft hinein.

Wenn schon die Schleuse funktionierte, war sich Leo ziemlich sicher, dann müsste doch auch im Vergnügungspark Luft sein – dann wäre er wirklich gerettet – na ja, vorerst … Ja! – Die Kontrollinstrumente in der Schleuse zeigten einen Druck von 1015 Hektopascal und einen Sauerstoffgehalt von 20 Prozent an, ganz normale Standardwerte also.

Vorsichtig öffnete Leo die Befestigung seines Helmes und setzte ihn ab. Wie gut es tat, wieder frei atmen zu können! Er betätigte den Sensor rechts neben der Tür, und das Schott ließ sich nun in seinen Scharnieren mühelos nach innen öffnen. Mit vorsichtigen Schritten – auf Zehenspitzen zu laufen war in den Stiefeln des Raumanzuges beim besten Willen nicht möglich – trat er ein und wagte sich in das menschenleere Glückskeks-Resort. Glück, überlegte er, war etwas, was er wirklich dringend brauchte, wenn diese Geschichte ein gutes Ende finden sollte.

Eine Baustelle im Nichts war nun wirklich nicht das, was Wayne und Tessa erwartet hatten.

»Denkst du, was ich denke?«, fragte Wayne.

»Keine Ahnung.«

»Was immer hier gespielt wird, Rock 'n' Roll ist es auf jeden Fall nicht.«

Sie schritten schnell voran, und ihr Blick auf das seltsame Gebäude erweiterte sich ständig. Unter dem hoch aufragenden, großen Baukran und seinen kleinen Geschwistern tauchte eine Kuppel auf, und bald hatten sie das gesamte Gelände vor sich. Nun konnten sie auch erkennen, dass es von der anderen Seite des Hauptgebäudes eine Straßenverbindung gab, die wohl wieder zur Mondbasis führte.

»Wer, bitte schön, baut einen Zirkus auf dem Mond? Und woher wusste dein Vater bloß, dass er hier etwas finden würde?«

»Frag mich was Leichteres! Aber Leo ist da drin, das ist ja wohl die Hauptsache. Komm, wir haben's gleich geschafft!«

Wayne und Tessa erreichten schon nach wenigen Minuten den Jahrmarkt, beflügelt von dem Gedanken, dass sie Leo nun bestimmt gleich finden würden. Die letzten Meter liefen sie und versuchten, durch die Scheiben hindurch mehr von dem zu erkennen, was im Inneren war. Tessa meinte, als sie davorstanden und hineinschauten: »Für mich sieht's eher aus wie ein Vergnügungspark. Schau mal! Es gibt auch ein Kettenkarussell. Das hab' ich schon als Kind geliebt!«

Nun standen Tessa und Wayne vor der Eingangsschleuse – und erneut vor dem Problem der verschlossenen Tür, wie gerade erst an der Mondbasis.

»Das wird langsam zur Gewohnheit«, stellte Wayne trocken fest und zerrte am metallenen Drehrad herum. Tessa hatte nicht ernsthaft erwartet, dass es sich einfach so bewegen ließe. Nach ein paar weiteren Fehlversuchen schien auch Wayne zu dieser Einsicht zu gelangen, und er sprach aus, was auch Tessa überlegt hatte: »Wie sollen wir nur hineinkommen?«

»Ganz einfach: wie Leo!«, sagte sie plötzlich und deutete nach rechts. Seine Spuren hörten eben doch nicht am Eingang auf, sondern setzten sich entlang der Außenwand fort … Schon war sie losgelaufen und ließ Wayne keine andere Wahl, als ihr hinterherzukommen.

Leo durchstreifte die Halle, in der nichts darauf hindeutete, dass außer ihm noch weitere lebendige Wesen anwesend sein könnten. Langsam beruhigte er sich: Wang hatte hier keine Leute postiert. Die Atemluft war stickig, die Turbinen der Belüftungsanlage, von denen Leo ein paar unter der Hallendecke gesehen hatte, standen still. Zu hören war nur ein sonores elektrisches Summen. Leo bemerkte, dass auf allen Oberflächen eine leichte Staubschicht lag. Es musste Wochen her sein, dass jemand die Halle betreten – oder zumindest staubgewischt – hatte. Auch auf dem Fußboden war er wieder der Einzige, der Spuren hinterließ.

Als er sich noch einmal umdrehte, sah er über den Eingangstüren ein großes Porträt von Meister Li, versehen mit dem Schriftzug: »Der edle Spender des immerwährenden Vergnügens für Jung und Alt.«

»Meister Li«, sagte Leo zum Porträt gewandt, hielt eine Hand zu einem militärischen Gruß an die Stirn und sagte, der Wortwahl des Schriftzuges angemessen: »Ich salutiere ihrer Unbeirrbarkeit!« Er ließ die Hand sinken. »Und ihrem Wahnsinn, hier so etwas aufzubauen …!«

Leo fiel ein, dass er den Raumanzug jetzt ablegen könnte. Nur sollte er besser ein geeignetes Versteck für ihn finden. Er hatte sich schon ein gewisses Stück vom Eingang entfernt und stand jetzt vor der riesigen Tunnelrutsche, die unter dem Scheitelpunkt der Kuppel aufgebaut war und zu deren Spitze direkt unter dem Dach eine elegant geschwungene Wendeltreppe aus Metall führte.

Was hatte Li hier bloß alles aufgefahren? Das Kettenkarussell war nicht gerade das kleinste Modell, und das Riesenrad, das neben der Rutsche unter der Kuppel stand und auch bis knapp unter die Decke reichte, war wohl an die zehn Meter hoch. Ihn erinnerte die menschenleere Halle fatal an die Geisterstädte seiner Heimat, mit den vielen Bürotürmen, die seit dem 2. Internetkrieg verlassen vor sich hin rotteten und in denen das Mobiliar oft einfach stehen geblieben war …

Er kam vorbei an der Geisterbahn. Er schmunzelte. Wenn der Jahrmarkt schon Irrsinn war, dann trieb die Geisterbahn die Absurdität auf die Spitze. Wer brauchte hier noch etwas zum Extra-Gruseln, während sich um ihn herum ohnehin lauter schreckliche Dinge abspielten … Er fand beim Kassenhäuschen beim Eingang ein passendes Plätzchen, deponierte dort seinen Raumanzug und den Helm und ging weiter.

Leo war gerade an der letzten Monsterfigur, die in der Bewegung, mit ihren krallenartig verformten Händen nach den Passanten zu greifen, erstarrt war, vorbeigelaufen, als er es sich noch einmal überlegte. Hinter der Reihe der Wägelchen auf ihren Schienen standen einige weitere Schreckensgestalten, unter ihnen, zwischen einem Zombie und einem Werwolf, auch ein Skelett mit Kutte und Kapuze, das eine mittelalterliche Hellebarde hielt.

»Die Sensen waren wohl gerade aus …«, murmelte Leo, als er dem Tod seine Waffe abnahm.

Was er nun noch brauchte, war eine Art Cafeteria. Li hatte in seinem Vergnügungspark doch bestimmt auch an Gastronomie gedacht. Und wenn dort schon Vorräte lagerten, konnte er es hier notfalls eine ganze Weile aushalten.

Ihm knurrte der Magen; nun gut, ohne eine Mahlzeit könnte er es sicher noch aushalten, aber wenn er hier kein Wasser fand, müsste er sich nur allzu bald auf den gefahrvollen Weg zurück zur Mondbasis begeben …

Wayne und Tessa folgten weiter Leos Spuren. In der Senke war die Oberfläche wieder mit dem gewohnten Staub bedeckt, und so führten Leos Fußstapfen sie schnell zum Nebeneingang, den Leo ganz vergessen hatte zu deaktivieren. Tessa erkannte dasselbe System wieder, das auch bei der Verleihstation die Vakuumschleuse steuerte, und mit wenigen Handbewegungen kriegte sie es hin, dass sich die Außentür schloss und sie die Durchsage hörten – von der Stimme, die Tessa schon von der Mondbasis kannte; – »Kompression erfolgt in 15 Sekunden ...«

In wenigen Metern Höhe, wie Leo bemerkt hatte, verlief eine Empore an der Wand der Halle. In der Mitte der Empore war ein Glaskasten aufgebaut, der mit einer schweren Metalltür gesichert war und in dem sich anscheinend so etwas wie die Schaltzentrale des Vergnügungsparks befand; so deutete Leo jedenfalls die Pulte mit Bildschirmen und Anzeigelämpchen, die im Moment aber alle stumm und dunkel dalagen. Zu beiden Seiten des Glaskastens verlief ein Gang, der an mehreren Stellen zu Aussichtsplattformen erweitert war, von denen aus irgendwann einmal Besucher einen Blick auf das Gewimmel im Erdgeschoss werfen konnten – irgendwann einmal ...

Gar nicht verkehrt!, dachte Leo, der schon die ganze Zeit die Halle nach einem Platz abgesucht hatte, wo er einen guten Überblick hätte und sich gleichzeitig möglichst unauffällig verschanzen könnte.

Jetzt, da er zumindest notdürftig bewaffnet war, würde er sich erst einmal um den Bau seiner Lagerstätte kümmern. Er legte die Sauerstoffflasche, die er vom Raumanzug abgetrennt hatte, und die Hellebarde ab und tat noch die Rohrzange dazu, die er aus einer Tasche seines Overalls zog. Eine Suche in der näheren Umgebung erbrachte als Ausbeute einige Pappkartons und Decken, die um noch unausgepackte Dekorationen für den Jahrmarkt gewickelt waren.

»So, jetzt sind wir häuslich eingerichtet!«, sagte Leo zu sich selbst. Unter den gegebenen Umständen wäre vielleicht auch seine kritische Tochter damit einverstanden, dachte er weiter. Er lächelte, doch gleich beim Gedanken an Tessa zog sich regelrecht sein Herz zusammen. – Er wusste nach wie vor nicht, wie es ihr gerade ging, er konnte nur annehmen, dass sie sich genauso schreckliche Sorgen um ihn machte wie er sich um sie …

Als nächsten Programmpunkt hatte Leo die Suche nach etwas Essbarem und vor allem nach Trinkwasser vorgesehen. Doch da drang das Zischen der Vakuumschleuse in sein Versteck vor. Leo zuckte entsetzt zusammen.

»Mist – das hat ja nicht lange gedauert!«, fluchte Leo, der sicher war, dass die Leute vom Sicherheitsdienst seine Fährte gefunden hatten. Er traute sich nicht, über den Rand des Geländers zu schauen, weil er fürchtete, damit sein Versteck preiszugeben. So blieb ihm nichts anderes übrig, als zu lauschen, was die Eindringlinge vorhatten.

Wer immer seine Besucher waren, sie verursachten ein merkwürdiges Geraschel und Gerumpel, das Leo in seinem Versteck nicht wirklich deuten konnte, bis er darauf kam, dass sie natürlich erst einmal ihre Raumanzüge und Helme ablegen mussten. Nun hörte er, wie sich ihre Schritte näherten. Immerhin: Es schienen nicht viele Security-Leute zu sein, offensichtlich nur eine Zwei-Mann-Patrouille – mit der könnte er notfalls wohl fertigwerden. Besser aber wäre es natürlich, wenn sie gar nicht erst spitzkriegten, dass sie ihm, dem Gesuchten, schon bedrohlich nah auf den Pelz gerückt waren.

Tessa hatte bereits die Hände an den Mund gesetzt, um nach ihrem Vater zu rufen, als Wayne sie zurückhielt und ihr zuflüsterte: »Bloß nicht! Weißt du denn, ob hier nicht irgendwo Security-Leute stecken? Lass uns lieber vorsichtig sein und das Ding hier erst mal in Ruhe erkunden.«

Wayne deutete nach oben, auf die Empore: »Von da aus können wir uns doch prima umsehen – was meinst du?«

Tessa nickte zum Einverständnis.

Sie stiegen die Treppe hinauf. Tessa nutzte die Gelegenheit, Wayne fest an sich zu drücken. Sie war ganz überrascht, wie schnell das zu einer Gewohnheit geworden war, von der sie gar nicht mehr lassen mochte. Wayne umfasste sie mit dem Arm um die Schultern, und auch auf dieses Gefühl wollte sie nie mehr verzichten …

Jetzt waren die Schritte ganz nah gekommen. Leo rann der Schweiß. Er saß in der Falle – so hatte er sich das mit seinem Versteck nicht vorgestellt … Die Schritte hatten aufgehört; offenbar war die Patrouille direkt vor seinem Verschlag stehen geblieben. Leo versuchte, flach zu atmen und sich zu konzentrieren. Es gab nur einen Ausweg: Er musste einen Überraschungsangriff starten. Er griff sich sein Waffenarsenal, zählte lautlos einen Countdown von zehn bis null und stürzte sich mitsamt Hellebarde und Rohrzange aus seinem Versteck. »Aaargh!«, brüllte er dabei als unartikulierten Kampfschrei.

Tessa und Wayne stießen ihrerseits vor Schreck einen ganz ähnlichen Schrei aus, als plötzlich eine Gestalt mit einer langen Waffe mit spitzer Klinge aus dem Haufen Pappkartons hervorbrach und auf sie zugerast kam. Tessa hechtete zur Seite, während Wayne, der einem plötzlichen Impuls folgte, stehen blieb und sich dem Angreifer stellte. Durch eine Drehung zur Seite in letzter Sekunde ließ er, wie ein Torero in der Arena, den Angreifer ins Leere laufen. Der stoppte und wollte sich rasch umwenden, blieb aber beim Wenden mit der langen Spitze seiner Hellebarde zwischen den Sprossen des Geländers stecken. Der plötzliche Widerstand riss ihn von den Beinen, und er verlor die Rohrzange, die scheppernd zwischen ihm und Wayne aufkam. Geistesgegenwärtig sprang Wayne auf die Rohrzange zu und holte damit über den Kopf aus, um seinem Gegner den entscheidenden Schlag zu versetzen.

»Nein – das ist Leo!«, schrie Tessa in dieser Sekunde. Doch konnte Wayne den Schwung, mit dem er den Arm mit dem schweren Metallwerkzeug niederschleuderte, nicht mehr abbremsen, und so entging Leo nur dadurch, dass er sich vor dem Schlag gerade noch wegducken konnte, einer gewaltigen Beule. Mit einem lauten, durch den ganzen Vergnügungspark hallenden Knall krachte die Rohrzange auf den Boden, nur wenige Zentimeter vor Leos Gesicht.

Die Zange prallte vom Boden ab, fand eine Lücke zwischen den Stäben des Geländers und landete mit einem weiteren Knall im Erdgeschoss. Als das Echo verhallt war, war alles wieder still. Keiner sprach ein Wort, keiner war zu irgendeiner Bewegung fähig. Außer dass alle drei am ganzen Leibe zitterten, waren sie wie in einer Pantomime mitten in der Bewegung erstarrt. Leo lag auf dem Rücken und hielt noch die Arme zur Abwehr über sich, Wayne war über ihn gebeugt, ganz so wie ein Raubtier im Begriff, sich auf seine Beute zu stürzen, und Tessa stand im Ausfallschritt ein paar Meter zurück, die Hände zu einer hilflosen Geste erhoben.

Erst nach mehreren Sekunden löste sich Tessa als Erste aus der Schockstarre. Sie lief auf Leo zu, warf sich regelrecht auf ihn, brach in Tränen aus und verschwendete diesmal keinen einzigen Gedanken daran, wie das wohl wieder aussähe. Auch Waynes Augen wurden feucht, als er das innige Wiedersehen der beiden beobachtete. Es brauchte gar keine Worte, damit beide verstanden, was im anderen vorging.

Leo streichelte seiner Tochter über die Wange und flüsterte unter Tränen immer wieder »Tessa, meine Tessa!« .

Tessa strich ihrem Vater durchs Haar und küsste ihn auf Augen, Stirn und Nase – was eben gerade zu erreichen war. Langsam beruhigten sich beide wieder. Tessa wischte sich mit dem Handrücken die Augen trocken und schob sich die ins Gesicht gefallenen Haare aus der Stirn. Leo und sie, noch immer eng umschlungen, schauten gleichzeitig Wayne an, der die ganze Zeit diskret dabeigestanden hatte. Tessa und Leo lachten los, und auch Wayne konnte gar nicht anders, als mitzulachen.

Tessa löste sich aus der väterlichen Umarmung und stand auf. Sie fasste sich, fand ihre Stimme wieder und stellte die beiden formvollendet einander vor: »Papa, das ist Wayne; Wayne, das ist mein Vater Leo.«

»Angenehm!«, sagte Wayne.

»Angenehm!«, antwortete Leo.

Und wieder lachten alle drei.

KAPITEL 21

Eine Leiche geht wandern

Als sie Hals über Kopf – aber wenigstens saß bei beiden der Kopf noch auf dem Hals! – aus Wangs Büro geflüchtet waren, atmeten Chen und Fong erst einmal durch, wohl wissend, dass nicht alle ihre Kollegen, die sich einen solchen Schnitzer geleistet hatten, so glimpflich davongekommen waren. Chen ließ das Ganze keine Ruhe: Nicht, dass er Schuldgefühle empfunden hätte – weit entfernt. Aber ihm ging der Gedanke nicht aus dem Kopf, dass durch irgendeinen dummen Zufall jemand, der da eigentlich gar nichts zu suchen hatte, bei der Schleuse T 5 herumspazierte, dabei auf Leos sterbliche Überreste stoßen und Alarm schlagen würde ...

Chen stieß Fong an und erklärte ihm, was das Problem war: »Wollen wir den Ärger wirklich haben? Wir sollten ihn einfach beiseiteräumen, bis der Boss ihn wieder braucht, und ihn solange in einen Abstellraum packen oder in eine Schleuse, die nicht in Betrieb ist.«

»Aber der Boss hat doch selbst gesagt ...«, erwiderte Fong.

Chen gab zurück: »Genau: Der Boss hat selbst gesagt. Aber er ist der Boss, und wenn er einen Fehler macht, sind trotzdem wir schuld!«

»Auch wieder wahr«, überlegte Fong. »Gut, schauen wir lieber nach.«

Mit seiner Security-Clearance forderte Chen den Fahrstuhl an, der sie aus dem Obergeschoss direkt zur Vakuumschleuse T 5 bringen würde. Im Vorraum legten sie, wie schon viele Male zuvor, routiniert ihre Raumanzüge an, und Chen aktivierte die Dekompression. Fong packte die Haltegriffe an der linken Seite der Vakuumschleuse, Chen die Gegenstücke beim Kontrollpanel. Obwohl beide sich so fest hielten, wie sie nur konnten, zog es ihnen die Beine weg, und sie wurden fast hinausgesogen. Doch kaum eine Sekunde später irrten die Sauerstoff- und Stickstoffmoleküle, die eben noch die Vakuumschleuse gefüllt hatten, durch die dunklen Weiten des Alls, der Sog ließ nach, und Chen und Fong stiegen so lässig aus, als ob sie gerade Bus gefahren wären. Für das Panorama, das auch von dieser Seite der Mondbasis aus einen fantastischen Anblick bot, hätten sie auch dann keinen Sinn gehabt, wenn sie nicht auf der Suche nach einer Leiche gewesen wären.

Fong fasste in Worte, was offensichtlich war: »Hier ist er nicht!«

Chen lief nervös hin und her und murmelte: »Wo ist er denn bloß – so weit kann es ihn doch gar nicht herausgeschleudert haben? Fong, sind wir hier wirklich richtig?«

Fong deutete auf die Schrift an der Betonwand – »T 5« stand dort zu lesen. »Schau – das Werkzeug!«, rief er. Tatsächlich: Hier lag all das, was bei Leos Sturz mit in den Schacht gefallen war. Also musste er doch genau hier gelandet sein ...

Gleichzeitig fielen ihre Blicke auf die Fußspuren.

»Tsao gao!«, fluchte Chen.

Ihnen beiden war nur allzu klar, was passiert war – und was weiter passieren würde, sobald Wang von ihrem Missgeschick erfuhr. Noch schlimmer als sein Zorn dabei wäre aber, wenn sie versuchten, die Sache zu verheimlichen und er es dennoch herausbekäme. Auch das war beiden klar, ohne dass sie es aussprechen mussten. Und so schickten sie sich in das Unvermeidliche.

»Du sagst es ihm!«, hörte Fong Chens Stimme über seinen Helmlautsprecher.

»Nein, du!«, erwiderte er.

»O.K., wir spielen's aus. Drei Durchgänge?«, fragte Chen.

»Einverstanden.«

»Sching – schang – schong!«, sagte Chen.

Sie lösten gleichzeitig ihre Fäuste: Chen hatte Papier, Fong hatte Schere.

»Schere schneidet Papier! Eins zu null!«, rief Fong.

»Sching – schang – schong!«, wiederholte Chen. Fong war bei Schere geblieben, aber Chen war zu Stein gewechselt.

»Stein macht die Schere stumpf! Eins zu eins!«, rief Chen. Beiden stand der Schweiß auf der Stirn.

»Sching – schang – schong!«, sagte Chen zum dritten Mal. Jetzt war Fong zu Stein gewechselt, aber Chen hatte Papier gewählt.

»Papier wickelt den Stein ein«, sagte Chen: »Zwei zu eins!«

»Tsao gao!«, fluchte Fong.

Tessa, Wayne und Leo hatten sich viel zu erzählen. Sie saßen wieder auf der Empore, nachdem sie aus der Cafeteria des Vergnügungsparks Vorräte herangeschafft hatten. Offenbar war die Cafeteria bislang nur mit extra lange haltbaren Lebensmitteln ausgestattet worden, jedenfalls umfasste ihr Wiedersehens-Mahl hauptsächlich Wasser (man hatte sogar die Wahl zwischen sprudelnd und still), Chips und Butterkekse. Inzwischen hatte sich am Himmel die Erde vor die Sonne geschoben, sodass das Mare Imbrium nur noch vom diffusen Licht des Erdscheins erhellt wurde. So aßen sie in der zunehmenden Dämmerung das, was alle drei als die köstlichste Mahlzeit ihres Lebens empfanden.

Leo erzählte, wie er zum ersten Mal Verdacht geschöpft hatte, dass auf der Mondbasis merkwürdige Dinge vor sich gingen: »Da gab es plötzlich Zwischenwände, wo eigentlich keine sein sollten. Es gab Bautrupps, die einfach spurlos verschwanden, und es gab leere Müllcontainer, die eigentlich voll sein sollten.« Und er berichtete, wie er sich noch einmal mit dem Mondcabrio aufgemacht hatte und dabei auf das Bergwerk gestoßen war. An Wayne gewandt, sagte er: »Deswegen habe ich auch dein Konzert verpasst – das tut mir sehr leid!«

»Schon verziehen«, antwortete Wayne lachend.

»Aber das nützt ja alles nichts, solange ich nicht beweisen kann, dass es Wang ist, der dahintersteckt. Ich wollte mir diese merkwürdigen Müllschächte einmal genauer anschauen, als mich diese Typen überfallen haben …«

»Wir haben es gesehen!«, rief Tessa. »Es war grässlich …!« Ihr schauderte immer noch, wenn sie sich an die Szene erinnerte, die sich vor ihren Augen abgespielt hatte.

Wayne fügte hinzu: »Deshalb wussten wir ja, wo wir nach dir suchen mussten.«

Tessa füllte für Leo die Lücke zwischen seinem Sturz und ihrem und Waynes Auftauchen im Glückskeks-Resort. Sie erzählte, wie sie seinen Spuren gefolgt waren, bis sie schließlich vor dem Vergnügungspark standen.

»Du bist echt der Wahnsinn, meine charmante Tochter«, sagte Leo mit Bewunderung in der Stimme.

»Ähm, da wär noch eins, Papa … «

Leo schaute sie auffordernd an.

»Ich hab das Mondcabrio geschrottet.«

»Oh«, meinte Leo.

»Aber das war echt nicht meine Schuld«, schob Tessa schnell hinterher. »Da kam dieser riesige Truck plötzlich von links, und ich musste ausweichen und … «

Tessa kam mit ihren Erklärungen nicht weiter, weil Leo sie ein weiteres Mal umarmte, so fest, als ob er nie wieder loslassen wollte. Damit war das Thema wohl erledigt, dachte Tessa und löste sich vorsichtig aus Leos Klammergriff.

»Woher wusstest du überhaupt, dass du hier in Sicherheit sein würdest?«

»Das wusste ich überhaupt nicht«, antwortete Leo: »Ich bin nur vor einer Patrouille geflüchtet, zufällig in diese Richtung.«

Tessa wurden noch einmal die Knie weich, weil ihr nun erst recht klar wurde, wie vielen unwahrscheinlichen Zufällen Leo sein Überleben zu verdanken hatte. Leo bemerkte das und sagte: »Hey – du weißt doch, ich bin zäh. Als Löwe zähle ich ja wohl zu den Katzen, und die haben nun einmal sieben Leben.«

»Und wie viele hast du davon jetzt schon verbraucht?«

Chen und Fong sprachen auf dem Weg zu Wang kein weiteres Wort. Sie meldeten sich an und wurden, obwohl sie es alles andere als eilig hatten, gleich vorgelassen. Beim Hereinkommen verbeugten sie sich, doch als einzige Reaktion auf ihre Begrüßung starrte Wang die beiden nur finster an, wohl ahnend, dass es nichts Gutes verhieß, wenn sie schon wieder bei ihm auftauchten.

Fong nahm seinen ganzen Mut zusammen, räusperte sich und sagte: »Boss, es gibt da ein kleines Problem. Die Leiche ist gar nicht tot …!«

»Was soll das, bitte schön, heißen?«

»Er ist abgehauen. Wir haben Fußspuren gesehen.«

»Und wo ist die Leiche, die nicht tot war, dann hinspaziert?«, fragte Wang mit eisigem Sarkasmus in der Stimme.

Chen und Fong schauten betreten einander an. »Ups!«, entfuhr es Fong. Es stimmte natürlich – wenn sie schon draußen gewesen waren und die Spuren im Mondstaub gefunden hatten, hätten sie vielleicht gleich mal nachschauen sollen, wo sie hinführten.

Wang ließ seinen Kopf in ehrlicher Verzweiflung zwischen den Schultern herabsinken. Dann raffte er sich auf, streckte sich, und schrie die beiden an: »Ich glaube es nicht! Mit was für Vollidioten habe ich es hier nur zu tun!«

Ein scharfer Warnton, gefolgt von einem roten Blinken, zeigte an, dass in diesem Moment eine Flash-Nachricht mit höchster Priorität eingegangen war. Wang brach mitten im Satz ab und aktivierte mit einem Wischen die Nachrichtenwabe. Die Stimme eines seiner Offiziere drang in den Raum: »Hier Sicherheitsdienst, Sektor C. Meldung an Oberst Wang. Wartungsfahrzeug Alpha konnte geortet werden, nachdem der Kontakt abgebrochen war. Das Fahrzeug bewegt sich außerhalb der genehmigten Zone. Koordinaten …«

Aber da hatte Wang den Nachrichtenabruf schon abrupt beendet. Sofort ertönte jedoch ein neuer Warnton, der Wang überrascht zusammenzucken ließ. Eine andere

Stimme meldete: »Hier Sicherheitsdienst, Außenbereich T. Meldung an Oberst Wang. Es ist eines der Mondcabrios verunfallt gefunden worden. Standort: unmittelbar neben der Haupttrasse. Insassen abgängig, daher keine Angabe zu Verletzten möglich.«

Wang schlug mit der Faust so sehr auf den Tisch, dass seine Tasse Kräutertee umkippte und sich über seine Nachrichtenwabe ergoss. Das Gerät zischte einmal auf und erlosch. Das brachte Wang erst richtig zum Explodieren. Er stieß nicht zitierfähige Flüche aus, nahm die Wabe und schleuderte sie gegen die Wand, wo sie in tausend Einzelteile zerbrach.

»Mir reicht es jetzt endgültig – ich will Namen! Wer saß im Cabrio? Und wer sitzt im Wartungsfahrzeug?«

Chen und Fong, die sich in die am weitesten entfernte Ecke des Zimmers gedrückt hatten, starrten Wang mit dem Blick des Kaninchens vor der Schlange an.

»Ja, ihr seid gemeint!«, fuhr er sie an: »Los, holt mir den Mann vom Verleih her!«

Chen und Fong taten eiligst, wie ihnen befohlen wurde.

Wieder allein, trat Wang hinter seinem Schreibtisch hervor, blickte durch das schmale Sichtfenster über das eiskalt leuchtende Mare Imbrium hinweg in die ungefähre Richtung der Berge, hinter denen sein geheimes Bergwerk lag. Er verschränkte die Hände hinter dem Rücken und sprach zu sich selbst, während sich seine Mundwinkel zu einem schiefen, freudlosen Lächeln verzogen: »Ich bin gerade in der richtigen Stimmung für ein kleines Verhör … «

Es dauerte nicht lange, bis sich Wangs Bürotür wieder öffnete und der Huhu-Mann hereingeführt wurde. Fong hielt ihn am Kragen seines Jacketts fest, bei dem ein Ärmel halb abgerissen war und dem auch die vorderen Knöpfe fehlten. Ein Sicherheitsoffizier übergab Wang in einem durchsichtigen Plastikbehälter alle Gegenstände, die sie ihm bei der Leibesvisitation abgenommen hatten. Nach kurzem Getuschel stellte Wang seine erste Frage an den Mann, der von Fong auf einen Stuhl gedrückt worden war.

»Also gut. Leugnen nützt nichts. Wer hat das Mondcabrio zuletzt ausgeliehen?«, fragte Wang.

Der Huhu-Mann antwortete: »Wayne Tooley und das junge Mädchen, das vorher schon mitgefahren war.«

»Kennen Sie Wayne Tooley persönlich?«

»Aber nein – woher denn?«

Wang stand auf, zog Waynes Autogramm aus dem Kästchen und hielt ihm den Zettel anklagend direkt vor die Augen: »Und wie erklären Sie sich – das?«

»Das ist doch bloß ein Autogramm. Wayne Tooley ist nun mal ein Star, und da dachte ich, ich mache meiner Nichte eine Freude ... «

»Hmpf.« Verschnupft nahm Wang die Antwort zur Kenntnis. Ihm dämmerte, dass der Mann möglicherweise wirklich nichts wusste. Er probierte es dennoch noch einmal: »Was haben denn bitte Wayne Tooley und dieses Mädchen namens ... «, er legte eine kleine Kunstpause ein, » ... Tessa miteinander zu schaffen?«

»Keine Ahnung«, sagte der Huhu-Mann. »Die beiden sind halt zusammen aufgetaucht und wollten noch einmal das Mondcabrio ausleihen.«

Zusammen aufgetaucht – die Worte hallten in Wangs Hirn nach. Natürlich! Die beiden hatten doch schon auf der Party im Casino Orbit miteinander herumgeturtelt, erinnerte er sich mit einem Mal. Wieso war er nicht eher darauf gekommen? Leo, der Schnüffler! Tessa, seine verdammte naseweise Tochter! Und jetzt auch noch Wayne Tooley, ihr Liebhaber! Plötzlich wurde ihm alles klar: Die steckten alle unter einer Decke und schnüffelten so lange herum, bis sie genug beisammenhatten, um ihn bei Li anzuschwärzen. Aber nicht mit Wang Hanfeng. Diese Bande würde ihn jetzt richtig kennenlernen!

In blinder Wut griff er auf seinem Schreibtisch nach dem erstbesten Gegenstand, den er zu fassen bekam, und warf ihn nach dem Huhu-Mann. Der Plastik-Qilin, ein Geschenk von Wangs Untergebenen zum letzten Neujahrsfest, traf ihn genau am Auge. Vor Schreck und vor Schmerz schrie er auf, wurde aber gleich von Wang übertönt: »Und jetzt raus! Raus! Gehen Sie, bevor ich's mir anders überlege!«

Wang ließ über den Holografen seinen Adjutanten im Zimmer erscheinen und wies ihn an: »Geben Sie Alarm! Ich brauche die ganze Mannschaft. Sofort!«

Die offen stehende Tür, durch die gerade der Huhu-Mann herausgehetzt war, nutzte Moinon, um hereingeschlendert zu kommen. Er hatte den Morgen damit verbracht, seinen ersten Auftrag von Wang abzuschließen und hatte eine Hologramm-Präsentation vorbereitet.

»Mein lieber Meister Wang, schauen Sie mal. Hier hab ich den Entwurf für die neue Bordzeitung und den Newsflash zum Kon ... «

Wang riss ihn im Hinauseilen beinahe um. Moinon taumelte in den Flur zurück und wäre dort um ein Haar unter die Stiefel von Wangs Einheit geraten, die an ihm vorbeihastete. Wang, rief ihm vom Gang aus noch zu: »Später,

Moinon, dies ist ein Notfall! Halten Sie hier die Stellung und rühren Sie sich nicht vom Fleck!«

Wangs Befehlston ließ Moinon keine Gelegenheit, etwas zu erwidern. Er schaute Wang und dem Trupp Sicherheitsleute, die zur Garage der Einsatzfahrzeuge liefen, erstaunt und mit offenem Mund hinterher. Plötzlich begann seine Nase wie wild zu kribbeln, und sosehr er auch mit dem Finger an ihr rieb, sie wollte gar nicht wieder aufhören. Sein Reporter-Instinkt hatte etwas gewittert. Und ganz egal, ob nun Charme Dantan ihre chinesischen Kosmetikfirmen als Werbekunden davonlaufen würden, wenn er wieder mit einem Polizeiskandal kam: Das hier war eine Story – ganz eindeutig!

Nach dem Essen schlenderten Leo, Tessa und Wayne durch den Vergnügungspark und Leo erklärte den beiden, wie er sich die Geschichte zusammenreimte: »Der Müll wird gar nicht zur Verwertungsstation zurückgeschickt. In den Containern steckt stattdessen das, was sie aus dem Bergwerk bei Mao-Gandhi I rausholen. Das ist eine Riesenoperation. Irgendwelche Bodenschätze halt. Jetzt verstehe ich auch, wieso sie die alte Mondbasis geschlossen haben. Das mit dem Wasserschaden, was sie immer behauptet haben, war eine dreiste Lüge! Sie brauchten die Basis natürlich als Hauptquartier für ihre krummen Geschäfte. Wenn ich nur beweisen könnte, dass Wang dahintersteckt!«

Wayne fragte: »Und wer steckt hier dahinter? Ist das auch eine von Wangs Geheimaktionen?«

Tessa meinte: »Das kann doch nur Li gewesen sein … «

Leo deutete gleichzeitig auf Lis überlebensgroßes Porträt am Eingang.

Tessa kicherte. »O.K., das *war* Li. Er hat ja auch schon immer solche merkwürdigen Andeutungen gemacht, was er alles noch mit Mao-Gandhi II vorhat. Dann sind das also doch nicht einfach bloß verrückte Ideen gewesen!«

Wayne sagte: »Wenn das hier keine verrückte Idee ist ...«, er deutete auf die Geisterbahn, vor der sie nun standen, »... dann weiß ich nicht, was eine verrückte Idee sein soll!«

»Das ist einfach krass!« Leo lachte auf. »Es haben beide aneinander vorbei eine Geheimoperation am Laufen – Wang sein Bergwerk, Li seinen Rummelplatz. Die beiden haben sich gegenseitig überlistet!«

»Aber wieso hat das nie jemand gemerkt?«

Leo überlegte laut: »Li und Wang haben sich beide das Schweigen ihrer Leute erkauft, denke ich. Das mussten sie sich bestimmt ordentlich etwas kosten lassen. Li konnte sicher immer etwas abzweigen von dem Geld, das er eigentlich als Reparaturbudget zur Verfügung hatte, und bei Wang dürfte ohnehin so viel Profit hängen geblieben sein, dass er die Bestechungsgelder aus der Portokasse bezahlen konnte.«

Die Wachmänner hatten die Wagen vor der Garage schon zu einem Konvoi aufgereiht, als Wang zusammen mit seinen Getreuen aus der Vakuumschleuse kam und in den ersten Wagen stieg. Der Fahrer funkte ihm zu: »Melde: Das Wartungsfahrzeug konnte geortet werden!«

»Dann los!«, rief Wang, und der Konvoi setzte sich in Bewegung, in Richtung der Berge am hinteren Ende des Mare Imbrium, am Rand der dunklen Seite.

Die Leuchtreklame Huhu Cars blinkte, und im Büro brannte Licht. Moinon trat bei der Verleihstation ein, fand aber niemand hinter dem Tresen. Er schlug auf die Klingel, und schon kam aus dem hinteren Büro der Huhu-Mann hervor. Er hatte ein blaues Auge (das er sich gerade mit Eiswürfeln in einem Plastikbeutel kühlte) und ziemlich zerknitterte Klamotten. Moinon ignorierte sein Aussehen und die Tatsache, dass einer seiner Jackettärmel abgerissen war.

»Ich würde gern ein Mondcabrio ausleihen.«

»Gern.« Auch der Huhu-Mann bemühte sich, den Anschein von Normalität aufrechtzuerhalten.

»Gibt es Journalistenrabatt?«, fragte Moinon und zeigte ihm seinen Dienstausweis als Redakteur der Bordzeitung vor.

»Ah, dann sind Sie ja sozusagen intern. Da kann ich Ihnen ein günstiges Angebot machen.«

Der Huhu-Mann zog den kaputten Jackettärmel hoch (der aber gleich wieder herunterrutschte) und sagte im Verkäufer-Singsang: »Sie haben Glück: Wir haben noch zwei Stück frei. Für welchen Zeitraum darf es denn sein, der Herr? Wir haben Pauschalen für 24 oder 48 Stunden – oder gleich für eine ganze Woche?«

»Ein Tag sollte reichen. Ich werde es nicht lange brauchen – so oder so«, antwortete Moinon.

KAPITEL 22

Jahrmarktstrubel

Das Ortungsgerät hatte Wang und seine Männer auf direktem Weg zum Wartungsfahrzeug geführt, das Wayne und Tessa am Rand der Trasse hatten stehen lassen. Auch der Trupp der Wachleute musste aussteigen und sich zu Fuß auf den Weg durch das Geröllfeld machen. Im Eiltempo liefen sie den Fußspuren hinterher, ständig angetrieben von Wang, den diese erneute Verzögerung nur noch weiter auf die Palme brachte. Die meisten waren völlig außer Atem, als sie den Vergnügungspark erreichten und sich vor dem Eingang sammelten.

»Da sind sie schon«, sagte Leo. Der Schein der Lampen, mit denen sie in das im Dämmerlicht daliegende Gebäude hineinleuchteten, war so etwas wie die letzte Warnung für Tessa, Leo und Wayne, dass ihre Verfolger gleich bei ihnen sein würden. Sie hatten ja gewusst, dass es nur eine Frage der Zeit war, bevor der Sicherheitsdienst auftauchen würde, aber als es nun so weit war, erschraken sie doch. Selbst den notorischen Optimisten Leo verließ langsam sein Gefühl, dass das Ganze irgendwie doch ein gutes Ende nehmen würde.

»Wie viele?«, fragte Wayne.

Im Geflacker der Lampen erkannte Leo, der vorsichtig über das Geländer der Empore lugte, dass Wangs Truppen aus gut einem Dutzend Männer in Uniformen mit Tarnmuster bestanden.

»Zu viele«, antwortete er.

Irgendwie mussten sie es geschafft haben, die Vakuum-schleuse am Haupteingang in Betrieb zu setzen. Denn nun kamen die Männer durch den Eingang hinein und begannen, als sie aus den Raumanzügen ausgestiegen waren, sich strategisch im Eingangsbereich zu verteilen. Was an sich schon beängstigend genug gewesen wäre, hätten sie nicht auch noch Hyperschallgewehre im Anschlag gehabt.

Als Letzter trat Wang in die Halle. Er blieb stehen, schaute sich um, ohne eine Regung zu zeigen und sagte: »Li, du Sohn einer Hündin! Das hier ist also dein kleines Geheimnis!«

Sein Adjutant meldete die Einsatzbereitschaft der Truppe, was Wang mit einer nachlässigen Geste entgegennahm. Er stand still und sog offensichtlich immer noch jedes Detail des Vergnügungsparks in sich auf, während alle auf seine Befehle warteten. Schließlich sagte er: »Wieso ist es hier so dunkel?«

Der Adjutant lief im Gesicht rot an. »Öh …«, sagte er, fasste sich aber gleich wieder und brüllte: »Sucht den Hauptschalter!«

»Oder hat Meister Li etwa die Stromrechnung nicht bezahlt?«, versuchte Wang, einen Witz zu reißen, keiner seiner Offiziere wagte es jedoch zu lachen.

»Nicht lustig«, sagte auch Leo im Flüsterton zu Wayne und Tessa. Als sie die Wachleute kommen sahen, hatten die drei Leos Versteck auf der Empore verlassen. Wenn das Erdgeschoss erst einmal von Wangs Leuten wimmelte, hätten sie dort oben ohne Rückzugsmöglichkeit in der Falle gesessen. Ihnen blieb nur, durch einen der Eingänge zu flüchten, sobald die Männer den hinteren Teil der Halle durchsuchten. So kauerten sie vor dem Karussell und warteten darauf, dass ihr Fluchtweg frei würde.

»Wir sind hier nicht sicher«, flüsterte Tessa angsterfüllt.

Wayne versuchte, ihr Mut zu machen, seine Stimme klang allerdings genauso besorgt wie ihre, als er sagte: »Keine Sorge, hier können sie uns nicht aufspüren. Dazu müssten sie ja erst mal den Hauptschalter finden … «

In diesem Moment hatte ihn jemand gefunden. Sogleich wurde die ganze Halle in buntes Licht getaucht; Lichterketten sprangen an, Blinklichter und Leuchtreklamen erglühten; Musik ertönte aus vielen Lautsprechern, und Karussells und Riesenrad begannen sich zu drehen.

Aus dem Schutz der Dunkelheit waren Tessa, Leo und Wayne von einem Moment auf den anderen, wie Großwild in der Savanne, für ihre Jäger direkt auf dem Präsentierteller gelandet.

»Da sind sie!«, rief eine Stimme.

In Panik rannten Tessa, Wayne und Leo davon. Es blieb keine Sekunde Zeit, sich neue Fluchtpläne auszudenken; jetzt zählte nur das nackte Überleben. Tessa und Wayne rasten an einer Ecke nach links, während Leo, ohne zu überlegen, rein instinktiv nach rechts weiterrannte. Einer von Wangs Leuten hatte fast zu Tessa und Wayne aufgeschlossen, als sie den Fuß der Wendeltreppe erreichten, die zur Riesentunnelrutsche führte. Sie hetzten die Stufen hinauf. Zu ihrem Glück fand er auf der Treppe keinen Winkel, um auf sie anzulegen und musste notgedrungen hinter ihnen hersteigen.

Die Treppe endete in einer kleinen Kabine in, wie Tes-

sa beim Herunterschauen fand, schwindelerregender Höhe
direkt unter der Hallendecke, wo der Tunneleingang war.
Tessas erster Impuls war es, herunterzurutschen und so dem
Verfolger zu entkommen, doch Wayne hielt sie am Arm zurück und bedeutete ihr, sich stattdessen flach an die Wand
zu stellen.

Sie hörten den Wachmann angeschnauft kommen. Nur
noch wenige Stufen, dann würde er sie erreichen. Er schickte
sich gerade an, in die Kabine zu stürmen, als Wayne ihm ein
Bein stellte. Er geriet ins Straucheln und taumelte an Tessa
vorbei. Dabei versetzte sie ihm den entscheidenden Schubs,
sodass er mit dem Kopf voraus die Rutsche hinuntersauste.

Die Security-Leute hatten sich am unteren Ende der
Rutsche aufgebaut, als sie es im Tunnel rumpeln hörten.
Erwartet hatten sie Tessa und Wayne, die ja keinen anderen
Ausweg hatten als diesen; was sie bekamen, war der Offizier,
der mit solchem Schwung aus der Rutsche herausgeschos-
sen kam, dass er seine Kollegen, die sich in vermeintlich si-
cherer Entfernung vom unteren Ende postiert hatten, wie
Kegel umherpurzeln ließ. Die Verwirrung nutzten Tessa und
Wayne, um in aller Eile von der Treppe wieder hinunterzu-
steigen.

Sie hatten schon die letzten Stufen erreicht, als Wang
höchstpersönlich angesprintet kam. Ihr Vorsprung auf ihn
betrug nur wenige Meter, und seine langen Beine gaben ihm
einen entscheidenden Vorteil gegenüber Tessa, die er um
mehr als einen Kopf überragte. Wayne und sie liefen direkt auf das Kettenkarussell zu, das, von seiner Zeitschalt-
uhr angetrieben, gerade wieder Fahrt für eine neue Runde aufnahm. Sie griffen sich einen Sitz und sahen aus dem

Augenwinkel, dass Wang nur wenige Reihen hinter ihnen ebenfalls aufgesprungen war. Jetzt kamen auch seine Leute, die sich offensichtlich wieder entknäuelt hatten, dazu. Aber da sich das Kettenkarussell jetzt in schneller Fahrt drehte, traute sich keiner der Wachleute zu schießen, um nicht aus Versehen den Boss zu treffen.

Über die absurd fröhliche Orgelmusik des Kettenkarussells rief Wayne Tessa zu: »Los, wir springen ab!«

»Bist du wahnsinnig? Wir brechen uns alle Knochen …«

»Tun wir nicht, verlass dich auf mich. Wenn ich ›los‹ sage, geht's los!«

Tessa sackte der Magen bis in die Kniekehlen.

»Los!«, rief Wayne und sprang.

Tessa löste den Bügel ihres Sitzes und stieß sich, so stark sie konnte, ab. Im Fallen ruderte sie unwillkürlich mit Armen und Beinen, was ihre Flugrichtung nicht weiter beeinflusste. Aber sie war sowieso gerade gar nicht in der Lage, so etwas wie Angst zu empfinden. Zeitgleich landeten Wayne und sie auf der Markise des Kassenhäuschens. Der Stoff zerriss unter ihrem Gewicht, gekoppelt mit der Wucht des Aufpralls, so landeten die beiden wunderbar abgefedert auf dem Boden und rannten weiter, wieder verfolgt von ein paar der Wachleute.

Von oben rief Wang, der im Kreisen den Kopf reckte und verdrehen musste, um die Szene besser überblicken zu können, seinen Leuten Befehle zu. »Schneller! Schneller!«, schrie er, als er sah, dass Tessa und Wayne wieder an Vorsprung gewannen.

Auch Fong hörte den Befehl, lief ins Kassenhäuschen und betätigte dort den Geschwindigkeitsregler. Der Hebel war mit einem Metallstift gesichert, sodass er sich im Normalbetrieb nicht über die Hälfte der möglichen Geschwindigkeit hinausschieben ließ. Fong drückte die Feder des Stiftes herunter und schob den Hebel bis zum Anschlag. Der Motor des Karussells röhrte regelrecht auf. Das Kettenkarussell steigerte augenblicklich seine Geschwindigkeit und lief nun auf Hochtouren. Die Sitze rasten jetzt im Kreis umher und hingen von den Ketten nicht mehr herab, sondern lagen, von der Zentrifugalkraft gezwungen, waagerecht in der Luft. Selbst der Sitz mit Wang, dem einzigen Fahrgast, darin, hielt beinahe die Waagrechte. Wang, dessen Gesicht ein noch ungesünderes Grün angenommen hatte als das von Dean und Riley auf dem Flug zum Mond, klammerte sich panisch an die Ketten, die sein Sitzbrett hielten.

»Anhalten! Anhalten!«, kreischte er von oben herunter. Er versuchte, sich mit der Hand den Mund zuzuhalten, merkte aber, dass er die Hände zum Festhalten brauchte. Es war ohnehin zu spät. Seine Männer, die der Akrobatikeinlage ihres Anführers gebannt zugeschaut hatten, stoben panisch in alle Richtungen davon und kamen erst wieder hervor, als der Niederschlag nachgelassen hatte.

»Anhalten … «, röchelte Wang währenddessen noch einmal mit ersterbender Stimme.

Nun endlich hatte auch Fong verstanden und bremste das Karussell sachte ab. Als es gänzlich zum Stehen gekommen war, holten Wangs Männer ihn, der schlapp im Sitz hing, vom Kettenkarussell herunter. Noch unfähig, wieder auf eigenen Beinen zu stehen, ließ er sich, aufgestützt auf zwei seiner Leute, abtransportieren und auf den Boden absetzen. Einer seiner Männer reichte ihm eine Flasche mit Wasser, von dem er gierig trank. Aber auch geschwächt, wie er war, hatte Wang nicht vergessen, weswegen sie hier waren. Es klang noch recht brüchig, aber der Befehlston war schon wieder unverkennbar: »Los – hinterher! Worauf wartet ihr noch?«

Wangs Leute schienen jedoch die Fährte verloren zu haben. Unschlüssig gingen sie in verschiedene Richtungen auseinander, kamen aber kurz darauf wieder zurück, um sich zu beratschlagen. Mit einer ungeheuren Willensanstrengung kam Wang wieder auf die Füße, stürzte auf seine Männer, die wild durcheinanderredeten, zu und schlug, völlig außer Fassung, zweien von ihnen mit der flachen Hand auf den Hinterkopf.

»Irgendwo hier müssen sie doch stecken«, herrschte er seine Leute an. »Jetzt macht gefälligst! Ich dachte, ihr seid für Häuserkampf und so etwas ausgebildet …?«

Was die Wachleute wirklich von Wang hielten, mochte man ihren finsteren Blicken entnehmen, mit denen sie die neuen Befehle entgegennahmen. Aber tatsächlich, als ausgebildete Soldaten stellten sie Wangs Autorität auch, aller Kopfnüsse ungeachtet, nicht einen Moment lang infrage.

Tessa und Wayne steckten in der Tat ganz in der Nähe. Sie hatten sich zwischen den Wagen und Holzpferden des Kinderkarussells verborgen, wo sie versuchten, nach ihrem letzten Sprint wieder zu Atem zu kommen. Tessa klebte die Zunge am Gaumen, und ihre Lungen fühlten sich an, als ob sie in Flammen stünden. Sie lehnte sich an Wayne, dessen Brustkorb sich immer noch stoßweise hob und senkte, und flüsterte: »Wo ist Leo nur hin?«

Wayne schüttelte besorgt den Kopf. »Wir haben ihn gleich zu Beginn verloren. Ich hoffe nur, dass er fliehen konnte, als sie alle hinter uns her waren.«

»Papa …« Tessa seufzte und war sich gar nicht sicher, was sie sich eher wünschen sollte: dass ihm die Flucht aus dem Vergnügungspark geglückt war – oder dass er doch noch ganz in ihrer Nähe war …

Wayne und sie konnten aus ihrem Versteck beobachten, wie die Männer miteinander sprachen, gestikulierten und in unterschiedliche Richtungen zeigten – glücklicherweise deutete keiner in ihre. Auch Wayne machte Handbewegungen, die, wenn sie sie richtig interpretierte, bedeuteten, dass dies der richtige Augenblick sei, um den Rückzug anzutreten. Vorsichtig begannen die beiden, sich rückwärts vom Karussell herunterzuschieben. Da piepste der Flash-Reminder ihrer Nachrichtenwabe, die sie immer noch am Arm trug, los und meldete: »0 Minuten bis Unterrichtsbeginn.«

Tessa unterdrückte einen Fluch, und Wayne konnte nur ein verständnisloses »Was …?« herausbringen, als sich auch schon Becky Sharp, wie üblich im Business-Kostüm, vor dem Karussell materialisierte. »Hallo, Tessa! Ich hoffe, es geht dir wieder besser. Dann lass uns die erste Stunde doch gleich beginnen mit …«

Sie brach verwirrt ab, als sie bemerkte, dass sie in einer ganz anderen Umgebung gelandet war als bei ihren bisherigen Unterrichtsstunden mit Tessa.

»Tessa, wo sind wir hier?«, fragte sie halb verängstigt,

halb empört. Sie setzte ihre Fernsichtbrille auf, die sie aus ihrem Etui in der Tasche ihres Blazers gezogen hatte, und suchte mit den Augen die Szenerie ab. Sie hielt eine Hand seitlich an den Mund und flüsterte Tessa zu: »Ich will dich nicht beunruhigen, aber da hinten stehen einige Männer mit Gewehren ...«

»Ich weiß«, flüsterte Tessa, ebenfalls mit einer Hand vor dem Mund, zurück.

»Sollen wir lieber später weitermachen?«, fragte Becky Sharp, immer noch im Flüsterton.

»Ich glaub, das wäre besser«, stimmte Tessa zu.

»Da!«, rief einer von Wangs Männern – überflüssigerweise, denn natürlich waren inzwischen alle auf das pulsierende Leuchten des Hologramms aufmerksam geworden. Sein unmittelbarer Nachbar machte dagegen nicht viele Worte, sondern kurzen Prozess. Er legte auf Becky Sharp an, setzte den Zeigefinger an den Abzug – und schoss. Becky Sharp duckte sich schnell, um dem Schuss zu entgehen. Der Strahl geballter Ionen-Energie flog an ihr vorbei und durchbohrte mit einem Zischen das Holz eines der Pfeiler des Karussells. Becky Sharp blickte empört in Richtung des Schützen und drohte ihm mit erhobenem Zeigefinger. Ein weiterer Schuss war besser platziert und streifte den Rand des dreidimensionalen Bildes, worauf das Hologramm laut knisterte und umgehend verblasste.

Wangs Leute stürmten jetzt auf das Karussell zu, doch Tessa und Wayne waren längst verschwunden. Sie hatten den Augenblick der Verwirrung genutzt, um in die Geisterbahn zu flüchten. Der beste Weg hinein war der auf Schienen, und so setzten sie sich in den vordersten Wagen, der auch sofort losfuhr. Gleich nachdem sie um die Kurve gebogen waren und das Dunkel im Inneren der Geisterbahn sie verschluckt hatte, setzte das Grusel-Programm ein.

Während die meisten aus Wangs Truppe achtlos an der Geisterbahn vorbeiliefen, mühten sich drin eine Mumie, ein einäugiger Pirat, ein Höllenhund und ein Henker mit Hackebeil vergeblich ab, Tessa und Wayne zu erschrecken – gegen Wang kamen sie jedoch bei Weitem nicht an. Ihr Wagen zockelte eine Rampe hoch, und nach einer scharfen Rechtskurve tauchten sie wie auf einer Empore im ersten Stock der Geisterbahn wieder im Freien auf, gerade als die letzten beiden von Wangs Leuten, die die Nachhut bildeten, auf ihrer Höhe waren. Die Männer sahen sie und stürmten sogleich in die Geisterbahn.

Die zwei hatten ihre Sonnenbrillen aufbehalten und stolperten über die Schienen. Schemenhaft konnten sie erkennen, wie Tessa und Wayne in ihrem Wagen um eine weitere Ecke verschwanden. Sie setzten ihnen schwungvoll nach; ihre Vorwärtsbewegung kam jedoch zu einem abrupten Ende, als sie in der Dunkelheit auf ein Hindernis stießen. Sie fanden sich in den Armen eines Oktopus-Aliens mit glühenden Augen wieder, mit dem zusammen sie in einem Knäuel aus Metalldraht und Pappmaschee zu Boden gingen.

Tessa und Wayne hörten das Gepolter und sprangen rasch aus dem Wagen, der am Ende der Fahrt im Erdgeschoss herausgekommen war. Und wieder rannten sie auf der Suche nach einem Versteck um ihr Leben, nur weg von Wang und seinen Leuten. Sie hielten auf das Zelt des

Mond-Scooters zu, dessen Lichter so einladend blinkten, als herrschte ganz normaler Jahrmarktstrubel und es fände nicht gerade eine Menschenjagd statt.

KAPITEL 23

Raus aus dem Schützengraben

Im schmalen Gang zwischen dem Kassenhäuschen des Mond-Scooters und den Scootern selbst, die noch gar nicht startbereit auf der Fahrbahn verteilt waren, sondern in grob gezimmerten Holzkäfigen am Rand aufgestapelt auf ihren Einsatz warteten, hielten Tessa und Wayne an. Hier waren sie für den Moment sicher, so hofften sie zumindest. Mit keuchendem Atem fielen sie auf die Knie und ließen sich erschöpft nieder.

Die Rückwand und die Seiten des Scooters waren mit Planen abgegrenzt, auf denen ein – ganz offensichtlich stark unterdurchschnittlich begabter – Künstler in grellen Farben bekannte Popstars aus China, Indien und den Randbereichen porträtiert hatte. Sie bemerkten gar nicht, dass sie genau unter einem Porträt von Wayne saßen; das Bild zeigte ihn naturgemäß jünger und weniger abgehetzt, als das Original aktuell aussah, dafür hatte der Maler Wayne ein Grinsen verpasst, das wohl sinnlich wirken sollte, tatsächlich aber eher albern ausgefallen war und sogar einen Tick Gemeinheit enthielt.

Der echte Wayne lag neben Tessa auf dem Rücken und hielt ihre Hand. Sie schauten hoch auf die mit lauter Sternbildern bemalte Plane des Scooter-Zeltdachs, das vom Stromgitter des Scooters in ein Karomuster unterteilt wurde.

»Ich sehe den großen Wagen«, sagte Tessa.

»Und ich den Polarstern.«

»Und ich sehe – ähm, mehr Sternbilder kann ich nicht …«

»Ziemlich schwaches Bild, wenn man bedenkt, dass du das Mädchen vom Mond bist«, neckte Wayne sie.

»Ich habe eben andere Talente«, neckte sie zurück. Aber das Lachen verschwand aus ihrem Gesicht, als sie fortfuhr: »Vor allem das Talent, mich selbst und andere in Schwierigkeiten zu bringen. Schau doch nur dich an! Du kennst mich noch nicht einmal seit 24 Stunden, und schon schwebst du in Lebensgefahr!«

Sie dachte an all die anderen, die ihr wichtig waren. Sie wusste nicht, wo Leo war. Bestimmt hatte Cassi schon lange kein Futter mehr. Und Trix und ihre Mutter würden noch sehr, sehr lange auf eine Nachricht von ihr warten müssen, genauer gesagt, eine Ewigkeit. Sie war einfach eine Null im Kümmern … Tessa vergrub ihr Gesicht zwischen den Händen und begann, leise zu weinen.

»Na, na«, flüsterte Wayne ihr beruhigend zu und zog sie näher an sich heran. »Vergiss nicht, dass ich freiwillig hier bin«, sagte er und setzte seine Lippen zum Kuss an ihre. Doch fuhren Tessa und er vor Schreck zusammen, als in diesem Moment Wangs Stimme rief: »Gebt auf! Ihr habt keine Chance zu entkommen!«

Beide duckten sich unwillkürlich tiefer auf den Boden und versuchten, durch die Kisten hindurch zu erspähen, was vor sich ging. Die meisten seiner Männer hatten sich im Halbkreis um Wang herum aufgebaut und sicherten mit ihren Gewehren, die sie im Anschlag hielten, das ganze Areal der Halle; die restlichen hatte Wang an die Ausgänge beordert. Die Falle war endgültig zugeschnappt.

»Kommt raus!«, rief Wang in zornigem Tonfall.

Wayne stand auf, um einen besseren Blick auf die Wachleute zu bekommen und rief: »Und wenn nicht?«

Statt einer Antwort feuerten zwei von Wangs Männern Schüsse ab, die Wayne nur haarscharf verfehlten: Einer bohrte ein Loch in die Wand des Kassenhäuschens, der andere erwischte einen Scooter-Scheinwerfer, den der Hyperschall klirrend zerspringen ließ. Anscheinend hatte Wayne, als er hochgekommen war, etwas Angriffsfläche geboten. Er warf sich wieder zu Boden und hyperventilierte nicht weniger stark als nach dem Sprint zum Scooter.

Nun war es an Tessa, ihn zu beruhigen. Sie strich ihm über die Schultern, die sich noch hektisch hoben und senkten, und hielt dann seine zitternden Hände.

Nachdem er noch einmal einen scheelen Blick in Richtung der Schützen geworfen hatte, sagte Wayne schließlich: »Tessa, wie immer das hier ausgeht: Dies waren die aufregendsten 24 Stunden meines Lebens!«

Tessa lächelte. »Das nehm ich mal als Kompliment.«

Wayne lächelte ebenfalls und nickte. »Ich wünschte nur, wir wären uns eher begegnet.«

Tessa merkte, wie sich ihre Wangen röteten. »Ich fürchte, dann hättest du ein selbstsüchtiges dummes Ding kennengelernt.«

»Hey, fischst du gerade nach Komplimenten? Du bist klasse so, wie du bist!«

Er umarmte sie. Ihre Gesichter kamen sich näher und sie küssten sich – lang, intensiv und selbstvergessen. Wayne streichelte ihre Wangen, strich ihr über das Haar und drückte sie noch einmal fest an sich. Seine Zungenspitze, mit der er gerade noch ihre leicht geöffneten Lippen umkreist hatte, löste sich, und er setzte leichte Lippentupfer auf ihre geschlossenen Augenlider, ihren Hals und ihren Nackenflaum, der unter den hochgesteckten Haaren hervorkam.

Die wohlige Wärme, die in ihr hochstieg, glich in nichts dem, was sie – vor einer gefühlten halben Ewigkeit – beim Herumknutschen mit ein paar der Jungen aus der Achten empfunden hatte, und auch wenn sie sich ihren Tagträumen hingegeben hatte, in denen Beagle die romantische Hauptrolle spielte, war das nur ein schwacher Abglanz des Gefühls, das sie jetzt überkam und dem sie sich ganz hingab. Sie streichelte Wayne und erwiderte seine Küsse, knusperte an seinem Nacken und den Ohrläppchen und fand schließlich wieder sein Gesicht, das sie mit beiden Händen einrahmte und zu sich hin zog.

»Nimm mir nicht übel, was ich jetzt sagen werde, ich meine es wirklich so … « Und er sprach es aus. »Ich liebe dich.«

Wie bei einem Dammbruch traf Tessa die Wirkung seiner Worte am ganzen Leib.

»Ich liebe dich«, sagte auch sie.

Bis jetzt hatte sie nicht gewusst, dass sich das Gefühl von eben noch steigern ließ. Aber genau das geschah, und in der Umarmung, in der die beiden gefangen waren, stiegen Tessa Tränen in die Augen. Ob nun vor Glück oder vor Leidenschaft, wusste sie kaum zu sagen und sie hatte auch keine Veranlassung, in diesem Moment darüber nachzudenken. Aber im Herzen fühlte Tessa, dass dies der Beginn einer Geschichte sein müsste – und nicht etwa ihr Ende, schon gar nicht ihr schlimmes Ende.

Wayne flüsterte ihr zärtlich ins Ohr: »Wir stehen das hier gemeinsam durch, wir beide.«

»Wir stehen das durch«, flüsterte sie zurück. »Aber wenn ich nur wüsste, wo Papa ist … «

»Das wüsste ich auch gern. Wenn er es bloß geschafft hat, zu entkommen … «

Wieder unterbrach sie Wangs Stimme, die diesmal eine Spur weniger aggressiv klang. »Tessa, ich weiß, dass du da bist!«

Wayne legte den Finger über die Lippen: Bloß nicht antworten, gab er Tessa zu verstehen, das ist bestimmt eine Falle!

Wang fuhr fort, fast schon einladend: »Ich möchte, dass du dir etwas anschaust – jemanden anschaust, sollte ich besser sagen. Steh ruhig auf – meine Leute werden nicht schießen.«

Tessa schob den Kopf so weit über die Kante ihres Verstecks, dass sie sehen konnte, dass Wang den rechten Arm erhoben hielt und seinen Männern so gebot, die Waffen zu senken.

Sie räusperte sich, um bloß nicht wieder zu piepsen, und rief mit fester Stimme: »Woher soll ich wissen, dass das kein Trick ist?«

»Hast du eine Wahl?«, gab Wang zurück. »Hier – schau doch bitte mal her!«

Wang winkte einen seiner Leute mit einer knappen Geste zu sich heran, und der Mann – der wie die meisten der Uniformierten eine verspiegelte Sonnenbrille trug – zerrte Leo am linken Arm hinter sich her, während er mit rechts seine Waffe auf ihn gerichtet hielt. Tessa sprang auf und konnte nur mühsam einen Entsetzensschrei unterdrücken. Äußerlich schien Leo unversehrt, aber er sah aschfahl im Gesicht aus und wirkte gequält von dem Knebel aus Klebeband, mit dem Wangs Leute sehr großzügig umgegangen waren.

In dem öligen Tonfall, den Tessa schon aus dem Casino Orbit kannte, sagte Wang: »Wie schon Konfuzius sagte: Ein Elternteil zu verlieren, ist ein Unglück, aber beide zu verlieren wirkt wie Nachlässigkeit. Wenn du deinen Vater lebendig wiederhaben willst, dann komm jetzt gefälligst raus aus deinem Versteck und bring deinen Loverboy gleich mit!«

Tessa und Wayne schauten sich an. Tessa durchströmte das Gefühl, noch nie so sehr mit einem anderen Menschen eins geworden zu sein wie mit Wayne. Sie küssten sich noch einmal, und sie hätte ihm jetzt auch noch so viel zu sagen gehabt. Doch als sich ihre Münder und Hände voneinander trennten, stellte Tessa einzig die Frage, die in ihrer jetzigen Lage unvermeidlich war: »Denkst du, was ich denke?«

»Ich denke schon«, antwortete Wayne mit einem Lächeln.

Er reckte und streckte die Arme und Schultern und sagte: »Also: Steigen wir aus dem Schützengraben?«

Tessa nickte und griff nach Waynes Hand. Fest umklammerte er ihre Finger – nichts an seinem Griff verriet, wie nervös auch er sein musste.

Hand in Hand kamen sie hinter den gestapelten Autoscootern hervor. Sie waren erst wenige Meter über die Fahrbahn der Scooter gegangen, als Wang seinen Befehl gab. Seine Stimme überschlug sich, als er schrie: »Los! Greift sie euch!«

Aber die Wachleute waren, gleich als sie sicher sein konnten, dass die beiden unbewaffnet waren, schon von sich aus zu Tessa und Wayne vorgerückt. Während ein halbes Dutzend von ihnen mit vorgehaltener Waffe auf Tessa und Wayne zielte, wurden sie von den übrigen ergriffen und unsanft zu Boden gezerrt. Einer der Männer drehte Tessa die Arme auf den Rücken und legte ihr Handschellen an, während sein Kollege mit vollem Gewicht auf Tessa kniete, die auf dem Bauch lag.

»Ich – krieg – keine Luft!«, presste sie mit erstickter Stimme hervor, doch der Mann rührte sich keinen Zentimeter. Wayne, der neben ihr, ebenfalls auf dem Bauch, lag, hatte Tessa verstanden. Er fuhr seine beiden Bewacher an: »Helft ihr gefälligst! Sie erstickt doch!«

Mit einer einmaligen Kraftanstrengung gelang es Wayne, den einen Security-Mann von sich abzuschütteln, der auf dem Po landete und, völlig überrascht von Waynes Gegenwehr, wie ein Käfer auf dem Rücken mit seinen Armen und Beinen ruderte. »Guai!«, fluchte er. Wayne war schon im Begriff, zu Tessa herüberzuspringen, als ihn sein zweiter Bewacher an der Schulter packte und ihm einen mächtigen Faustschlag mitten ins Gesicht versetzte.

Blut begann, aus Waynes Nase zu sickern. Der Käfermann hatte sein Gleichgewicht wiedererlangt und drückte Wayne nun mit doppelter Kraft zu Boden, sodass dieser vor Schmerz aufstöhnte. Immerhin hatte Tessas Peiniger den Druck etwas gemindert, wodurch sie ein wenig freier atmen konnte. Dennoch nahm sie die ganze, völlig absurde Szenerie nur durch einen Tränenschleier wahr und brauchte deshalb auch einige Sekunden, bis sie begriff, wem die schwarzen Maßschuhe gehörten, die sich nun in ihr Blickfeld schoben.

»So gefallt ihr mir bedeutend besser«, sagte Wang mit

kalter Ironie in der Stimme, aus der die falsche Freundlichkeit von eben vollständig verschwunden war.

Wayne stöhnte wieder auf; Tessa blickte zu ihm hin, unter seinem Gesicht hatte sich eine kleine Lache aus Blut gebildet, das ihm immer noch aus der Nase troff.

»Hoch mit ihnen!«, befahl Wang seinen Leuten. Tessa wurde hochgerissen, Wayne erging es ebenso. Leos Bewacher schubste ihn zu den beiden herüber. In Leos Augen konnte Tessa die Angst erkennen. Wang, der die Lage sichtlich auskostete, baute sich vor Tessa auf und drohte ihr mit kaum verborgener Lust: »Es wird wie ein bedauerlicher Unfall aussehen!«

Wenn Wang davon irritiert war, dass Tessa nicht eingeschüchtert wirkte, sondern ihn mit kalter Wut musterte, ließ er sich das nicht anmerken. Wayne, dem einer der Security-Männer den Mund zuhielt, versuchte zu protestieren, aber er bekam von Wang einen ansatzlosen Schlag mit dem Handrücken auf die Nase, stieß einen erstickten Schrei aus und war wieder still. Auf Wangs Handzeichen hin verklebten zwei seiner Männer auch Wayne und Tessa den Mund und begannen, ihre drei Gefangenen zum Ausgang zu führen.

Tessa hatte eigentlich eine Panikattacke erwartet. Aber stattdessen überfiel sie eine wunderbare Ruhe. Alles war verloren – worüber also sollte man sich aufregen?

KAPITEL 24

Eine Abweichung von den Vorschriften

»Halt!«, brüllte es plötzlich mit voller Kraft aus allen Lautsprechern.

Das Treiben im Vergnügungspark fror augenblicklich ein. Wang fuhr, wie von einem elektrischen Schlag getroffen, zusammen. »Was ...?«, konnte er nur hervorstoßen. Sein Blick richtete sich nach oben, und da stand Moinon im Glaskasten der Schaltzentrale auf der Empore.

»Mein lieber Meister Wang«, dröhnte es weiter, »das sieht mir hier nach einer ganz schlimmen Abweichung von den Vorschriften aus ...«

Wang schaute sich nach seinen Leuten um, die genauso überrumpelt wirkten wie er und im Boden festgewachsen schienen. »Wie ist der hier reingekommen?«, fauchte er seinen Adjutanten an. Die Antwort wartete er gar nicht ab, weil ihm Chen und Fong in den Blick gerieten, die er doch zum Bewachen des Eingangs eingeteilt hatte.

»Was macht ihr hier? Wieso seid ihr nicht auf eurem Posten?«, schrie er sie an.

»Ähm, wir dachten, wir haben sie jetzt ja, und dann hätten wir gewonnen ...?«, antwortete Chen vorsichtig.

»Und die Tür zum Glaskasten hat er auch aufgelassen«, verpetzte Fong seinen Kollegen.

»Ihr seid solche ...«, setzte Wang an, als wieder Moinons Stimme ertönte.

»Meister Wang, wenn Sie die Güte hätten, mir Ihre Aufmerksamkeit zu schenken ...«

»Moinon, du Armleuchter, komm da runter!«, keifte Wang.

»Sie haben mir gar nichts zu befehlen. Erstens, weil ich hiermit kündige. Zweitens, weil ich die amüsante kleine Szene, die sich eben hier abgespielt hat, auf der Nachrichtenwabe aufgenommen habe. Und drittens, weil meine Hand auf dem Schalter für die Notöffnung der Vakuumschleusen liegt. Außerdem habe ich hier drin einen reichlichen Sauerstoffvorrat. Wie es dagegen mit Ihren Vorräten aussieht, kann ich natürlich nicht mit Bestimmtheit sagen.«

In Panik schaute sich Wang rasch nach allen Seiten um. Er hatte seinen Raumhelm anscheinend gleich am Eingang des Jahrmarktes abgelegt – oder wo war er? Sein Adjutant, der die Frage ahnte, konnte auch nur hilflos mit den Schultern zucken.

»Meister Wang, Sie können sich die Mühe sparen, sich umzuschauen. Sie schaffen es nie rechtzeitig bis zum Eingang zurück.«

Wang setzte dennoch zu einem Spurt in Richtung der Eingangstür an, doch Moinons Stimme ließ ihn in der Bewegung erstarren. »O.K., Ihre Entscheidung – ich lasse jetzt die Luft ab!«

»Moinon«, krächzte Wang panisch, »tun Sie das nicht!«

»Drei«, rief Moinon.

»Neeein!«, entfuhr Wang ein geradezu tierischer Schrei, während seine Leute wild durcheinanderrannten, jeder auf der verzweifelten Suche nach Schutz, und ihre Gefangenen sich selbst überließen.

Tessa, Wayne und Leo tauschten Blicke. Was hatte der Typ vor?, stand in ihren weit aufgerissenen Augen zu lesen.

Bluffte er nur, oder war er wahnsinnig genug, sie wirklich allesamt umzubringen?

»Zwei!«

»Stopp!«, brüllte Wang.

»Eins ... Wie war das eben, bitte?« Moinon hielt die Hand hinter sein Ohr.

»Stopp – Sie haben gewonnen! Was soll ich tun?«

»Ganz einfach«, klang die Stimme wieder aus den Lautsprechern: »Entwaffnen Sie Ihre Leute – alle! Ich will alle Patschehändchen oben sehen!«

Wang, der auf die Knie gesunken war, wirkte plötzlich wie ein gebrochener Mann. Er fiel halb vornüber, konnte sich aber noch mit den Armen aufstützen und saß nun auf allen vieren auf dem Boden. Zu seinem Adjutanten sagte er mit letzter Kraft: »Legt die Waffen ab.«

Der Adjutant, der so leise Töne von seinem Boss nicht kannte, fragte aus alter Gewohnheit lieber noch einmal nach, um auch ja nichts falsch zu machen: »Wie meinten Sie, Meister Wang?«

Die überflüssige Nachfrage war der Tropfen, der das Fass zum Überlaufen brachte. Wang bäumte sich auf, schrie mit einer letzten Kraftanstrengung: »Sie sollen, verdammt noch mal, die Waffen ablegen!«, und sackte vollends in sich zusammen. Seine Männer leisteten dem Befehl, ohne zu zögern, Folge. Sie warfen die Gewehre vor sich auf den Boden und nahmen, die ersten zögerlich, die weiteren schnell, um nicht den Anschluss zu verpassen, die Hände hoch und schauten zu Moinon hinauf, um zu erfahren, was weiter passieren sollte.

»Sehr schön bis hierhin«, meldete sich Moinon wieder über die Lautsprecher. »Und nun würde ich den

Herrn Adjutanten bitten, dem ganzen Trupp Handschellen anzulegen – es hat ja jeder ein Paar am Uniformgürtel. Nach meiner Rechnung müssten wir drei Paar zu wenig haben, aber sicher ist Herr Fong so freundlich, den Gefangenen unverzüglich ihre Fesseln zu lösen und weiterzugeben …!«

Fong erschrak, als er plötzlich und unverhofft persönlich angesprochen wurde und tat sich dafür umso mehr mit besonderem Diensteifer hervor, Tessa, Wayne und Leo von den Knebeln und Handschellen zu befreien. Bei Leo schadete Fongs blinder Eifer am meisten, weil er beim Versuch, das Klebeband abzulösen, einige Bart- und Kopfhaare erwischte, die er mitsamt der Wurzeln ausriss. Leo schrie auf und fluchte einige Male laut, während er sich seine lädierten Wangen hielt. »Duibuqi!«, sagte Fong immer wieder, fast wie in einer Endlosschleife, beschwichtigend zu Leo.

»Duibuqi!«, sagte auch der Adjutant, als er Wang, der spannunglos wie ein Kartoffelsack auf dem Fußboden kauerte, die Handschellen anlegte.

Tessa war noch gar nicht wieder in der Gegenwart angekommen, so sehr hatte sich die Lage in kürzester Zeit in ihr Gegenteil verkehrt. Sie, Wayne und Leo waren nun diejenigen, die sich frei bewegen konnten, und Wangs Leute die Gefangenen. Die Männer schauten ziemlich betreten und standen regungslos und stumm in kleinen Grüppchen beisammen, sehr darauf bedacht, den neuen Befehlshabern keinen Grund zu geben, auf sie aufmerksam zu werden.

Eben noch waren sie dauerndem Gewehrfeuer ausgesetzt – es brauchte einen Moment, sich daran zu gewöhnen, dass man nicht mehr in Lebensgefahr schwebte und dass nicht jeder Schritt, den man tat, gerade ein unvorsichtiger, der letzte sein könnte. Tessa umarmte Leo, dann wieder Wayne, dann wieder Leo – und kam zu dem Schluss, am effektivsten sei es, beide gleichzeitig zu umarmen. So standen sie zu dritt eng umschlungen da, umringt von Wangs gefesselten Söldnern, und begingen den definitiv letzten Akt ihres galaktischen Heulfestes.

Moinon kam die Treppe von der Empore herunter. Er kam an den abgelegten Gewehren von Wangs Leuten vorbei, überlegte kurz, ob er eines davon schultern sollte, entschied sich dann aber stattdessen dafür, es mit einem ordentlichen Tritt in die Ecke zu befördern, wo es scheppernd aufprallte. »Hallo«, sagte Moinon, der jetzt gar nicht mehr so wie der furchtlose Superheld klang, der von der Empore aus seine Anweisungen gegeben hatte, sondern fast etwas unbeholfen. Er streckte seine Hand aus. »Tessa!«, sagte er und wandte sich an Wayne. »Mr Tooley.«

Wayne nahm die angebotene Hand, konnte aber nicht ganz umhin, seinem Lebensretter einen skeptischen Blick zuzuwerfen – das Interview hatte er noch nicht ganz vergessen.

»Und Sie müssen Tessas Vater sein. Leo, stimmt's?«

»Genau. Ihr Name war Moinon, hab ich das richtig mitbekommen?«

»Ganz recht. Aber meine Freunde nennen mich Jean-Amadé. Und wir sind hier doch jetzt unter Freunden, oder?«

»Oh ja, Jean-Amadé, das sind wir!«, rief Leo, klopfte ihm auf die Schulter und zog ihn zu einer kräftigen Umarmung an seine Brust. Leo lieferte einen letzten Nachschlag für das Heulfest, als er ihm unter Tränen, die unaufhaltsam waren, mit erstickter Stimme zuflüsterte: »Danke, dass du meine Tochter gerettet hast! Danke!«, und ihn noch ein wenig fester an sich presste.

Es folgten weitere Freundschaftsbekundungen, Umarmungen, Wangen- und (was Wayne und Tessa betraf) Zungenküsse, und nicht wenige der Männer vom Sicherheitsdienst, die die Szene, ob sie nun wollten oder nicht, beobachten mussten, fragten sich, ob sie nicht doch besser einen anderen Beruf gewählt hätten; einen, in dem man nicht auf junge Mädchen, Rockstars und Klempner schießen musste …

Da drang von draußen neuer Lichtschein in die Halle. Mehrere Transportfahrzeuge, die über die Zufahrtsstrecke gekommen sein mussten, hielten vor dem Haupteingang, und Männer mit Gewehren stiegen eilig aus. Tessa, Leo, Wayne und Moinon, die am Eingang standen, hatten noch gar nicht die Zeit gefunden, mit etwas anderem als verblüfftem und entsetztem Hinstarren auf die Neuankömmlinge zu reagieren, als diese auch schon ihre Waffen sinken ließen. Der Anführer des ersten Trupps, der Tessa und die anderen gesehen hatte, drehte sich zu einem der Fahrzeuge hin und gab mit erhobenem Daumen das Zeichen, dass alles klar sei. Aus dem Fahrzeug stieg niemand anderes als Meister Li, den Tessa trotz des Raumhelms gleich an seinem leicht stockenden Gang erkannte.

Der erste Trupp, mit Li darin, passierte die Vakuumschleuse und trat ein. Als Li schwerfällig dem Raumanzug entstiegen war, versuchten die Wachleute, an denen er vorbeikam, ihm trotz ihrer Handschellen zu salutieren, was mal mehr, mal weniger gut gelang. Fast schien es, als würde Li das amüsant genug finden, um ein leichtes Lä-

235

cheln zu zeigen. Sein Lächeln verbreiterte sich jedenfalls, als er auf Tessa, Leo, Wayne und Moinon zukam und sich so tief vor ihnen verbeugte, wie sein steifer Rücken das zuließ.

»Euch geht es gut, meine Freunde – wie schön! Ich hatte das Schlimmste befürchtet ...«

Er schaute zu Wang hinüber, der nicht einmal aufzublicken wagte. Er machte keine Anstalten, seinen Stellvertreter anzusprechen, sondern schüttelte bloß traurig den Kopf. »Was macht die Gier nur aus den Menschen ...«, sagte er mehr zu sich selbst als zu jemand anderem. Er schaute hinaus in die Ferne des Mondmeeres. Für einen Moment wirkte er wieder geistesabwesend, ganz so, als ob er seine Umgebung vollkommen vergessen hatte. Doch gleich fing er sich und sagte zu Tessa und den anderen: »Wir fahren euch jetzt zurück zur Mondbasis. Tessa, Leo, ich fürchte, wir werden euch erst einmal im Hotel unterbringen müssen. Es sieht ganz so aus, als hätte in eurer Wohnung jemand ein paar Dinge durcheinandergebracht ...«

Fong und Chen versuchten dabei besonders unauffällig zu gucken.

Li ging hinüber zu Wangs Adjutanten und sprach lange in gedämpfter Lautstärke auf ihn ein. Der Adjutant, der sich tief verbeugt hatte, als Li zu ihm kam, nickte ständig zu dessen Worten. Am Ende schien Li eine Frage zu stellen, und als der Adjutant auch auf diese mit einem Nicken antwortete, ließ Li ihm die Handschellen lösen.

Während Li sich weiter mit seinen Leuten besprach, flüsterte Leo Tessa zu: »Deine Mutter darf auf gar keinen Fall etwas hiervon erfahren, sonst bin ich tot ...!«

Tessa grinste. »Das wäre wirklich schade, wenn sie dich

umbringt – nach allem, was wir durchgemacht haben. Da hätte sich der ganze Stress ja nicht gelohnt ...!«

»Du kleines Biest!«, sagte Leo lachend und kitzelte Tessa an der Seite, die daraufhin aufquiekte.

Wayne sagte: »Ach so, du bist kitzelig, das wusste ich ja noch gar nicht – darf ich auch mal ...?« Doch statt sie zu kitzeln, drückte er ihr die Lippen zu einem Kuss an die kleine freiliegende Stelle hinterm linken Ohr. Tessa lachte auf, teils überrascht, aber vor allem wohlig und von einem wunderbar warmen Gefühl beherrscht.

Li drehte sich verdutzt zu den dreien um. Er sah sie herumalbern, lächelte versonnen und hielt seine Rechte mit ausgestreckten Fingern vor sich, die Handfläche nach außen gedreht.

Wenn es auf dem Mond eine Atmosphäre gegeben hätte, wäre Tessas Gelächter weithin zu hören gewesen. Die gab es aber nicht, und so blieb es außerhalb der Kuppel des Vergnügungsparks, die im bleichen Licht des Erdscheins schimmerte, vollkommen still; so still wie seit Milliarden von Jahren zuvor.

KAPITEL 25

Charme Dantan sieht nach dem Rechten

»Allez, allez! Das geht ja wohl auch ein bisschen schneller!«

Das übliche Gewimmel auf dem New Beijing Boulevard wurde jäh unterbrochen. Lastkarren und Personenscooter stauten sich, unzufriedene Rufe wurden laut, und die Hupen der Fahrzeuge, die laut Dekret des obersten Asienrates auf Mao-Gandhi II auf eine Lautstärke von 50 Dezibel heruntergeregelt waren, quäkten heiser, ganz wie bei einem Froschkonzert im Tümpel. Eine Art Karawane bahnte sich den Weg durch das Getümmel, und die groß gewachsene Afrikanerin an der Spitze des Trecks, die von einem bunten, fast bodenlangen Gewand mit weiten Ärmeln umflossen wurde, nahm keinerlei Rücksicht auf die Vorfahrtsregeln, sodass einige Transporter beim Versuch, ihr auszuweichen, ineinandergerauscht waren. Charme Dantan war viel zu beschäftigt damit, ihre Gepäckträger – eigentlich Angestellte von Space India, die sie kurzerhand am Spaceport zwangsverpflichtet hatte – zu dirigieren, als dass sie auf solche Nebensächlichkeiten hätte achten können. Ihr runder Hut, der im selben gelb-orangefarbenen Blumenmuster gehalten war wie ihr Kleid, wogte bedenklich hin und her und drohte, von ihrer hoch auftoupierten Frisur abzustürzen, während sie die Träger weiter zur Eile antrieb: »Tempo! Dépêchez-vous, hab ich gesagt!«

Die Träger stöhnten und ächzten unter der Last ihrer Schrankkoffer und waren bereits ein ganzes Stück zurückgefallen. Da sie schon fast das Hotel erreicht hatte, beließ sie es bei dieser letzten Ermahnung und rauschte von dannen (Wenn einer der Gepäckträger tatsächlich noch ein Trinkgeld von ihr erwartet hatte, musste er spätestens jetzt einsehen, dass seine Hoffnung vergebens war). Charme Dantan segelte am Portier vorbei, der es gerade noch schaffte, die Uniformmütze zu ziehen und ihr die Tür aufzuhalten; ein Page dagegen, der nicht mehr rechtzeitig flüchten konnte, wurde von ihrem Sog mitgerissen und landete mit einem satten Plumpser auf dem Teppich der Eingangshalle.

Charme Dantan hatte nach seinen beiden untauglichen Story-Ideen nichts mehr von Moinon gehört – offensichtlich hatte ihre letzte Nachricht den Waschlappen so sehr eingeschüchtert, dass er sich nicht mehr traute zu antworten! Damit hätte Charme Dantan sehr gut leben können. Aber ein Mitarbeiter, der schweigt und nur Spesen verbraucht, anstatt Knüller heranzuschaffen, war auf Dauer nicht tragbar – genauer gesagt, auch schon auf kurze Dauer nicht. So hatte sie beschlossen, Moinon hinterherzureisen, um ihm gehörig auf die Finger zu klopfen (und außerdem war sie dieses Jahr noch gar nicht so recht dazu gekommen, ihr Spesenkonto – das deutlich besser ausgestattet war als das von Moinon – auszuschöpfen).

Sie betrat die Hotellobby, sah sich prüfend, missbilligend um und steuerte auf die Rezeption zu, hinter der momentan allerdings niemand zu sehen war. Mit einem kräftigen Schlag zeigte sie der Klingel auf dem Tresen der Rezeption, wer Herrin im Hause war.

»Quel bordel – was ist denn das bloß für ein Laden hier!«, entfuhr es ihr.

»Madame Dantan, Sie sind schon da …«, kam der Empfangschef aus dem Büro hinter der Rezeption hervor, der nervös seine Hände knetete. Wenn er vorgehabt haben sollte, Charme Dantan mit einer wortreichen Begrüßung gnädig zu stimmen, konnte er diesen Plan begraben. Sie stoppte ihn gleich. »Den Abholservice, den ich bestellt hatte …«, sie funkelte ihn wütend an, »… und der nicht erschienen ist, können Sie sich in die Haare schmieren. Und wenn der Posten trotzdem auf der Rechnung auftauchen sollte, können Sie erleben, was Ärger bedeutet …!«

Der Empfangschef stammelte etwas von »bedauerliches Versehen« und »werde die Verantwortlichen zur Rechenschaft ziehen«. Auf dem Monitor rief er Charme Dantans Reservierung auf, stockte und runzelte die Stirn, wischte und tippte weiter darauf herum und legte die Stirn in noch tiefere Falten. Was Charme Dantan verborgen blieb, denn erstens ignorierte sie grundsätzlich die Gefühlsregungen von Untergebenen, und zweitens drangen plötzlich laute lallende Gesänge durch die Hotellobby.

Dean und Riley, die einen Kasten Bier aus dem Supermarkt »Familienglück« ins Hotel trugen, kamen in Richtung Rezeption geschwankt. Sie hatten selbst am Ende von anderthalb am Stück durchgefeierten Tagen noch die Kondition zu singen:

Da steht ein Pferd auf'm Mond
Was macht das Pferd auf'm Mond
Ja, ja, ein Pferd auf'm Mond
Das ist so niedlich …

»Die hunnertsssswei, bidde«, lallte Dean.

»Die nehm ich auch«, schloss sich Riley an. »Wir ham noch wasssu feiern …!«

Während der Angestellte ihre Armbänder aktivierte, fiel Deans Blick auf Charme Dantan: »Meine Ssschöne …«

Sie schaute die beiden mit einem Ausdruck abgrundtiefer Verachtung an.

Die beiden verzogen sich in Richtung der Fahrstühle, wobei sie weiter vom Pferd auf dem Mond sangen. Nach mehreren Fehlversuchen schafften sie es, einen der Liftknöpfe zu drücken, und verschwanden in einer der Kabinen. Der Empfangschef, dem die Szene sichtlich peinlich war, sagte mit gezwungenem Grinsen: »Diese Gäste …«, er hüstelte, wie um anzudeuten, dass er als Bezeichnung für Dean und Riley »Störenfriede« deutlich passender gefunden hätte, »reisen bereits morgen Abend wieder ab. Ich bin sicher, dass es bis dahin keine Störungen geben wird.«

»Das will ich hoffen«, sagte Charme Dantan, ohne auch nur die Andeutung eines Lächelns zu versuchen.

»Da wäre noch …«, versuchte der Empfangschef einzuwerfen.

»Später!«, blaffte Charme Dantan. »Ich will jetzt nichts außer dem Schlüssel und meiner Ruhe. Mon dieu, ich bin durchs halbe Universum gereist …!«

Wieder wurde Charme Dantan unterbrochen, weil eine große Gruppe in diesem Moment vor dem Hotel erschien. Eskortiert von mehreren Wachleuten und von Li, der an der Eingangstür zum Abschied winkte, betraten Tessa, Wayne, Leo und Moinon die Lobby. Sie waren eine seltsame Truppe, die bleich und übernächtigt mehr vorwärtsstolperte, als ging; Wayne in Lederjacke und Jeans, Leo in seinem dreckigen Arbeitsoverall mit verpflastertem Gesicht (Fong war wirklich nicht allzu geschickt darin gewesen, Leo vom Klebeband zu befreien), Tessa in ihrem inzwischen ziemlich zerstörten Outfit aus Minirock und geblümtem Oberteil – und Moinon mit seinem Anzug in schwarz-weißem Fischgrätmuster.

Schwer zu sagen, wer von beiden überraschter war, den anderen zu erblicken – auf jeden Fall setzte sich Charme Dantan als Erste in Bewegung und ging, quer durch die Lobby stürmend, auf Moinon los. Vor Entsetzen blieb er wie angewurzelt auf der Stelle stehen, als er seine Chefin im Anmarsch sah.

»Moinon!«, rief sie und unterstrich es mit einer Geste wie die zu einem Haustier, das zu Frauchen zurückkommen soll. Statt folgsam bei Fuß zu kommen, setzte Moinon lieber zur Flucht an, hatte aber nicht mit den schnellen Reflexen seiner Chefredakteurin gerechnet. Sie packte ihn am Hemdkragen und schüttelte ihn wie eine Katzenmutter, die ihr unbotmäßiges Junges zur Vernunft bringen will.

»Moinon, Sie sind mir eine Erklärung schuldig!«, fuhr sie ihn mit Donnerstimme an.

Tessa, Leo und Wayne, die das Schauspiel überrumpelt und verständnislos beobachtet hatten, kamen zur Besinnung und liefen auf die beiden zu.

»Hey, loslassen!«, schrie Leo in Richtung von Charme Dantan, die Moinon nach wie vor gepackt hielt, sodass er nur hilflos mit Armen und Beinen vor sich hin rudern konnte. Jetzt war es an Charme Dantan, überrumpelt zu sein. Sie ließ Moinon weisungsgemäß los, der damit nicht gerechnet hatte und wie eine Marionette mit durchschnittenen Fäden zu Boden sackte.

Leo konnte sich beim besten Willen nicht länger zurückhalten. Er baute sich vor Charme Dantan auf und sagte ihr, unter mehrmaligem anklagenden Gepikse mit dem Zeigefinger, deutlich seine Meinung.

Moinon, der sich wieder aufgerappelt hatte, versuchte, ihn zurückzuhalten und sagte: »Aber nein, Leo, das ist doch meine Chefin!«

»Wer immer Sie sind«, herrschte Leo sie an. »Sie lassen den Jungen in Ruhe. Er hat uns das Leben gerettet und ist ein Held, jawohl!«

Charme Dantan konnte sich nicht daran erinnern, dass jemand jemals so mit ihr umgesprungen war. Deshalb war sie auch zu perplex, um gleich zu reagieren. Was Leo die Chance gab, weiterzusprechen: »Er hat es mit einem Dutzend schwer bewaffneter Soldaten auf einmal aufgenommen, drei Menschenleben gerettet und dadurch noch einen gigantischen Bestechungsskandal aufgedeckt!«

Charme Dantan schaute mit weit aufgerissenen Augen Leo und Moinon an, der seine Arme vor der Brust verschränkt hatte und zu jedem von Leos Sätzen nachdrücklich nickte – man konnte ihrem Gesicht ablesen, dass sie Moinon so etwas noch nicht einmal ansatzweise zutraute und dass sie Leo daher für einen gemeingefährlichen Irren hielt, dem man besser nicht widersprach, um ihn bloß nicht noch mehr zu reizen. Sie atmete ein paarmal tief ein und aus, ließ aber Leos Tirade ohne weitere Widerworte über sich ergehen.

Leos Erklärungen hatten Charme Dantan zwar mehr verwirrt als informiert, aber immerhin hatte sein Wutausbruch ihr auch den Wind aus den Segeln genommen. Ihr Adrenalinschub ebbte ab, und plötzlich merkte sie, wie sehr sie die Reise zum Mond angestrengt hatte. Das Zusammenfalten Moinons, sagte sie sich, könne ja gut und gern auch bis morgen warten …

»Moinon …«, begann sie und schaute dabei demonstrativ über Tessa, Wayne und Leo (über Leo ganz besonders!) hinweg, » … lassen Sie uns morgen sprechen. Ich bin müde und j'ai mal à la tête – es ist wieder meine Migräne; das war bestimmt die Schwerelosigkeit beim Flug. Wo treffe ich Sie und Ihre – interessanten neuen Freunde?«

»Am besten im Casino Orbit«, sagte Moinon. »Das erste Haus am Platze. Morgen Vormittag also?«

»D'accord«, erwiderte Charme Dantan. »Na gut – dann bis morgen!« Sie drehte sich grußlos um, schnappte dem Empfangschef die Chipkarte für das Zimmer aus der Hand, die er ihr die ganze Zeit hingehalten hatte, und war schon halb beim Fahrstuhl, als sie sich noch einmal umwandte: »Moinon!«, rief sie, worauf dieser reflexartig zusammenzuckte. »Den Artikel setzen Sie bitte heute noch ab – ich sage gleich in Yaoundé Bescheid, dass sie die Titelseite freiräumen sollen. 5000 Wörter; alle Details, nennen Sie Namen, machen Sie's dramatisch – na, Sie wissen schon. Ich kann mich auf Sie verlassen?«

Moinon lachte. »Ja, Chefin, das können Sie!«

Cassis Laune war nicht die beste. Sie war jetzt schon ewig unterwegs, seit sie die Wohnwabe verlassen hatte, aber die feine Salatblatt-Quelle hatte sie nicht wiederfinden können. Irgendwie war alles anders als bei ihrem ersten Ausflug – sehr verwirrend! Nichtsdestotrotz hatte sie stur Kurs gehalten, war durch nicht enden wollende Gänge und breite Straßen entlanggegangen, ohne auch nur auf eine Spur von leckerer Nahrung zu stoßen.

Da sah sie auf einmal von ferne jemanden, den sie kannte – dieses Mädchen, bei dem sie schon auf der Erde gelebt hatte. Zusammen mit ein paar anderen Gestalten verschwand sie gerade in der Tür eines großen Gebäudes. Und sie würde ihr ganz bestimmt auch wieder Futter hinlegen, wenn sie sie erst mal fand ...! Cassi nahm, soweit möglich, Tempo auf und bewegte sich auf den Eingang des Hotels zu, dessen Lichter am Ende eines langen Korridors hell leuchteten und ihr den Weg wiesen.

Trix hatte beim Farmspiel auf ihrem Playport gerade für 100 Digi-Fù Salatköpfe für ihre virtuelle Kaninchenzucht gekauft, als der Beeper aufleuchtete und einen schrillen Ton von sich gab. Auf der Nachrichtenwabe, die auf dem flachen Wohnzimmertisch lag, erschien das Symbol eines Hörers über chinesischen Schriftzeichen. Sogleich baute sich ein dreidimensionales Bild von Tessa auf dem Gerät auf, das zunächst nur schwach leuchtete und einmal wieder flackernd verlosch, sich dann aber langsam stabilisierte.

»Trix, Mama, seid ihr da?«, rief die dreidimensionale Mini-Tessa im typischen Ferngesprächs-Ton. Trix ließ den Playport fallen und lief los: »Mama! Es ist Tessa!«

»Hallo, Schwesterherz!«, sagte Tessa.

Trix plapperte in rasender Geschwindigkeit: »Oh Tessi, hier ist es total langweilig ohne dich. Wann kommst du wieder? Wie geht's Papa? Kommt er auch zurück? Gibt's auf dem Mond auch Süßigkeiten zu kaufen? In der Schule hat heute Natalie ordentlich Ärger von Frau Berthold gekriegt, weil sie immer gekippelt hat ...«

Man hörte das Geklapper von Geschirr, das hastig beiseite gestellt wurde. Schon kam Tessas Mutter herein und rückte zu Trix vor das Bild der Nachrichtenwabe. »Liebes, wie geht es dir …?«, sagte sie aufgeregt. »Wir haben uns schon solche Sorgen gemacht. Ist alles in Ordnung?«

»Mir geht's gut«, antwortete Tessas Abbild. »Papa kümmert sich prima um mich.«

»So, tut er das?«

Leo trat zu Tessa mit ins Bild und winkte einmal kurz verlegen.

»Hör zu, Mama«, sagte Tessa, »ich möchte nicht, dass du es erst vom Newsflash erfährst – wir sind da in was reingeraten, das eine ziemlich große Sache werden wird …«

Tessas Mutter schaute Leo mit einem Blick an, den er nur allzu gut erinnerte.

»Also, es war so …«, begann Tessa.

KAPITEL 26

In geselliger Runde

»Nein, nein, nein! So geht es nicht! Ich hatte ausdrücklich die Planetensuite bestellt!«

Charme Dantan hatte gut geschlafen, sie war erholt und lief gleich wieder zu alter Form auf, als sie sich vor der Rezeption aufgebaut hatte und sich den Empfangschef ein weiteres Mal zur Brust nahm. Ihr schwarz-grün gestreiftes Gewand wogte, während sie aufgeregt gestikulierte, und der Hut – wie immer farblich passend – geriet mehrfach in bedrohliche Schieflage, hielt sich aber auf ihrem Kopf.

»Ich bedaure zutiefst«, sagte der Empfangschef mit einer abwehrenden Geste, »aber die Planetensuite war kurzfristig von der Basis-Leitung angefordert worden. Ihr jetziges Zimmer hat aber doch praktisch dieselbe Aussicht ...«

»Worauf denn, bitte? Auf einen jämmerlichen Haufen Steine! Im Prospekt sieht man aber ein Panorama von Planeten ...«

»Aber Gnädigste, es ist nun einmal abnehmender Mond, und da liegen wir eben zwischen Sonne und Erde, und die übrigen Planeten sind von hier aus am Himmel nicht sichtbar ...«

»Papperlapapp!«

Dem Empfangschef brach der Schweiß aus. Mit Argumenten kam man hier nicht weiter, wie er merkte.

»Aber da kommen ja die Herrschaften, die die Suite belegen. Möglicherweise würden sie sich zu einem Zimmertausch bereit finden ...?«

Er hatte den Arm erhoben, um Tessa und Leo zu sich heranzuwinken; Charme wollte sich umdrehen und zu den beiden hingehen. Sie hatte für die Verhandlungen zum Zimmertausch schon ihr Geschäftspartner-Lächeln aufgesetzt, als sie urplötzlich aus dem Blickfeld verschwand.

»Madame Dantan ...?«, fragte der Empfangschef besorgt und schaute sich nach allen Seiten hin um, bevor ihn ein lautes Stöhnen darauf brachte, einmal direkt vor dem Tresen nachzuschauen. Er stützte sich mit den Händen auf und beugte sich vor. In der Tat: Charme Dantan lag auf dem Boden hingestreckt und rieb sich den schmerzenden Po. »Zut alors«, fluchte sie leise vor sich hin.

»Aber Madame, was ist passiert?«

»Hingefallen bin ich, das ist passiert! Wieso bauen Sie hier auch Stolperfallen in der Lobby auf ...?«

Tessa und Leo waren zu ihr hingeeilt, als sie sie stürzen sahen. Jetzt erst schauten alle auf den Stolperstein, der nicht nur geformt war wie eine Schildkröte und aussah wie eine Schildkröte, sondern auch wirklich eine Schildkröte war. Cassi hatte die letzten Meter bis zum Hoteleingang zurückgelegt und war gerade an der Rezeption vorbeigestrichen, als Charme Dantan sie mit dem Fuß erwischte, woraufhin sie sich augenblicklich in den Panzer zurückzog.

»Cassi!«, rief Tessa: »Hier bist du! Aber wie ...?«

Cassi verzichtete darauf, lange Erklärungen abzugeben, kam langsam wieder hervor und schaute ihre Besitzerin nur mit einem Blick an, der ihr zu verstehen geben sollte, dass die Fütterung längst überfällig war.

»Du musst ja völlig ausgehungert sein«, sagte Tessa, und wenn Schildkröten nicken könnten, hätte Cassi es in diesem Moment garantiert getan. »Komm, ich weiß, wo es etwas Leckeres für dich gibt! Da sind wir ja sowieso verabredet ...«

Die Runde, die sich nach und nach im Casino Orbit versammelte, war eine so unwahrscheinliche Kombination von Typen, dass selbst ein Außerirdischer (hätte es denn welche gegeben) als zusätzlicher Gast gar nicht weiter aufgefallen wäre.

Tessa und Wayne saßen zusammen und schafften es gelegentlich sogar, beim Knutschen Pausen einzulegen, um nicht allzu unhöflich zu wirken. Wayne hatte aus alter Verbundenheit bei Dean und Riley angeklopft, um sie einzuladen, hörte aber aus dem Zimmer nur lautes, zweistimmiges Geschnarche.

Charme Dantans Zorn war verraucht, seit sie von der Planetensuite Besitz ergreifen konnte (und der Ausblick war von dort, trotz der ungünstigen Mondphase, wirklich sehr viel spektakulärer als aus ihrem vorigen Zimmer) und die erste Geschichte, die Moinon noch am Abend geschrieben hatte, eingeschlagen war wie ein Meteorit. Der »Nouveau Africain« hatte einen echten Knüller gelandet, und weltweit gab es kaum eine andere Schlagzeile als die illegale Mülldeponie auf dem Mond und Wangs krumme Geschäfte mit den Bodenschätzen aus dem Mare Imbrium.

Moinon selbst erschien wie immer im Fischgrätanzug (er hatte an der Tür seiner Wohnwabe einen Klebezettel des Kurierdienstes von Space India vorgefunden, dass sie vergeblich versucht hätten, ihm seinen Koffer zuzustellen

und er ihn nun binnen vier Wochen in der zentralen Ge-
päckaufbewahrung am Raumbahnhof von Chennai abholen könne); und bis auf die tiefen Augenringe (er hatte nach
Absenden des Artikels gerade einmal zwei Stunden geschlafen) sah Moinon aus wie immer.

Am Ende des Tisches saß 47B, der schon am Montag
vergebens an der Tür des Casinos gerüttelt hatte, weil er
nach dem PT-Spezial süchtig geworden war. Mr Singh,
der es sich nicht hatte nehmen lassen, die Runde selbst zu
bedienen, hatte ihm angeboten, sich dazuzugesellen und
inzwischen auch schon ein großes Cocktailglas mit oran-
gefarbenem Inhalt vor ihm abgestellt.

Und Cassi, auf Tessas Schoß, tat sich an dem verspro-
chenen Salatblatt gütlich.

Als Moinon auftauchte, erhob sich Charme Dantan,
umarmte ihn, dass ihm die Rippen knackten, und verpasste ihm auf beide Wangen einen knallenden Schmatz. Sie
rief: »Moinon, ich verzeihe Ihnen! Alles! Selbst, dass Sie
sich mal eben einen neuen Job gesucht haben …«

Moinon grinste verschämt.

»Und trotzdem sind Sie mir immer noch eine Erklärung
schuldig. Ich habe Ihre Geschichte gelesen und sage jetzt einen Satz, den Sie noch nie von mir gehört haben und auch
garantiert nie wieder von mir hören werden: Ich versteh's
immer noch nicht!«

Alle am Tisch lachten, und sie lachte fröhlich mit. (Die
Fröhlichkeit fühlte sich gut an, fand Charme Dantan – was
für ein seltsames Gefühl!)

»Das liegt nicht an Ihrem Artikel – der hat Stil, der hat
Esprit, der hat Passion …! Aber mir schwirrt der Kopf«, sag-

te sie: »Was ist denn das nur für eine verrückte Story mit Bergwerken, Jahrmärkten und Müllschächten?«

»Eigentlich ist alles ganz einfach ...«, setzte Moinon an. Einige am Tisch lachten, und er schaute kurz irritiert. Moinon erklärte: »Nein, es ist wirklich simpel. Wang, der Sicherheitschef, hat schnell spitzgekriegt, dass man ein super Geschäft machen kann, wenn man das Geld dafür kassiert, den Müll der Mondbasis zu entsorgen, ihn in Wirklichkeit aber einfach in die Gegend kippt. Und es kommt noch besser: Wenn man keinen Müll zur Entsorgung schickt, dann hat man in den Müllcontainern sehr viel Platz. Und den kann man nutzen, um Dinge zu transportieren, die sehr viel mehr wert sind als Abfälle!«

Tessa klinkte sich aus der Erzählung aus, die sie ja schon kannte, griff sich Waynes Hand und fand, dass sie für den Moment der Höflichkeit Genüge getan hätten, was das Pausieren vom Küssen betraf.

»Was können denn das für Dinge gewesen sein?«, fragte Charme Dantan unterdessen. »Wang wird ja wohl nicht gerade auf eine Goldader gestoßen sein ...«

»Es war noch etwas viel besseres als Gold: seltene Erden!«, erzählte Moinon und geriet dabei richtig in Fahrt: »Stellen Sie sich vor: Die hatten Mao-Gandhi I mitten ins sogenannte Kreep-Terran gesetzt; das sind besonders reichhaltige Überreste des Magma-Ozeans aus der Frühzeit des Mondes, wo Sie nur die Schaufel ansetzen müssen und schon haben Sie eine Ladung Mineralien im Wert eines Kleinwagens beisammen. Na gut, eigentlich muss man erst durch die Staubschicht durch, aber überall in der Kruste lagern massenweise ganz tolle Stoffe, ohne die Sie vergessen können, elektronische Bauteile herzustellen. Dysprosium! Rubidium! Lanthan!«

Charme Dantan, die dem Vortrag mit zunehmender Überforderung gelauscht hatte, unterbrach ihn: »Moinon, ich hab damals in Chemie nicht aufgepasst, und unsere Leser bestimmt auch nicht. Kommen Sie zum Punkt! Was bringt die ganze Chose?«

»Viel Geld. Ganz viel Geld. Viel mehr Geld, als ein Sicherheitschef selbst mit seiner üppigen Mond-Zulage in seinem ganzen Leben verdienen kann«, sagte Moinon.

»Gut, das versteh ich. Aber mir schwirrt trotzdem der Kopf – wie hat er es hingekriegt, dass das alles geheim geblieben ist?«, fragte Charme Dantan.

»Er hat seine Mannschaft gut bezahlt, Schweigegeld inklusive. Das nötige Gerät ließ er in den Müllcontainern transportieren, die zum Mond wieder hochgeschickt wurden. Und es ist ja so: Wenn man der Chef vom Sicherheitsdienst ist, hat man seine Mittel und Wege, um Sachen unter dem Deckel zu halten. Selbst wenn jemand zur Security gegangen wäre: Wang *war* ja die Security. Und es ging lange gut – bis Leo und Tessa kamen … «

»Aber wieso ist nie jemandem aufgefallen, dass von Mao-Gandhi II gar kein Müll zurückkam?«

»Dafür hatte Wang gesorgt. Der Leiter der Internationalen Entsorgungsstation ist praktischerweise ein Cousin von ihm, und der hat, wie ich höre, bereits gestanden, dass Wang ihn bestochen hat, damit er die Logbücher manipuliert.«

Plötzlich lag ein elektrisches Knistern in der Luft. Tessas Beeper gab ein weiteres Mal die Meldung »Unterrichtsbeginn in 0 Minuten« ab. Und schon materialisierte sich Becky Sharp zur nächsten Schulstunde.

»Jetzt müssen wir aber mal wieder … «, begann sie in dem aufgekratzten Tonfall, mit dem sie immer ihre Lektionen einzuleiten pflegte, stockte aber schon nach ihren ersten Worten. »Aber Tessa, was machst du hier – in einer Bar? Und das um diese Zeit?«

Tessa antwortete: »Ich arbeite hier – also, im Moment gerade nicht, aber nachmittags und abends, aber ist ja auch egal … Wie soll ich sagen: Es ist viel passiert, Becky, und ich fürchte, ich bin nicht zu meinen Hausaufgaben gekommen!«

Becky Sharp erwiderte: »Nun gut, unter diesen besonderen Umständen … Ich habe mir, ehrlich gesagt, schon gedacht, dass die Schularbeiten darunter leiden könnten, wenn du von einem Dutzend schießwütiger Soldaten belagert wirst … «

Leo unterbrach sie. »Kommen Sie doch, setzen Sie sich noch ein wenig zu uns!«

Becky Sharp sagte: »Ich weiß gar nicht, ob ich das darf … Die Vorgaben von Clever Corp. sind da sehr streng. Gerade was den Aufenthalt an Orten mit Ausschank alkoholischer Getränke betrifft.« Sie schaute sich besorgt um, als ob sie befürchten müsste, jeden Moment bei einem Vergehen erwischt zu werden.

»Die Vorgaben interessieren mich einen feuchten Kehricht«, rief Leo fröhlich aus. »Die Unterrichtszeit ist ja bezahlt, und so erlaube ich mir, Sie auf einen Drink einzuladen!« – Leo kam zu Bewusstsein, dass er ein Hologramm vor sich hatte – »Auf einen virtuellen Drink, meinte ich natürlich … «

Becky Sharp lachte. »Sehr freundlich von Ihnen!« Ihr holografisches Abbild nahm neben Leo auf der gepolsterten Bank Platz.

Leo, so schien es, konnte seine Augen gar nicht wieder von Becky abwenden, die heute ein Business-Kostüm aus grau meliertem Stoff trug, das sie mit einer fliederfarbenen Bluse kombiniert hatte. Inwieweit Leo einen Blick für die Feinheiten ihrer Garderobe hatte, war fraglich. Der Gesamteindruck aber riss ihn zu der Bemerkung hin: »Ich hatte ja keine Ahnung, dass Tessa eine so junge und hübsche Lehrerin hat …«

Das Hologramm errötete, Tessa verdrehte angesichts der Flirtversuche ihres Vaters die Augen, und Wayne versuchte, seinen Lachanfall hinter seiner Serviette zu verbergen.

»Sie übertreiben!«, protestierte Becky, wenn auch eher pro forma.

»Aber nein«, protestierte seinerseits Leo. »Ich gestehe, ich bin schwer beeindruckt!«

»Sie wissen, wie man Komplimente macht«, sagte Becky. »Aber was ist denn mit Ihrem Gesicht passiert?«

»Das ist eine lange Geschichte«, antwortete Leo ausweichend.

»Gibt es davon auch eine Kurzfassung?«, fragte Becky mit einem Augenaufschlag.

Tessa und Wayne tauschten einen langen, vielsagenden Blick aus und kicherten.

Da erschienen Mika und Mikhail an den Saloon-Schwingtüren des Casinos. Sie versuchten, Tessas Aufmerksamkeit zu erlangen, wohl, damit sie ein gutes Wort für sie bei

Mr Singh einlegen könnte. Aber Mr Singh hatte die beiden zuerst entdeckt. Er ging auf sie zu und sagte: »Ihr schon wieder!« – fuhr aber, viel freundlicher, als sie erwartet hatten, gleich fort: »Ihr seid eingeladen – kommt rein!«

Wer Mika und Mikhail kannte, wusste, dass man ihnen so etwas nicht zweimal sagen brauchte. Schon standen sie am Tisch und umarmten nacheinander Leo lang und innig.

»Leo, alter Kosake! Was du stellst für Blödsinn an!«

Jetzt erst bemerkte Mikhail die Pflaster in Leos Gesicht. »Was ist denn da passiert – das sieht ja schrecklich aus!«

»Sei mal ganz vorsichtig – du solltest erst mal den anderen sehen …!«, gab Leo zurück.

Mikhail grinste und deutete auf Becky: »Aber du bist ja in Begleitung einer Dame! Stell sie uns doch bitte vor!«

Leo: »Äh, ja, klar … Also: Miss Sharp, dies sind meine Kollegen Mika und Mikhail – Mika, Mikhail: Dies ist Becky Sharp, die Lehrerin meiner Tochter …«

Damit gaben sich Mika und Mikhail fürs Erste zufrieden und setzten ihren Rundgang um den Tisch fort, um nach und nach jeden wegen der frisch überstandenen Gefahr zu umarmen. Wieder blieb Tessa die Luft weg, als Mika sie in der Mangel hatte, und auch Wayne nahm sich, als er im Holzfällergriff eingeklemmt war, vor, endlich einmal mit dem Krafttraining anzufangen, was er schon so lange wollte … Selbst Charme Dantan entging ihrer Umarmungs-Attacke nicht, aber als eine Dame, die Männer in Uniform zu schätzen wusste (und außerdem gerade gute Laune hatte), ließ sie sich von den beiden Gestalten im Wartungsdienst-Overall widerstandslos drücken.

Leo nutzte die Gelegenheit und fragte seine Sitznachbarin: »Miss Sharp, ich darf Sie doch Becky nennen …?«

Sie antwortete: »Das dürfen Sie, äh, darfst du.«

Mikhail, der zu seinem Platz zurückkehrte, knuffte Leo in die Rippen und tuschelte ihm konspirativ zu: »Nun mach mal! Geh ran! Ist altes Sprichwort: Gott schenkt uns die Nüsse, aber er knackt sie nicht auch noch!«

Das Tuscheln fiel wohl etwas zu laut aus. Becky Sharp hörte es und schaute ein wenig zweifelnd, als ob sie zu Leo sagen wollte: »So, so, das sind also deine Freunde …?« Aber selbst in seinem leicht lädierten Zustand machte der Vater ihrer Schülerin keinen schlechten Eindruck auf sie, das musste sie schon sagen …

Leo sprach noch mit Mikhail, und so wandte sich Becky an Tessa – eine Sache musste sie doch noch loswerden. »Tessa, sosehr ich die Stunden mit dir schätze, ich habe es nicht so gern, wenn ich beschossen werde. Was war denn das bloß für ein komischer Jahrmarkt, auf dem du dich gestern herumgetrieben hast?«, fragte sie, mit durchaus beabsichtigtem Lehrerinnen-Ton. Den Tessa aber ganz überhört hatte. Sie strahlte, wie es nur frisch Verliebte können, und sagte ganz unbefangen: »Ach, das Glückskeks-Resort. Das hat Li bauen lassen, hat Papa erzählt. Was ist damit …?«

Von der anderen Seite des Tisches schaltete sich Moinon ein. »Ganz genau – das ist Meister Lis Werk. Es war sein Traum, aus Mao-Gandhi II mehr zu machen als bloß so eine interstellare Werkhalle wie jetzt. Eher so etwas wie ein Familienhotel, und der Vergnügungspark sollte die Hauptattraktion sein. Davon durfte natürlich niemand erfahren …«

»Wieso? Was ist denn schlimm daran, einen Vergnügungspark auf dem Mond zu bauen?«, wollte Becky wissen.

»An sich gar nichts. Aber wenn der Oberste Asienrat erfahren hätte, dass die Mittel für den Unterhalt der Mondbasis stattdessen in den Bau einer Riesenrutsche und einer Scooter-Bahn geflossen sind, wäre Li die längste Zeit hier Chef gewesen. Da hätten ihm auch seine vielen Tapferkeitsorden aus dem Internetkrieg nichts genützt. Also hat er es heimlich bauen lassen und wollte mit der Überraschung so lange warten, bis es komplett fertig wäre ...«

Charme Dantan nahm die Gesprächshoheit am Tisch wieder an sich: »Moinon, ich bin stolz auf Sie. Sie sind so clever, dass ich schon Angst kriege. Aber eine letzte Frage habe ich doch noch: Wer macht denn jetzt den ganzen Dreck wieder weg?«

»Li ist einfach viel zu freundlich«, sagte Moinon. »Er hat allen von Wangs Leuten ein Angebot gemacht, dass sie straffrei ausgehen, wenn sie den Müll wieder einsammeln. Und er zahlt ihnen sogar noch Lohn dafür!«

Mikhail warf ein: »Wie? Sogar den beiden, die unseren Leo ...«, (hier verpasste er Leo einen kräftigen Kniff in die Wangen), »... fast um Ecke hätten gebracht ...?«

»Du weißt doch, dass es ein Unfall war«, entgegnete Leo.

Mikhail grummelte: »Ich weiß höchstens, dass es sollte wie Unfall aussehen. Kenn ich mich damit aus.«

Alle lachten, aber Mikhail fügte grimmig hinzu: »Li ist nicht nur viel zu freundlich, Li ist auch viel zu gutmütig. Wir in Russland sagen: Fürchte den Bock von vorn, das Pferd von hinten und den Menschen von allen Seiten ...«

Leo schaute ihn amüsiert an: »Was soll das nun wieder heißen ...?«

Charme Dantan, die zunehmend aufgetaut war, klopfte auf das Polster der Sitzbank neben sich und signalisierte Mikhail so, dass er sich zu ihr setzen sollte. Er rückte herüber, und sie fragte ihn: »Was haben Sie denn in Russland gemacht, bevor sie auf die Mondbasis gekommen sind? Waren Sie immer schon ein Klempner?«

»Klempner für Computer, das schon eher … Aber – wie sag ich … – nicht um Loch im Computer zu stopfen, sondern um Loch hineinzumachen.«

»Oh, das hört sich ja interessant an. So eine Art Hacker, wie? Am Ende noch für den Geheimdienst, was? Erzählen Sie mehr!«, sagte Charme Dantan.

»Könnte ich erzählen«, sagte Mikhail und schaute plötzlich sehr ernst drein. »Dann ich aber müsste dich umbringen!«

Mika machte dazu die passende Geste, indem er sich mit dem Zeigefinger quer über den Hals fuhr.

Charme Dantan lachte und nutzte ihren Zeigefinger, um ihm scherzhaft damit zu drohen. »Sie sind mir ja ein ganz Schlimmer, Mikhail«, gurrte sie wie eine Taube im Frühling.

KAPITEL 27

Ein Abschied auf Zeit

Alle waren in ihr Gespräch – oder in ihr Glas – vertieft gewesen. Wortlos hatten Mika und 47B Brüderschaft geschlossen, indem sie mit einem PT-Spezial und einem Vishnu-Bier anstießen, und etwas später mit einem zweiten und dritten, die Mr Singh, geschäftstüchtig wie stets, immer schon vorausschauend bereitstellte ...

Charme Dantan hatte mit ihrer sanften Verhörmethode aus Mikhail nach und nach doch seine ganze Geschichte herausgekitzelt, bis hin zum Mädchennamen seiner Oma in Witebsk.

Leo und Becky Sharp hatten festgestellt, dass sie verwandte Seelen waren, und tauschten sich jetzt darüber aus, ob der Trend zur eigenen Parzelle auf einem Ferienhaus-Satelliten noch länger andauern würde oder ob man besser noch ein wenig abwarten sollte, um an Schnäppchen heranzukommen.

Mikhail stand auf, gab Charme Dantan einen formvollendeten Handkuss, griff nach einem Schnapsglas und rief: »Ich möchte ausbringen Toast auf glückliches Ende! Und ganz besonders auf Leos schlaue und mutige Tochter! Auf dich, Tessa ... «

Aber bevor er das Glas erheben und den Inhalt hinunterstürzen konnte, schaute er noch einmal in die Runde und hielt irritiert inne. Wo Tessa eben noch gesessen hatte, war der Platz jetzt leer, und der daneben auch. Die anderen am Tisch folgten Mikhails Blick und stellten sich dieselbe Frage wie die, die er jetzt aussprach: »Tessa? Wayne? Wo sind sie denn plötzlich hin?«

Tessa und Wayne öffneten die Tür der Verleihstation von Huhu Cars. »Wir würden gern noch einmal ein Mondcabrio ausleihen«, flötete Tessa den Mann vom Verleih an. Er hatte jetzt wieder ein heiles Jackett an, aber trug, des blauen Auges wegen, immer noch eine Sonnenbrille, außerdem zog er das rechte Bein ein wenig nach.

Missmutig antwortete er: »Ach, eines von denen, die ihr heil gelassen habt? Wenn ihr in dem Tempo weitermacht, kann ich demnächst hier zusperren. Dann habe ich nämlich keine Wagen mehr, die ich verleihen könnte!«

Wayne ignorierte den mauligen Tonfall und sagte: »Wir nehmen das da noch dazu.« Er deutete auf eine holografische Reklame über dem Tresen, die ein »Rundum-Sorglos-Versicherungspaket« anpries.

»Gut, in dem Fall ...« Auch wenn Begeisterung anders klang, bereitete der Huhu-Mann zügig alles für die Ausfahrt vor. Wayne bezahlte, indem er sein Armband an den Sensor auf dem Tresen hielt.

»Können Sie solange auf meine Schildkröte aufpassen?«, fragte Tessa. »Wenn Sie ihr regelmäßig etwas zu fressen anbieten, läuft sie auch nicht weg.«

Wayne und Tessa stiegen die Treppe herab zur Luftschleuse. Als sie die Raumanzüge angelegt hatten, funkte Wayne von unten herauf, dass sie fertig seien.

Der Huhu-Mann bediente die Steuerung der Vakuumschleuse und seufzte dabei leise vor sich hin. Als die Anzeige meldete, dass die Dekompression vollständig erfolgt sei, und er sich durch einen Blick durch die Sichtluke vergewissert hatte, dass Tessa und Wayne unterwegs waren, ging er zum Tresen zurück, wo Cassi geduldig gewartet hatte, und wandte sich ihr zu.

»Die Menschen sind merkwürdig, findest du nicht auch?«

Cassi schwieg.

»Weißt du, das hier ist ein ganz schön mieser Job. Du siehst, wie alle anderen ihren Spaß haben, nur du hängst hier in diesem schäbigen Büro rum und hast keinen Spaß. Und wenn ich hier Schluss habe, gehe ich in meine Wohnwabe …«, er schaute sich um, »… die auch nicht viel gemütlicher ist, guck noch eine Teleshow und warte darauf, dass ich einschlafe …«

Cassi nahm die Geständnisse gefasst auf und schaute ihn nur sanft an.

»Ich weiß gar nicht, warum ich ausgerechnet dir das alles erzähle. Ich weiß ja nicht einmal deinen Namen, mal ganz abgesehen davon, dass du eine Schildkröte bist …« Er lachte freudlos auf. »Manchmal stelle ich mir vor, wie das wäre, mit Laura zusammenzuleben. Ich hab sie letztes Jahr auf der Erde kennengelernt, aber ich hab mich nie getraut, ihr zu sagen, dass ich sie mag …«

Cassi drehte den Kopf ein wenig zur Seite.

»Ja, du hast recht, ich war immer viel zu feige. Ich muss mein Leben ändern …«

Wieder schaute Cassi ihn stumm an.

»Ich kündige und gehe zurück auf die Erde, jawoll, das tu ich! Und ich werde Laura sagen, dass ich sie liebe!«

Er stürmte hinaus, hielt, als er gerade in der Tür stand, aber noch einmal inne und rief Cassi zu: »Ich lauf nur schnell zum Spaceport und buche einen Flug! Bin gleich wieder da!«

Diesmal überließ Tessa Wayne das Fahren. Er steuerte das Cabrio behutsam die Trasse entlang, die sie zum Rand der Hügel führte. An einer Anhöhe stiegen sie aus und setzten sich auf einen Felsblock, der fast wie eine Bank geformt war.

Am Himmel stand riesig die dunkel schimmernde Erdkugel, die ihnen ihre Nachtseite zugewandt hatte und nur am Rand hellblau glänzte, dort, wo es gerade Morgen wurde. Die Erde hatte teilweise das strahlend helle Rund der Sonne verdeckt, und umso stärker leuchteten nun unzählige Sterne aus dem tiefen, luftleeren Schwarz hervor. Tessa und Wayne hatten auf ihrem Platz die dunkle Seite des Mondes im Rücken und schauten hinunter auf die Basis. Am Spaceport hatten mehrere Raumfähren angedockt, die hochkant nebeneinanderstanden und scharfkantige Schatten auf die blasse Mondoberfläche warfen, bereit zum Rückflug zur Erde.

»Ich glaube, meine steht auch schon dabei«, sagte Wayne. »Der Flug geht ja schon heute Abend, und Freitag ist gleich der Gig in Shanghai …«

»Ich lass dich einfach nicht los – dann musst du hierbleiben …«

Wayne schaute sie traurig an.

Tessa blieb stumm.

Er räusperte sich und sagte zögerlich, unsicher, wie Tessas Reaktion ausfallen würde: »Ich hab da noch was vorbereitet …«

Wayne summte eine Melodie, das Intro zu einem Song,

den Tessa nicht kannte. Nun kam er zur ersten Strophe und begann zu singen, über die Funkverbindung klang seine Stimme anfangs noch rau und zerbrechlich, aber sie nahm schnell wieder an Fülle und Kraft zu.

Many million miles from home
I'd lost my way and ran adrift
By the pale light of the earth
You rescued me and gave a gift
That showed me that I'd never lived
Many million miles from home

I never knew there was a girl on the moon
A girl on the moon
Until I met you
Now that I know that there's a girl on the moon
A girl on the moon
I'll stay true to you

» ... jetzt musst du dir das Gitarrensolo dazu vorstellen ... Achtung, zweite Strophe!«

Many million miles from home
You'd been lonely, you'd been scared
By the pale light of the earth
You looked lovely, and I dared
To speak the words I'd always feared
Many million miles from home

Beim Refrain stimmte Tessa diesmal mit ein. Mal summte sie, mal sang sie:

I never knew there was a girl on the moon
A girl on the moon
Until I met you
Now that I know that there's a girl on the moon
A girl on the moon
I'll stay true to you

Tessa sagte lange gar nichts, dann flüsterte sie ihm zu:
»Das ist wunderschön.« Nach einer Pause fragte sie ihn:
»Wann hast du das geschrieben?«

»Heute Morgen, bevor wir uns im Casino getroffen haben.«

»Wie – mal eben so …?«

Wayne nickte. »Schätze, das liegt an der Inspiration
durch dich, mein liebstes Mädchen vom Mond. Und wo
wir gerade beim Thema sind: Ich fühle mich schon wieder
ganz inspiriert …«

Sie umarmten sich und beugten sich zum Kuss vor. Dabei vergaßen sie völlig, dass sie ja Raumanzüge und Helme
trugen. Ihre Visiere stießen zusammen, und beide guckten
einander ganz erschrocken an, bevor sie in Gelächter ausbrachen.

Immer noch lachend, meinte Tessa: »Den richtigen Abschiedskuss müssen wir wohl auf nachher verschieben, wenn
wir wieder drinnen sind …!«

Wayne lachte auch. »Mist – ich hatte alles so gut geplant, und dann das!«

Tessa neckte ihn. »Ja, diese Weltall-Neulinge …«

»Das sagt die Richtige«, gab Wayne zurück. »Wie lange bist du jetzt auf dem Mond? Eine Woche, wenn ich richtig rechne …!«

Als Tessa antwortete, tat sie es mit einem tiefen Seufzer, der von Herzen kam: »Es kommt mir wie eine halbe Ewigkeit vor. Ich kann mich an mein altes Leben schon gar nicht mehr richtig erinnern ...«

Wayne ließ Tessas Worte in Ruhe verhallen und nahm erst mit gebührendem Abstand den scherzhaften Tonfall wieder auf: »Du meinst, an dein altes Leben ohne mich?«

»Ich würd mich an deiner Stelle mal nicht ganz so sehr selbst überschätzen, Mister Wichtig!«

Wieder gab es eine lange Pause, die schließlich Wayne beendete: »Ich muss die Tour zu Ende bringen, sonst springt unser Management im Dreieck. Aber danach komme ich gleich wieder. Ich hatte schon überlegt, dir etwas dazulassen, aber was? Den Schal hat sich ja einer aus dem Publikum geschnappt. Ich könnte dir höchstens noch eine Haarlocke anbieten, aber wär das nicht sehr altmodisch ...?«

»Du hast mir ja schon etwas dagelassen«, erwiderte Tessa. »Ich kann mir nichts Schöneres wünschen.«

»Was meinst du?«

»Den Song.«

Nach langem Schweigen antwortete Wayne: »Ja klar, der Song ...«, und verstummte zunächst wieder. Bemüht um einen Scherz, schob er nach: »Wenn Dean und Riley auch davon eine versaute Fassung machen, dann kriegen sie von mir so was von eins auf den Sack!«

Tessa lachte. »Da triffst du auf jeden Fall die Richtigen ...« Sie knuffte ihn in die Seite und sagte: »Wenn du wieder da bist und Meister Li seinen Vergnügungspark dann schon aufgemacht hat, können wir endlich Mondscooter fahren!«

»Stimmt! Ist hiermit fest gebucht. Und vergiss nicht:

Gerutscht sind wir auch noch nicht. Wollen wir denn auch noch einmal ins Kettenkarussell?«

»Gern. Nur die Schießbude würde ich lieber auslassen.«

»Tessa – da! Schau!«

Um die Erde zog plötzlich eine breite Bahn aus lauter hellen Lichtblitzen, die wie aus dem Nichts entstanden und eine Sekunde später schon wieder verschwunden waren, aber nur, um den nächsten Platz zu machen. Es mussten Hunderte, Tausende sein. Ihr grünlicher Schein erhellte den Nachthimmel über der Erde und ließ den Planeten plötzlich ganz lebendig wirken.

Beide schauten die Erscheinung mit offenem Mund an. Dann sagte Wayne: »Ich dachte schon, es passiert gar nicht mehr ...!«

»Wie? Was meinst du?«

»Na – das!« Er zeigte auf die Lichtblitze, die gerade noch intensiver leuchteten. »Ich sagte doch, ich hab da was vorbereitet!«

Tessas eben noch verständnisloses Gesicht verzog sich zu einem breiten Grinsen. Sie knuffte Wayne noch mal stärker in die Seite, schmiegte sich an und spürte trotz des dicken Raumanzuges, wie er seinen Arm um ihre Schultern legte und wie sein Herz pochte.

Den Perseiden ist es völlig egal, dass die Menschen sie Sternschnuppen nennen und sich seit Tausenden von Jahren etwas wünschen, wenn sie ihren kurzen Lichtblitz am Nachthimmel sehen. Als kleine Meteore aus Staub und Gestein neigen sie ohnehin nicht übermäßig zum Grübeln. Ihnen ist es völlig egal, dass die Menschen bloß eine Illusion von ihnen sehen – was als Sternschnuppe aufleuchtet, ist bloß ein Nachhall, wenn der Meteorit selbst schon in der Atmosphäre verglüht ist ... Und egal ist es ihnen auch, wenn (was ja selbst für kosmische Verhältnisse durchaus ungewöhnlich ist) ein Mädchen und ein Junge eng umschlungen auf dem Mond sitzen, diesen Illusionen beim Verglühen zuschauen und sich schwören, dass ihre Liebe niemals enden wird. Es ist den Gesteinsbröckchen auch deswegen schnuppe, weil sie wissen, sie können dabei nicht helfen, dass das auch in Erfüllung geht. Dafür sorgen, dass ihre Geschichte weitergeht, müssen das Mädchen und der Junge schon selbst.

Epilog

Bernadette Bijoux an Charme Dantan, 3. August 2039, 14 Uhr Vereinheitlichte Erdzeit:

Ma chère,
nur ein ganz kurzes Infogramm, weil wir gleich weiter drehen! Gratulation zu eurer formidablen Geschichte! Ein Müllskandal auf dem Mond – und ich dachte, ich hätte alles gesehen …! Ich wusste doch immer, dass dein Moinon ein echtes Goldstück ist. Sehr sympathischer junger Mann!

Meine liebe Charme, das bringt mich drauf: Mein Produzent sagte: Das ist der perfekte Stoff für eine Bernadette Bijoux! Und ich bin ganz seiner Meinung! Ma chère, du *musst* mir versprechen, dass wir von euch die Rechte an den Artikeln kriegen! Ich sehe das Ganze schon vor mir! Diese Rolle – wie heißt das Mädchen noch? Tessa, nicht wahr? – ist mir doch wirklich wie auf den Leib geschnitten! Wir hatten auch schon irrsinnig tolle Ideen, wer die männliche Hauptrolle spielen könnte, aber ich will noch nicht zu viel verraten …

Wir müssen uns nach dem Dreh unbedingt unterhalten! Wann hast du Zeit zum Lunch?

Bisous – BB

Verehrte Mondbewohner,

die Direktion der permanenten Mondbasis beehrt sich, folgende organisatorische Änderungen bekannt zu geben.

Aufgrund aktueller Entwicklungen ist Wang Hanfeng mit sofortiger Wirkung seines Postens als Leiter der Sicherheitsabteilung enthoben. Er befindet sich unter Arrest und ist bereits auf dem Weg zur Erde, wo er den zuständigen Behörden übergeben werden wird. Bis zur Ernennung eines Nachfolgers übernimmt sein Adjutant Zhang Dehua kommissarisch die Leitung des Sicherheitsdienstes.

Am 21. August, 14 Uhr Mondzeit, findet die feierliche Eröffnung des Xing Yun Bing Resorts statt, zu der alle Bewohner und Angestellten der permanenten Mondbasis herzlich eingeladen sind. Möge es sich als Quell immerwährenden Vergnügens für Jung und Alt erweisen! Am Eröffnungstag sind alle Fahrgeschäfte gratis. Ein Shuttle-Service von der Mondbasis zum Resort durch Huhu Cars ist eingerichtet (nach Verfügbarkeit).

Wegen der Eröffnung fällt der Bingo-Abend leider aus und wird zu einem späteren Zeitpunkt nachgeholt.

gezeichnet

Li Wei, Stationsvorstand der Mondbasis

Meine liebe Becky,

wenn dich dieses Infogramm erreicht, unterrichtest du wahrscheinlich gerade. Aber ich wollte nicht warten, damit du die guten Neuigkeiten gleich erfährst. Li hat mir Sonderurlaub gegeben und außerdem einen Extra-Bonus. Und er hat noch einen Gratisflug spendiert! Und da dachte ich, vielleicht hättest du ja Lust und Zeit auf ein Wochenende auf einem Ferienhaus-Satelliten? Also, mit mir, ähm, mit mir zusammen – also, wir beide halt ... Überleg's dir doch mal und schau, wann du könntest. Ich würde mich sehr freuen, wenn du Ja sagst!

    Viele Grüße
    Dein Leo

Im Bann der Dämonin

Susanne Glanzner ·
Björn Springorum
Das Amulett der Ewigkeit
304 Seiten · Broschur
ISBN 978-3-522-20213-8

London 1851: Schwarze Schatten jagen Christopher durch die
düsteren Gassen. Doch er muss das Amulett in Thurgoods Buchla-
den bringen! Im letzten Moment schafft er es, das Schmuckstück
dort zu verstecken und zu fliehen.
London 2014: Christine findet das Amulett in einem Antiquariat.
Sie steckt es heimlich ein, hinterlässt aber eine Nachricht. Diese
erhält Christopher im Jahr 1851. Er schreibt ihr, sie solle es vor
dunklen Gestalten beschützen. Über versteckte Botschaften halten
die beiden Kontakt und verlieben sich ineinander. Erst spät merken sie, dass mehr als ein Jahrhundert sie trennt. Sie finden heraus, dass das Amulett es vermag, eine Brücke in der Zeit zu schlagen. Doch da sind sie längst die Marionetten in einem Spiel, das die
Welt in die Verdammnis führen könnte: Asmodeas Auferstehung.
Und alles, was die Dämonin braucht, ist ein Kuss der Verliebten ...

Der letzte Zwischenstopp vor dem Erwachsenwerden

Heike Karen Gürtler

Dieser Sommer gehört noch uns

256 Seiten · Gebunden
ISBN 978-3-522-20217-6

„Unsere Unterarme lagen so nah beieinander, hätten wir beide Gänsehaut bekommen, hätten sich die Spitzen unserer Haare berührt."

Schon länger ist Franziska heimlich in ihren besten Freund Flo verliebt und sie schreibt alles auf, um mit der Situation zurechtzukommen. Auch ihre Sehnsucht nach einer zufälligen Berührung auf der Fahrt nach Italien. Gemeinsam mit ihren Freunden verbringen sie den Sommer in einem Ferienhaus am Gardasee – es ist der letzte gemeinsame Sommer, bevor sich ihre Wege trennen werden. Mitten in der Unbeschwertheit des italienischen Sommers zieht ein Gewitter auf: Eifersucht und Zukunftsängste trüben die Stimmung an den Abenden nach Tagen voller Sonne. In langen nachdenklichen Gesprächen über das, was war, und das, was wird, versuchen die Freunde, ihre Gefühle zu verstehen.

THIENEMANN
Wir schreiben Geschichten!

www.thienemann.de